Frauke Buchholz • Frostmond

Frauke Buchholz

FROSTMOND

PENDRAGON

Dieses Buch ist den vielen ermordeten indigenen Frauen und Mädchen in Kanada gewidmet, deren Fälle niemals aufgeklärt wurden.

Ein besonderer Dank geht an meinen inzwischen verstorbenen Freund Peter Cardinal Jr., der mir unvergessliche Einblicke in die Schönheit und Lebendigkeit der Kultur der Cree ermöglichte.

Prolog

Eines Tages, als Wesakechak von einer langen Reise heimkehrte, fand er sein Haus verlassen vor. Er rief den Namen seiner jungen Cousine, die bei ihm lebte, doch niemand antwortete. Als er den Strand nach ihr absuchte, fand er Spuren der Großen Schlange im Sand. Da wusste er, dass sie in die Hände von Misiginebiq-Manitu gefallen war.

Der Nebel über dem St. Lawrence River löste sich nur langsam auf und die Morgenluft war kühl und feucht. Die Umrisse der Schiffe im Vieux-Port de Montreal konnte man kaum erahnen, und die Häuser am gegenüberliegenden Ufer waren unsichtbar, sodass der Fluss dazuliegen schien wie vor 400 Jahren, als französische Pelzhändler im Jahre 1611 am Fuße des Mont Royal den ersten Handelsposten errichteten. Damals fuhren sie in hölzernen Kanus stromabwärts, voll beladen mit den Fellen von Bibern, Silberfüchsen, Mardern, Luchsen und Wölfen. Genau wie eines dieser geplünderten und gehäuteten Tiere, die die Voyageurs gegen Äxte, Kupferkessel, Perlen und Pocken eingetauscht hatten, trieb Jeanette Maskisin mit der Strömung den St. Lawrence River hinab, die Arme ausgebreitet, als wolle sie sich frei schwimmen oder den Himmel betrachten, doch ihre Augenhöhlen waren weiß und leer wie die von gekochtem Fisch. Niemand würde jemals wissen, was sich als Letztes in ihren dunklen Augen gespiegelt hatte.

Wesakechak nahm seinen Bogen und seine Pfeile und folgte der Spur der Großen Schlange, bis er an das Ufer eines tiefen, dunklen Sees kam. Der See wird Manitou Lake, Spirit Lake oder auch Lake of Devils genannt. Die Spur der Großen Schlange führte zum Rand des Wassers.

Es war der Morgen des 15. Oktober, und es war Chris Ballandines letzter Arbeitstag. Auch wenn der Indian Summer noch einmal ein paar warme Herbsttage beschert hatte, ging die Saison endgültig zu Ende. Das Wetter konnte jetzt jeden Tag umschlagen, und die Winde, die vom Polarkreis heranfegten, würden bald die ersten Schneefälle bringen. Dann würde der endlose kanadische Winter einsetzen und die Stadt unter Tonnen von Schnee begraben. Während Chris die Sonnenschirme und Deckchairs aus Teakholz zusammenklappte und in den Schuppen trug, dachte er daran, dass das Trimester vor sechs Wochen begonnen hatte. Der Sommerjob am Urban Beach hatte ihm Spaß gemacht und er hatte ganz gut verdient. Wenn er sparsam war, würde das Geld reichen, um die Studiengebühren und den Lebensunterhalt für die nächsten zwei Monate zu bezahlen. Dann bräuchte er einen neuen Job. Vielleicht in einer Bar oder einem Musikclub.

Die Holzbar am Urban Beach würde gegen Mittag abgebaut, auf einen LKW verladen und zu einem Container am Stadtrand gefahren werden, doch dabei würden ihm Arbeiter der Transportgesellschaft zur Hand gehen. Das Wasser der Duschen war bereits abgestellt, und während sich der aufgeschüttete Sand am Ufer des St. Lawrence mehr und mehr leerte, beschlich Chris die leise Melancholie dieser grauen Herbstmorgen, die bereits die ganze Trübsal des Winters in sich tragen und die an die Starre von Echsen und Schildkröten denken lassen oder auch an den Tod der Insekten. Der Tour de l'Horloge ragte wie ein Schatten aus dem Dunst heraus, und der Jacques Cartier Pier am anderen Ende war ganz im Nebel verschwunden. Chris beschloss, eine kurze Pause einzulegen, bevor er die restlichen Stühle einräumen würde, um einen Joint zu rauchen. Einen allerletzten Joint. Er würde das Kiffen einstellen. *Adieu, Sommer, adieu, Dolce Vita.* Oder zumindest einschränken. Er grinste. Ab morgen wäre er wieder ein braver Student der Geschichte und Sozialwissenschaften an der Mac Gill University. Er trat auf den Holzsteg, der von dem künstlichen Strand ein paar Meter in den St. Lawrence River hinausragte, drehte eine Tüte und blickte auf die Strömung. Obwohl der Fluss in der Millionenmetropole in ein befestigtes Betonbett eingezwängt war, wirkte er an diesem Morgen ungezähmt und wild. Die Nebelschwaden hingen wie Wattebällchen über dem Wasser und Chris fröstelte.

Wesakechak stand am Ufer des Sees und blickte in das klare Wasser. Am Grunde des Sees sah er das Haus der Großen Schlange. Es war voll mit furchteinflößenden und grauenhaften Gestalten, die ihre Diener und Gefährten waren. Die meisten glichen, genau wie ihr Meister, Geistern.

Chris nahm noch ein paar tiefe Züge, dann schnippte er die Kippe in die Strömung und beobachtete, wie sie abgetrieben wurde. Wie immer nach einem Joint fühlte er sich leicht und frei. So ungezähmt und wild wie der St. Lawrence. Er wäre gerne ein Abenteurer wie Jacques Cartier gewesen, der 1535 als erster Weißer den St. Lawrence erkundet hatte, doch die Zeit der furchtlosen Entdecker war vorbei. In dem alten Irokesendorf wohnten jetzt 1,6 Millionen Menschen, und Chris' Abenteuer bestanden aus Erinnerungen an Boyscouts-Ausflüge in kartierte Provinzparks und ausgelassene Partynächte in Clubs oder hier am Urban Beach. Er stieß einen lauten Schrei aus, eine Art Irokesengeheul, vollführte dabei einen Kriegstanz und reckte die Fäuste in den Himmel. *Heja heja ho.* Niemand sah ihn. Er war so frei wie ein Adler.

In dem dunklen Wasser des Flusses schwamm eine Indianerin, das lange schwarze Haar wie Seetang ausgebreitet. Chris kniff die Augen zusammen. Eine Fata Morgana. Er war bekifft. Es war nebelig. Er war nicht ausgeschlafen. Die Indianerin schwamm direkt auf ihn zu. Sie verhakte sich in einem der Holzpfosten, und während die Strömung an ihr zerrte, tauchte ihr Körper auf und ab und ihr Kopf prallte dumpf gegen die Planken. Chris beugte sich über den Steg und blickte auf sie hinab. Ihr Gesicht war bleich und aufgedunsen wie kranker Fisch. Sie hatte keine Augen. Sie war tot. Chris schrie und schrie und schrie.

In der Mitte dieser schrecklichen Gruppe war die Große Schlange, die sich in ihrer ganzen Länge um Wesakechaks Cousine eingerollt hatte. Der Kopf der Schlange war blutrot, und ihre wilden Augen leuchteten wie Feuer. Ihr ganzer Körper war gepanzert mit harten, glänzenden Schuppen. Während Wesakechak hinabsah auf diese sich windenden Geister des Bösen, fasste er den Entschluss, dass er sich an ihnen für den Tod seiner Cousine rächen würde.

Jean-Baptiste LeRoux
15. Oktober

Das Klingeln drang wie durch Watte an sein Ohr. Es war schrill und durchdringend, ein altmodisches amerikanisches Telefonklingeln, und es dauerte lange, bis er begriff, dass es sein eigenes Handy war. Er öffnete vorsichtig die Augen und erschrak. Der riesige Spiegel an der Decke reflektierte seinen nackten Körper mit dem zerknautschten Gesicht und das zerwühlte Bett. Von Céline sah er nur das linke Bein und einen Teil der linken Brust. Was ihn in der Nacht erregt hatte, warf im trüben Licht des Morgens Fragen auf: Wer und was hatte sich hier schon alles gespiegelt? Er spürte ihren warmen Körper neben sich und hatte eine leichte Erektion. Er beugte sich über sie und leckte über ihre Brustwarze. Sie seufzte im Halbschlaf und drehte sich zur Seite.

Er blinzelte gegen die Helligkeit an und fluchte. *Merde!* Das Klingeln hörte nicht auf. Sein Kopf schmerzte. Als er dranging, meldete sich Bruno.

„Wo steckst du? Du musst sofort kommen. Unten am Urban Beach ist eine Leiche gefunden worden."

Er murmelte etwas, ließ sich die genaue Stelle beschreiben, drückte Bruno weg und zündete eine Zigarette an. *Merde, merde, merde.* Er scheuchte Flaubert, Célines fetten Perserkater, der sich am Fußende zusammengerollt hatte, aus dem Bett und empfand Genugtuung, als dieser die bösen grünen Augen zu Schlitzen verengte, die Nackenhaare sträubte und ihn anfauchte. Er hasste Katzen. Das Zimmer

11

sah aus wie ein Bordell. Leere Gläser und Flaschen, überquellende Aschenbecher, Strümpfe, Schuhe, Célines Slip und BH, verstreute Kleidungsstücke. Es war heiß hergegangen. Er hatte einen Mordskater. Hoffentlich hatte Bruno nicht bei ihm zu Hause angerufen. Er hatte Sophie gesagt, dass er eine nächtliche Ermittlung durchführen müsste, ein Mordfall im Clubmilieu, blablabla. Sophies Blick war kalt gewesen. Er musste die Sache in den Griff bekommen. Nicht die Sache, sondern seinen Schwanz. Es war Zeit, das Ganze zu beenden. Bevor es aus dem Ruder lief.

Er suchte seine Kleidungsstücke zusammen und zog sich an. Das Hemd war zerknittert und roch nach Schweiß. Er ging ins Bad, pinkelte, warf die Zigarettenkippe ins Klo, spritzte sich etwas kaltes Wasser ins Gesicht und strich die Haare glatt. Er sah aus wie ein Penner. Es war Montagmorgen, 9:23 Uhr. Er hätte vor einer knappen Stunde im Büro sein müssen. Scheiß drauf, dachte er. Er hätte dringend einen Kaffee und eine Dusche gebraucht, aber das musste er sich verkneifen. Céline war anscheinend wieder eingeschlafen, und er zog leise die Tür hinter sich zu.

Sein Auto stand unten vor dem Haus. Die Luft war kühl und ihm schwindelte ein wenig. Er hatte noch ordentlich Restalkohol im Blut, doch falls ihn jemand anhielt, würde sein Ausweis ihn retten. *Jean-Baptiste LeRoux. Sergeant. Sûreté du Québec.* Eine Krähe hackte der anderen kein Auge aus.

Der Urban Beach lag in der Nähe des Jacques Cartier Pier, keine 13 Kilometer von hier, doch der Verkehr in der City war dicht und er kam nur langsam voran. Er zündete noch eine Zigarette an und kurbelte die Scheibe herunter. Er hätte Céline einen Zettel schreiben sollen. „Danke für alles. Mach's gut." Vielleicht würde er sie anrufen. Sie würde ihm die Augen auskratzen. Er hasste Szenen.

Der St. Lawrence führte Hochwasser. Die starken Regenfälle der letzten Wochen hatten den Strom anschwellen lassen und die Schiffe im Vieux Port schaukelten im Wellengang. Die Uhr am Tour de l'Horloge zeigte 10:13 Uhr. Was für eine Scheißzeit für eine Leiche. Hoffentlich war Morel nicht vor Ort. Bruno war ganz okay. Der Urban Beach, an dem sich im Sommer die Touristen tummelten, lag verlassen da, die bunten Deckchairs und Sonnenschirme waren verschwunden, der künstlich aufgeschüttete Sand grau und feucht. Am Straßenrand stand ein Polizeiwagen mit Blaulicht, daneben ein Krankenwagen. Er parkte vor dem Absperrband, das irgendjemand bereits befestigt hatte. Es flatterte leise im Wind. Ein Gefühl von Trostlosigkeit überfiel ihn. Er hoffte, dass es nicht allzu schlimm werden würde. Bruno hatte ihn bereits erspäht und winkte wie ein Irrer. Neben ihm hantierten zwei Typen in weißen Plastikanzügen. SpuSi-Leute. Jemand machte Fotos. Auf einem Klappstuhl saß ein junger Mann, der in Decken eingewickelt war. Ein Sanitäter reichte ihm eine Tasse Tee, doch seine Hände zitterten so stark, dass er die Hälfte verschüttete.

„Ah, Jean-Baptiste. *Ça va?*"

Die Lamartine. Zuckersüße Stimme. Einladendes Lächeln. Harter Blick. Die hatte ihm gerade noch gefehlt. Küsschen links, Küsschen rechts. Teures Parfum, wahrschinlich Chanel. War mindestens 50, die alte Schachtel.

13

Staatlich geprüfte Leichenfledderin. Machte ihm jedes Mal schöne Augen. Ekelhaft. Morel war nicht in Sicht.

„*Bonjour,* LeRoux! Ausgeschlafen?" Bruno grinste breit. „Hoffentlich hast du gut gefrühstückt. Wir haben eine angeschwemmte Pocahontas. Schön durchweicht."

Wenn Bruno blöde Witze riss, würde es schlimm sein. In letzter Zeit hasste LeRoux seinen Job. Die Leiche lag auf einer schwarzen Plastikfolie. Sie sah aus wie aus einem Zombie-Film. Es war eine Frau. Wahrscheinlich Indianerin. Viel mehr konnte man nicht erkennen. Lange schwarze Haare, die wie krautige Algen ein grotesk aufgedunsenes Gesicht umrahmten. Die Augen waren von Vögeln ausgepickt worden, sodass man nur die Höhlen sah. Der Kieferknochen der linken Wange lag frei, die obere Zahnreihe grinste ihn an wie bei einem Skelett. Sie trug einen Minirock, Stiefeletten und ein Shirt. Die Kleidung war zerfetzt, die Haut verschrumpelt wie eine faulige Apfelsine, Arme und Beine so aufgequollen, dass man die Gelenke nicht mehr erkennen konnte. Sie stank nach verwestem Fisch.

Die Übelkeit überwältigte ihn und ein Kotzeschwall schoss in einer bröckeligen bräunlichen Flut über seine Jacke und Lamartines Lederpumps.

„*Mon Dieu!*" Die Lamartine sprang zur Seite, zog ein Taschentuch hervor und wischte an ihren Schuhen herum. Während er versuchte, seine Jacke ein wenig zu säubern, entschuldigte er sich bei ihr.

„Hätte gar nicht gedacht, dass Sie so zart besaitet sind, Jean-Baptiste. Ich glaube, Sie schulden mir einen Kaffee. Wenn nicht mehr." Sie lächelte vielsagend.

Er musste aufstoßen. Außerdem hatte er einen Höllendurst. „Wir sind fertig", sagte einer der beiden Typen von der SpuSi.

„Dann bringt die Kleine mal ins Bettchen. Ziemlich frisch hier draußen. Erkältet sich sonst." Bruno wieherte wie ein Pferd. Er hasste Brunos Witze. Der Fotograf packte sein Stativ zusammen.

„Können Sie schon etwas sagen, Bernadette?" LeRoux sah der Lamartine in die Augen und bemühte sich, geschäftsmäßig zu klingen.

„Todeszeitpunkt? Todesursache?"

„Geben Sie mir etwas Zeit, Jean-Baptiste", flötete sie. „Wenn Sie morgen ins Labor kommen, weiß ich sicherlich schon mehr." Das klang wie ein erotisches Versprechen. Er kramte die Schachtel Zigaretten aus der Jackentasche und zündete sich eine an.

„Meinen Sie, es war ein Unfall?", fragte er. „Nein", sagte sie. „Mit Sicherheit nicht."

Sie zeigte mit der Schuhspitze auf den offenen Kieferknochen. Er musste sich zwingen hinzuschauen. „Sehen Sie den kleinen dunklen Fleck an der Schläfe?"

Er nickte und spürte wieder ein Würgen im Hals.

„Das ist eine Einschussstelle. Ich muss die Haare abrasieren und den Schädel aufsägen. Wenn wir Glück haben, steckt die Kugel noch im Kopf."

„Okay", sagte er und wandte sich zur Seite. Diesmal kam nur grünlicher Schleim.

Die SpuSi-Leute wickelten die Leiche in die Plastikfolie, hoben sie in einen Zinksarg und trugen sie zu ihrem Wagen.

Auch die Lamartine setzte Segel. Er wischte die Mundwinkel ab und nahm einen tiefen Atemzug. Ihm war noch immer übel. Das Wasser des St. Lawrence roch faulig. Herbstlaub hatte sich unter dem Holzsteg gesammelt und moderte vor sich hin. Er warf die nur halb gerauchte Zigarette ins Wasser. Bruno hatte den Studenten, der die Leiche entdeckt hatte, bereits interviewt und seine Personalien aufgenommen. Bekifft, aber ansonsten ein unbeschriebenes Blatt. Hatte brav die Polizei gerufen. Stand noch unter Schock. Die Sanitäter würden sich um ihn kümmern.

Jean-Baptiste fror. Er gab Bruno das Zeichen zum Aufbruch. Wenn er nicht bald einen Kaffee bekam, würde er sterben. Er beschloss, sein Auto besser hier stehen zu lassen und mit dem Polizeiwagen ins Büro zu fahren. Es war noch keine 11:00 Uhr. Was für ein beschissener Tag.

„Wo warst du eigentlich heute Morgen? Sophie meinte, du würdest Nachtschicht machen."

Bruno grinste schief. Scheiße. Also hatte er bei ihm zu Hause angerufen.

„Hab ich auch", sagte er. Bruno grinste noch breiter.

„Standst aber nicht auf dem Einsatzplan", sagte er. „War bestimmt undercover."

„Genau", sagte er und schoss Bruno seinen *Don't-fuck-with-me*-Blick zu. Es wirkte. Bruno runzelte die Stirn und schwieg den Rest der Fahrt.

Der große graue Kasten der Sûreté du Québec in der Rue de Parthenais trug nichts dazu bei, seine Stimmung zu heben. Das Morddezernat lag in der fünften Etage. Im Aufzug spürte er wieder das flaue Gefühl im Magen.

16

Er würde Marie bitten, ihm einen Kaffee zu machen und ein Sandwich zu kaufen. Bevor die Lamartine fertig war, konnten sie eh nicht viel machen. Protokoll anfertigen, Vermisstenanzeigen sichten, den üblichen Papierkram erledigen. Er würde früh Feierabend machen und dann ab nach Hause, duschen und ins Bett. Er wollte lieber nicht an Sophie denken. Bloß keine Szene heute. Doch kaum waren sie im Büro, tauchte Morel auf. Er blickte ihn an wie ein verfetteter Basset-Hound, der Witterung aufnimmt.

„Sind Sie krank, LeRoux?"

Typisch Morel, dem Alten entging nichts. „Magenverstimmung", sagte er. „Nicht so wild."

Schon wieder Brunos dämliches Grinsen. Die trägen Augen des Alten durchdrangen ihn wie Röntgenstrahlen. Gleichgültig. Gnadenlos.

„Waren Sie deshalb nicht im Büro, als die Meldung kam?" LeRoux nickte.

„Rufen Sie gefälligst an, wenn Sie krank sind", sagte Morel. „Oder später kommen."

Morel war ein Pedant. „Okay", sagte LeRoux.

Er fühlte sich wie ein gescholtener Pennäler. Er stank nach Kotze und Schweiß. Er brauchte einen Kaffee.

„Kommen Sie mit in mein Büro. Ich brauche ein genaues Briefing."

Bruno und er folgten dem Alten. Scheißtage sind Scheißtage. Und sie sind endlos. Morel löcherte sie mit Fragen. LeRoux überließ die Antworten Bruno und konzentrierte sich darauf, nicht einzunicken.

„Eine Indianerin? Sind Sie sicher?"

Morels Stirnfalten waren noch tiefer als gewöhnlich.

„Wie alt?"

„Schwer zu sagen", sagte Bruno. „Der Kleidung nach eher jung."

„Kennen Sie schon die Todesursache?", fragte Morel.

„Wahrscheinlich erschossen."

„Gibt es eine Vermisstenanzeige?"

„Keine Ahnung."

„Wer macht die Obduktion?"

„Docteur Lamartine."

Morel schwieg. LeRoux unterdrückte ein Gähnen.

„Morgen wissen wir mehr", fügte Bruno beschwichtigend hinzu. LeRoux hoffte, dass sie jetzt endlich gehen konnten, doch Morel hüllte sich weiter in brütendes Schweigen. Die Zeit schien stillzustehen. Wenn er nicht sofort einen Kaffee bekäme, würde sein Schädel platzen. Endlich hob Morel den Blick und sah sie aus traurigen Hundeaugen an.

„Sie kennen die Fälle verschwundener Indianerinnen entlang des Transcanada-Highways?"

Bruno und Jean-Baptiste nickten.

„18 Frauen spurlos verschwunden in den letzten fünf Jahren, 17 davon indianischer Herkunft. Und kein einziger Fall aufgeklärt." Morels Augen sahen jetzt vorwurfsvoll aus.

„Interessenverbände der First Nations nennen einen Abschnitt des Highways bereits ,Highway of Tears' und werfen den Behörden schlampige Ermittlungen vor."

LeRoux verstand nicht, was das mit ihnen zu tun haben sollte. Soweit er wusste, waren alle Fälle im Westen passiert. Angloland. Royal Canadian Mounted Police-Gebiet. Er war weiß Gott kein Anhänger der Separatisten, doch Québec war anders. Friedlicher. Kultivierter. Keine Roughnecks, keine Cowboys.

„Es gab auch zwei Fälle in Ontario", fuhr Morel fort. „Einen in Deep River und einen in der Nähe von Sault Ste. Marie. Und jetzt eine tote Indianerin hier bei uns."

Seine Stimme klang aufgekratzt und er hatte Schweißränder unter den Achseln. Obwohl sein Kopf nur auf zwei Zylindern arbeitete, dachte LeRoux, dass es viel zu früh für voreilige Schlüsse war, doch er hatte keine Lust, sich mit Morel anzulegen. Schon gar nicht heute.

„Der CNG, die nationale Regierung der Cree in Nemaska, macht ordentlich Druck", sagte Morel. „Wenn wir Pech haben, wird uns der Grand Chief persönlich auf die Zehen treten. Von der linken Presse ganz zu schweigen. Und die Royal Canadian Mounted Police wünscht ausdrücklich eine stärkere Zusammenarbeit mit der Sûreté du Québec."

LeRoux stöhnte innerlich. Es gab nichts Schlimmeres als Kompetenzgerangel.

„Sagen Sie sofort Bescheid, wenn der Obduktionsbericht da ist", sagte Morel. „Und erscheinen Sie morgen pünktlich zum Dienst, LeRoux."

Arschloch, dachte Jean-Baptiste. Er schaute auf die Uhr. 12:23 Uhr. Zeit für die Mittagspause. Gott sei Dank. Sein Handy beepte. Zwei neue Nachrichten.

Wo steckst du? Sophie.
Bis bald? Céline.

19

Ted Garner
21. Oktober

„Jesus Christ", fluchte Ted Garner und trat scharf auf die Bremse. Der silberfarbene BMW schlitterte und kam dann zum Stillstand. Ted war wie immer mit überhöhter Geschwindigkeit gefahren, auf dem einsamen Highway 17 und einer Gesamtstrecke von knapp 3 000 Kilometern war es einfach lächerlich, sich an das Speedlimit von 80 km/h zu halten. Ted war in Eile. Wenn alles nach Plan ging, könnte er vor Mitternacht in Montreal sein. *Fuck.* Dieses Scheißgesetz, das jeden Autofahrer in Kanada verpflichtete, bei einer Panne oder einem Unfall anzuhalten und Hilfe zu leisten. Ted stieg aus und ging zurück zu dem Wagen, der auf der gegenüberliegenden Straßenseite halb im Graben lag. Es war ein uralter, zerbeulter Dodge mit abgefahrenen Reifen und einem Nummernschild aus Ontario. An der hinteren Ladefläche war ein Aufkleber mit dem Schriftzug *nehiyawake* und zwei Federn. Ted beugte sich zu der Fahrertür hinunter und klopfte gegen die Scheibe. Am Steuer saß ein junger Mann, der wie weggetreten vor sich hinstarrte. Dunkelhaarig. Langhaarig. Ungepflegt. Wahrscheinlich Indianer.

Wahrscheinlich betrunken. Oder stoned. Ted stöhnte innerlich.

„Alles okay, Chief?", fragte er, während er die Tür öffnete.

„Ich bin kein Chief", sagte der Bursche.

Er war höchstens 18, und als er seine schwarzen Augen

auf ihn heftete, fühlte Ted eine vage Bedrohung. Bestimmt hatte der Kerl eine Waffe, Rothäute hatten immer eine Waffe, eine Jagdflinte, einen Revolver, auf jeden Fall ein Messer. Sie hatten ja ganzjährig Jagdrechte. Ted spürte, wie der Ärger in ihm hochstieg. Er war selbst ein leidenschaftlicher Jäger, doch er musste seine Jagdlizenz jedes Jahr für teuer Geld erneuern lassen und sich natürlich an die Schonzeiten für das Wild halten, während die Rothäute …

„Der Motor streikt. Können Sie mich abschleppen?", fragte der Indianer.

Natürlich konnte er, er hatte ein Abschleppseil im Kofferraum, wie es sich gehörte, und der nagelneue BMW, den er noch ein paar Jährchen würde abstottern müssen, hatte schließlich ordentlich PS.

„Wie weit?"

„Whitefish", sagte der Indianer.

Ted hatte keine Ahnung, wie weit das war, doch er sagte *okay*. Der Indianer stieg aus. Klein, schmächtig, abgetragene Blue Jeans, Cowboystiefel, kariertes Holzfällerhemd. Etwas pockennarbige Gesichtshaut, stumpfer Ausdruck. Keine Waffe. Zumindest keine, die er sehen konnte. Ted wendete seinen Wagen und stellte ihn an den Straßenrand direkt vor den Dodge. Er holte das Abschleppseil aus dem Kofferraum, und schweigend machten sie sich daran, den Dodge zu vertäuen.

„Schönes Auto", sagte der Indianer. „Kostet bestimmt 'ne Stange Geld."

Ted brummte etwas. Steuern zahlten die Rothäute auch nicht. Wenn sie überhaupt jemals einen Job hatten.

„Sind Sie allein unterwegs?" Der Bursche war ja richtig gesprächig.

„Nee, meine Oma liegt im Kofferraum", sagte Ted.

Der Indianer lachte. Er hatte schiefe Zähne und eine Zahnlücke im Oberkiefer. Sollte besser nicht den Mund aufreißen. Hoffentlich schaffte er es, den Dodge einigermaßen sicher zu lenken, ohne ihm hinten drauf zu fahren.

„Nett, dass Sie mir helfen", sagte der Indianer.

„Schon okay", sagte Ted.

„Macht nicht jeder. Manche haben Vorurteile", sagte der Indianer.

„Tatsächlich?", sagte Ted. Er war überzeugt, dass es kein einziges Vorurteil gab, das nicht zu 90 Prozent stimmte. Wenn nicht 100.

„Sind Sie aus Saskatchewan?", fragte der Indianer.

„Yep", sagte Ted. Stand schließlich auf dem Nummernschild des BMW.

„Aus Regina?"

„Nein", log Ted. Zum Glück waren sie fertig, sonst würde der Indsman ihm noch Löcher in den Bauch fragen. Ging niemanden was an, woher er kam und wohin er wollte. Er stieg in den BMW, der Indianer setzte sich ans Steuer des Dodge, Ted gab Gas und mit einem Ruck, bei dem er fast auf den Kofferraum des BMW geknallt wäre, landete der Dodge auf der Straße. Ted fuhr langsam den Highway entlang, den Indianer im Schlepptau. Hin und wieder schaute er in den Rückspiegel. Er hoffte, dass der Indsman keine Mätzchen machen würde.

Vorsichtshalber hatte er seinen Revolver aus dem Handschuhfach geholt, entsichert und griffbereit neben sich. Whitefish 27 Kilometer, zeigte das GPS an. Gott sei Dank. Wenn er ordentlich auf die Tube drücken und auf eine Pause verzichten würde, könnte er die verlorene Zeit wieder aufholen. Während er auf dem Highway dahinzockelte, dachte Ted an das tote Indianermädchen. Er versuchte, das Bild wegzudrängen, doch das entstellte Gesicht mit den leeren Augenhöhlen, der geschundene, aufgedunsene Körper und das verfilzte schwarze Haar verfolgten ihn wie ein böser Geist. Seit er die offene Prärie Saskatchewans und Manitobas hinter sich gelassen hatte, säumte ein undurchdringlicher Föhrenwald den Transcanada-Highway. Der Himmel war grau und verhangen, ein leichter Schneeregen hatte eingesetzt, und obgleich es erst früher Nachmittag war, lauerte bereits die Dunkelheit der Spätherbstnächte in dem dichten Gehölz. Das schmale Asphaltband war das einzige Bindeglied zur Zivilisation. Seit er auf den Indianer gestoßen war, war ihnen kein einziges Auto begegnet. Ted schaute wieder in den Rückspiegel. Alles ruhig. Das Ortseingangsschild Whitefish war zerbeult und hatte mehrere Einschusslöcher. Es war eins dieser gottverlassenen Nester, die aus einem Supermarkt, einer Tankstelle, einem Waschsalon und einem Burger-Restaurant bestanden. Ted bremste vor der Tankstelle, die auch eine Mini-Werkstatt zu sein schien, und stieg aus. Der Indianer kletterte aus dem Dodge, Ted löste das Abschleppseil, warf es in den Kofferraum, stieg wortlos wieder ein und preschte los. Aus den Augenwinkeln sah er den Indianer, der ihm hinterherstarrte. Er hatte seine Pflicht getan. *Good-bye, Whitefish.*

Das Fleisch des Indianermädchens hatte ausgesehen wie kranker weißer Fisch. Um sich abzulenken, legte Ted eine CD ein. Französisch für Anfänger mit Vorkenntnissen. *Bonjour, je m'appelle Marie-Christine.*

Comment allez-vous? Vous êtes d'ici? Ted versuchte, die Dialoge mitzusprechen, doch er hatte das Gefühl, sich dabei die Zunge zu verrenken. Sein Schulfranzösisch lag seit über 20 Jahren brach. Marie-Christine hatte eine sexy Stimme. *Voulez-vous coucher avec moi?*

Ted grinste. Das hatte er behalten. Stammte aber nicht aus dem Unterricht. Er war gespannt, wie es ihm bei den Froschfressern ergehen würde.

Er hatte Patty und den Kindern gesagt, dass er in spätestens zwei Wochen zurück wäre. Dieser Scheißwald nahm einfach kein Ende. Ted hatte Hunger. Vielleicht hätte er in dem Kaff doch einen Burger essen sollen. Er beschloss, in North Bay eine kurze Rast einzulegen. Danach würde er dem Ottawa River folgen, weiter und weiter durch endlose Wälder, bis der Strom sich in Montreal in den St. Lawrence ergoss. Jenseits des Flusses lag die Wildnis Québecs, eine Welt ohne Straßen, die sich über Tausende von Kilometern bis zum Polarkreis erstreckte, und in der Wölfe, Schwarzbären und Elche umherstreiften wie schon seit ewigen Zeiten. Menschenleer. Bis auf ein paar Inuit und Cree. Das Gesicht des toten Mädchens wies Bissspuren von Füchsen oder Hermelinen auf. Die Augen hatten Krähen oder Raben ausgepickt. *Fuck* Mutter Erde, dachte Ted und drückte aufs Gaspedal. Der BMW flog dahin wie ein Pfeil.

Jean-Baptiste LeRoux
22. Oktober

„Willkommen in Montreal, Monsieur Garner. Ich hoffe, Sie hatten eine gute Fahrt."

Morels Stimme klang ölig und seine schläfrigen Augen hatten etwas Lauerndes. Doch Garner nickte nur und verzog keine Miene. Er war um die 40, mittelgroß und drahtig, hatte kalte graue Augen, ein hageres Gesicht und schütteres blondes Haar. Morel stellte Bruno und LeRoux vor, und sie schüttelten einander die Hand. Garner trug einen teuer aussehenden grauen Anzug und ein blütenweißes Hemd mit Krawatte. Außer *bonjour* schien er kein Französisch zu sprechen, erwartete aber, dass alle Englisch mit ihm sprachen. Er kam aus Regina, einer dieser trostlosen Städte im Westen, in denen die Leute die Wörter Kunst, Theater und Literatur für anrüchig halten und am Wochenende lieber auf Murmeltiere und Bierflaschen schießen.

Morel blätterte in dem Obduktionsbericht, den die Lamartine vor einer knappen Woche abgeliefert und LeRoux bei einem Kaffee unter einer Parfumwolke und vielen Augenaufschlägen ausführlich erläutert hatte.

„Sie haben die Fotos ja bereits bekommen, Monsieur Garner. Die Tote ist eine etwa 15-jährige Indianerin, schwanger im 4. Monat. Schwere Misshandlungsspuren am ganzen Körper, Hämatome, Narben, Verbrennungen von Zigarettenkippen, Würgemale am Hals, außerdem Einstichstellen an beiden Unterarmen und Reste von Halluzinogenen im Blut."

Morel hatte Schweißperlen auf der Stirn. Sein Englisch war so katastrophal, dass sich LeRoux nur mühsam sein Grinsen verkneifen konnte.

„Die Todesursache war ein aufgesetzter Schuss in die Schläfe, und sie hat circa zehn Tage im Wasser gelegen, bevor sie angeschwemmt wurde."

„Kennen Sie das Kaliber?", unterbrach Garner.

„Nein", sagte Morel. „Kopfdurchschuss. Ein Projektil wurde nicht gefunden."

Es wurde leider auch kein Ausweis oder ein Handy oder sonst irgendetwas, was eine Identifizierung möglich gemacht hätte, gefunden, dachte LeRoux. Bruno und er hatten sämtliche Vermisstenanzeigen gründlich geprüft, aber es gab keine, die passte. Es war einer dieser Fälle, auf die niemand wirklich Lust hat und die meist unaufgeklärt bleiben. Doch Morel hatte recht behalten. Diesmal gab es Druck. Und zwar erheblichen. Vielleicht war es der berühmte Tropfen, der das Fass zum Überlaufen brachte. *Wieder eine tote Indianerin.*

Polizei bleibt untätig. Das war noch eine der harmloseren Schlagzeilen in der Montréal Gazette. Rassismusvorwürfe, Korruptionsvorwürfe, das Übliche. Pressekonferenz. Gespräche mit dem CNG. Proteste diverser Friends-of-the-Indian-Gruppen. Ein Serienmörder, der es auf Indianerinnen abgesehen hatte. Anforderung eines Profilers. Ted Garner, RCMP-Karriere-Hengst aus Saskatchewan.

Es klopfte, und Marie brachte Kaffee. Sie trug einen kurzen Rock und einen eng anliegenden Pullover. LeRoux zwinkerte ihr zu und sie lächelte. Während Morel lang und breit den Stand der bisherigen Ermittlungen erläuterte, machte Garner weiter sein Pokerface und schwieg. LeRoux schlürfte dankbar den heißen Kaffee und blickte Marie hinterher, als sie das leere Tablett hinaustrug. Sie hatte einen sexy Hintern. Als Morel endlich fertig war, verzog Garner die Lippen zu einem ironischen Lächeln und sagte nur: *„Merci beaucoup pour les informations."* Anscheinend hatte er keine weiteren Fragen.

Seine Aussprache war noch schlechter als Morels Englisch. *„Pardon, Monsieur?"*, fragte LeRoux, doch entweder verstand Garner die Spitze nicht oder es kratzte ihn nicht.

Sie trotteten zurück in LeRouxs Büro. Morel hatte ihn angewiesen, eng mit Garner zusammenzuarbeiten und ihn ständig auf dem Laufenden zu halten. Das erste, was Garner tat, war, ihm die Hand hinzustrecken und zu sagen: „Ted." Ihm blieb nichts anderes übrig, als zu sagen: „Jean-Baptiste."

Sollte er sich die Zunge daran verrenken. Doch er blickte nur cool und fragte, ob es okay sei, J. B. zu sagen. J. B., *sacrebleu.*

Ohne eine Antwort abzuwarten, zog Garner eine Mappe aus seiner Aktentasche und begann, die Wände von LeRouxs Büro mit Fotos der verschwundenen Frauen zu verschönern. Er fragte noch nicht einmal um Erlaubnis. Darunter klebte er Zettel mit Fundstelle, Datum, Zustand der Leiche und Beschreibung der Todesursache. Nur fünf Namen, der Rest nicht identifiziert.

Audrey Cardinal, 23 Jahre, Cree Indianerin, zuletzt gesehen in Fort Fraser, B.C., von Jägern gefunden am 31.

Oktober letzten Jahres in der Nähe von Burns Lake, vergewaltigt und erschlagen.

Martha Loon, 31, Cree Indianerin, hatte als Prostituierte in Sault Ste. Marie gearbeitet, zuletzt am Transcanada-Highway gesehen, wie sie in einen Truck einstieg. Ihre Leiche wurde am 23. März von einem Eisangler im Ranger Lake gefunden. Musste aus dem Eis geschnitten werden. Aufgesetzter Kopfschuss. Die Augen fehlten.

Vicki Hunter, Métis, 36, zuletzt gesehen am 19. Mai in Jasper, Alberta. Sie war getrampt, eine Familie aus Calgary hatte sie mitgenommen bis Red Pass. Wollte weiter nach Prince Rupert, Verwandte besuchen. Ihre Leiche wurde drei Wochen später bei Tête Jaune Cache gefunden. Misshandlungsspuren, vergewaltigt. Erwürgt. Täter nie gefasst.

LeRoux spürte, wie ihn eine große Müdigkeit überkam. Er musste sich zwingen, Garners Ausführungen zu folgen. Während seiner Ausbildung an der Polizeiakademie in Montreal war er voller Idealismus gewesen, hatte davon geträumt, die Welt sicherer und gerechter zu machen, doch je länger er bei der Sûreté war, desto sinnloser erschien ihm seine Arbeit.

Teresa St. Clair, Cree Indianerin, 17, zuletzt gesehen am 16. Juli in Medicine Hat, Alberta. Stammte aus dem Indianer-Reservat Blue Quills, nördlich von Edmonton. War unterwegs zu einem Powwow in Rocky Hill Montana, USA. Ihre Leiche wurde von einem Ranger in den Cypress Hills entdeckt. Mehrfach vergewaltigt, Messerstiche. Verblutet. Vermutlich mehrere Täter. Eine Festnahme, Peter McMillan, 19, freigelassen wegen Mangels an Beweisen.

Die Bilder der Ermordeten überfluteten sein Hirn wie Wellen eines verseuchten Meeres. Wieder überfiel ihn das Gefühl der Trostlosigkeit, das er in letzter Zeit immer häufiger spürte. Vielleicht hätte er Dichter werden sollen. Trinken, rumhuren und traurige Verse drechseln. Er dachte an Céline. 13:00 Uhr. Hotel de Paris. Er spürte Angst und gleichzeitig eine wilde Erregung. Er musste aufpassen, dass ihm sein Leben nicht entglitt.

Sandra Moses, 29, Cree Indianerin. Zuletzt gesehen am 18. September in Moose Jaw. Leiche im Ufergebüsch des Old Wives Lake gefunden. Misshandlungsspuren. Todesursache: ertrunken. Noch zwölf weitere Fotos, namenlos, als letztes die Leiche aus dem St. Lawrence. Erwürgt, erschlagen, erstickt, erschossen, ertrunken. Fast alle vergewaltigt. Sein Büro sah aus wie ein Gruselkabinett. Gleich müsste er kotzen. Sein Kopf schwirrte.

Garner trat einen Schritt zurück und betrachtete sein Werk mit der Zufriedenheit eines Galeristen, der eine vielversprechende Ausstellung eröffnet.

„Meinen Sie, es gibt da überhaupt einen Zusammenhang?", fragte LeRoux.

„Vielleicht", sagte Garner. „Vielleicht auch nicht. Vielleicht bei einigen."

Er deutete auf zwei der Fälle, beide aus Ontario.

„Die zweite Leiche wurde am 3. Juni am Ufer des Ottawa River nicht weit vom Transcanada-Highway auf der Höhe von Deep River gefunden. Seltsamerweise fehlten auch hier die Augen. Aufgesetzter Kopfschuss, und" – er machte eine vielsagende Pause – „selbes Kaliber wie bei

Martha Loon." Garner kniff die Augen zusammen, näherte sich den beiden Fotos der Montreal-Leiche und vertiefte sich darin, als mache er eine Zen-Meditation.

„Das Mädchen wurde in der City angespült?"

LeRoux nickte.

„Gibt es irgendeinen Hinweis darauf, wo sie getötet wurde?"

„Nein", sagte LeRoux.

Garner heftete seine grauen Augen auf ihn.

„Wenn sie zehn Tage im Wasser lag und wir die Strömungsgeschwindigkeit berechnen, könnte sie natürlich ebenfalls irgendwo in Ontario in der Nähe des Highways ermordet und in den Ottawa River geworfen worden sein. Ottawa und St. Lawrence fließen kurz vor Montreal zusammen. Doch genauso gut könnte sie auch jemand am Stadtrand von Montreal in Ufernähe versteckt haben und sie wurde vom Hochwasser mitgerissen."

LeRoux nickte.

Garners Blick erinnerte ihn an ein Reptil.

„19 Morde in fünf Jahren auf einer Strecke von über 4 500 Kilometern. Es gibt keinerlei logische Verknüpfung."

„Außer, dass 18 Frauen Indianerinnen waren, fast alle getrampt sind, vergewaltigt und brutal ermordet wurden und kein einziger Fall aufgeklärt ist", sagte LeRoux. Er fand selbst, dass seine Stimme pathetisch klang.

„Sie glauben nicht an den Zufall, J. B.?"

Garner fixierte ihn wie ein Hypnotiseur. Das Grau seiner Augen changierte in ein dunkles Meergrün, doch vielleicht war das nur das Lampenlicht.

„Keine Ahnung", sagte LeRoux.

Garners Stimme war plötzlich von einer sonderbaren Intensität.

„Jede zufällige Begegnung ist eine Verabredung, jede Demütigung eine Buße, jeder Zusammenbruch ein geheimnisvoller Sieg, jeder Tod ein Selbstmord. Arthur Schopenhauer. Interessanter Gedanke, finden Sie nicht, J. B.?"

LeRoux zuckte mit den Achseln und schwieg. Was für ein Spinner, dachte er. Er fühlte sich wie in einem seltsamen Albtraum, in dem man mit einem fremden Menschen in einem engen Raum gefangen ist, aus dem es kein Entrinnen gibt. Er zündete eine Zigarette an und hielt Garner die Schachtel hin. Garner schüttelte den Kopf.

„Auf dem Transcanada fährt man stundenlang durch die Wildnis, ohne einem einzigen Menschen zu begegnen", fuhr er fort. „In Ontario und Alberta ist Hitchhiking verboten. Diese Squaws hatten eine Verabredung mit dem Schicksal. Und niemand scheint sie zu vermissen. Komisches Volk."

LeRoux zog an seiner Zigarette und inhalierte tief. Er musste aufpassen, dass ihm nicht der Kragen platzte. Diese Frauen waren getrampt, weil sie kein Geld für den Bus oder für Benzin hatten. Weil sie ihre Familie besuchen oder zu einem Powwow oder sonst wohin wollten. Und es gab jede Menge Scheißkerle da draußen. Und das Schlimme war, dass die meisten ungeschoren davonkamen. Das Allerschlimmste jedoch war, dass es ihm mehr und mehr egal wurde. Er wünschte, Garner würde dahin zurückkehren, wo er hergekommen war, und sie könnten die Akte schließen. Doch Morel würde keine Ruhe geben. Er schien sich in die Sache mit den Highway-Morden festgebissen zu haben wie ein Terrier. Wenn die Sûreté einen Serienmörder stellen würde, wäre er die ganz große Nummer.

Wie es aussah, gab es jedoch nicht eine einzige brauchbare Spur. Drei Mal aufgesetzter Kopfschuss, zwei Mal dasselbe Kaliber. Das war's. Er zwang sich, noch einmal an die Wand zu schauen und die Fälle der beiden Ontario-Morde zu studieren. Martha Loon. Sault Ste. Marie. Zuletzt gesehen, wie sie in einen Truck am Transcanada-Highway einstieg.

„Was ist mit dem LKW?", fragte LeRoux. Garner runzelte die Stirn.

„Ein Grund, weshalb ich die ganze Strecke mit dem Auto gefahren bin, war, die Zeugin noch einmal zu befragen."

„Und?", fragte LeRoux.

„Die Zeugin war eine gewisse Lorraine Buffalo. Ebenfalls Indianerin, ebenfalls Prostituierte."

Garner schwieg, LeRoux auch. Von ihm aus konnte Garner sich totschweigen. Er rauchte die Zigarette zu Ende und starrte aus dem Fenster. Der Himmel war von einem schmutzigen Wintergrau.

„Lorraine Buffalo ist verschwunden", sagte Garner. „Niemand konnte mir sagen, wo sie ist."

Er wäre auch gerne verschwunden, dachte LeRoux. Höchste Zeit, Garner loszuwerden. Er musste in einer Viertelstunde im Hotel sein. Céline war keine Frau, die man warten ließ.

„In dem Zeugenbericht steht, dass Martha Loon gegen 22:15 Uhr an der Esso Gas Station 436 Frontenac Street am

Transcanada-Highway Richtung Sudbury in einen Truck gestiegen ist.

Schwer beladener Truck für den Holztransport. Fahrer männlich, weiß, 25 bis 30 Jahre alt. Trug eine Sonnenbrille. Sonst keine Hinweise."

LeRoux stöhnte innerlich. Hoffentlich verlangte Morel nicht, dass sie die Fahrtenschreiber aller Holztransporter in Kanada mit weißen männlichen Fahrern zwischen 25 und 30 überprüften, denn dann würden sie bis zur Pensionierung an dem dämlichen Fall sitzen. Und das wegen einer indianischen Prostituierten, nach der eh kein Hahn mehr krähte. Außerdem war Ontario RCMP-Gebiet. Er musste los. Dringend. Garner starrte an die Wand und schien völlig in sich selbst versunken.

„Hören Sie, Ted", fing LeRoux an. Er fand selbst, dass sich seine Stimme so schleimig anhörte wie die einer Kurtisane. „Ich habe noch einen wichtigen Termin. Bruno wird Sie mitnehmen in unsere Kantine. Wir sehen uns um zwei."

Garner blickte kurz auf und lächelte sein kaltes Lächeln.

„Lassen Sie sich ruhig Zeit, J. B.", sagte er.

Fuck you, dachte LeRoux.

Das Hotel de Paris lag in der Sherbrooke Street East, etwa auf halber Strecke zwischen dem Musée des Beaux-Arts und der Sûreté du Québec. Trotz des hochtrabenden Namens war es ein kleines schäbiges Stundenhotel, doch es war bereits das dritte Mal in einer Woche, dass er sich die Schlüssel zu Zimmer 14 von dem schmierigen Portier aushändigen ließ.

LeRoux schloss die Zimmertür auf. Céline war noch

nicht da. Er fühlte eine vage Enttäuschung. 13:10 Uhr. Knapp 40 Minuten, dann müsste er zurück ins Büro. Er zog Schuhe, Socken und Hemd aus und warf sich auf das Bett. Angestrengt lauschte er auf Schritte im Gang. Sein Magen knurrte. Von irgendwoher klang leise Musik. Während er auf Céline wartete, wuchs seine Erregung mit jeder Sekunde. Seit er sie vor knapp drei Wochen in einem Musikcafé auf dem Plateau, in dem er nach Dienstschluss ab und an noch ein Glas Wein trank, kennengelernt hatte, spukte sie ihm im Kopf herum. Er flirtete mit ihr, und noch am selben Abend landeten sie in ihrem Bett. Sie hatte ihm erzählt, dass sie Künstlerin sei und im Musée des Beaux-Arts jobbte. Viel mehr wusste er nicht von ihr, obwohl er inzwischen jeden Quadratzentimeter ihrer Haut kannte. Die Uhr zeigte 13:21 Uhr. Ungeduldig sprang er auf und schaute aus dem Fenster. Schneeregen fiel in dünnen Strichen auf den Asphalt, und obgleich es erst Mittag war, brannte in den gegenüberliegenden Häusern bereits Licht. Wenn LeRoux etwas am Winter hasste, dann war es die Dunkelheit. Er hatte Céline gesagt, dass er verheiratet war, doch das schien sie nicht zu stören. Damals hatte er gedacht, dass Sophie die Liebe seines Lebens sei.

Doch die Dinge hatten sich verändert. Vielleicht lag es an seinem Beruf. Unregelmäßige Arbeitszeiten, Nachtschichten, Überstunden. Sie war zu oft allein. Vielleicht lag es auch daran, dass sie keine Kinder hatten. Zuerst hatten sie es aufgeschoben, dann hatte es nicht geklappt. Es war noch nicht zu spät, doch er wusste jetzt, was „eheliche Pflichten" bedeutete. Vielleicht lag es auch daran, dass manche Menschen nicht für die Ehe geschaffen waren. Und vielleicht gehörte er ja dazu. Vor dem Hoteleingang hielt ein Auto. Es war ein schwarzer Citroen DS. Am Steuer saß ein Mann von etwa Mitte bis Ende 40. Er war gutaussehend auf eine gefährliche Art, die LeRoux an ein gefangenes Raubtier denken ließ. Die Beifahrertür ging auf und Céline stieg aus. Sie trug einen schwarzen Wollmantel mit Pelzbesatz und hochhackige schwarze Stiefel. Bevor sie ins Hotel ging, ließ der Fahrer das Fenster herunter und sagte etwas. Céline beugte sich kurz hinein und gab ihm einen flüchtigen Kuss.

LeRoux spürte einen Stich in der Brust. Das Auto wendete mit quietschenden Reifen und fuhr davon. LeRoux dachte, dass er sich das Nummernschild hätte merken sollen, doch jetzt war es zu spät. Als er ihre Schritte auf dem Flur hörte, riss er die Tür auf.

„Wo bleibst du?"

Seine Stimme klang schärfer als gewohnt. Céline lächelte süffisant.

„Sorry, ich bin aufgehalten worden", sagte sie und zog den Mantel aus.

Sie trug einen eng anliegenden Rock und eine weiße Seidenbluse, unter der ihr BH durchschimmerte. Während sie langsam die Bluse aufknöpfte und den Rock abstreifte, klebten seine Augen an ihrem Körper wie Magnete.

„Wer war das?", fragte er.

„Ein Freund", sagte sie. „Er war so nett, mich herzufahren." In ihren Augen blitzte etwas auf. Spott? Trotz? Herausforderung? Er packte sie und warf sie auf das Bett.

35

Sie hatte noch ihre Stiefel an, doch er riss ihr Strumpfhose und Slip herunter und drang sofort in sie ein. Sie stöhnte. Es schien ihm, als könne ihr makelloser Körper die grausamen Bilder der getöteten Frauen, die in seinem Kopf herumspukten, auslöschen, und er stieß mit einer Leidenschaftlichkeit in sie, die an Brutalität grenzte und ihn selbst erschreckte. Céline schrie und grub ihre Nägel in seinen Rücken. Als er fertig war, brach er keuchend über ihr zusammen. Sein Herz raste wie verrückt und er war zu Tode erschöpft. Er fühlte sich schuldig und gleichzeitig glücklich und unglücklich. Als sich sein Puls ein wenig beruhigt hatte, kramte er seine Zigaretten hervor und zündete eine an. Célines weißer, nackter Körper lag ausgestreckt auf dem Kingsize-Bett und ihr schwarzes Haar floss über das Kissen. Dunkelroter Kirschmund mit verschmiertem Lippenstift. Wie Schneewittchen, nur nicht so unschuldig, dachte LeRoux. Er strich über ihre Brüste, doch sie regte sich nicht und schwieg.

„Sehen wir uns morgen?" Er merkte selbst, wie dringlich seine Stimme klang.

„Vielleicht", sagte Céline.

„Ich melde mich. Ich muss los", sagte er.

Er stand auf und zog sich hastig an. Ihr Geruch klebte an ihm.

„Mach's gut."

Während er den Flur entlang und die Treppe hinunterhastete, dachte er wieder, dass er die Sache beenden müsste. Er schob dem Portier einen 50-Dollarschein hin und eilte hinaus.

Die Temperatur war gefallen und der Schneeregen ging in dichte Flocken über, die auf dem Asphalt zerplatzten und einen schlierigen Film bildeten. Auf der Windschutzscheibe seines Wagens lag eine dünne weiße Schicht. Er ließ den Motor an und fuhr zurück zur Sûreté.

Ted Garner
23. Oktober

Das Gebäude des First Nation Reunion Center auf der Rue Saint-Dominique war ein altes graues Eckhaus mit riesigen Bogenfenstern wie bei einem Kirchenschiff. Auf dem Parkplatz stand ein Ford SUV mit der Aufschrift *Wichihiwewin Street Patrol.*

Die Temperatur war über Nacht gefallen und als sie ausstiegen, bildete der Atem vor ihren Mündern eine dichte weiße Wolke. Für den Nachmittag waren Schneefälle angesagt. Seit J. B. – er musste grinsen bei dem Namen, den er dem Froschfresser kurzerhand verpasst hatte – ihn nach dem Frühstück am Hotel abgeholt hatte, hatte LeRoux mindestens drei Zigaretten geraucht, und obwohl Garner während der knapp halbstündigen Fahrt das Fenster heruntergelassen hatte, war ihm ein wenig übel. Er hatte recht gehabt. Er täuschte sich nur selten. Schlampige Ermittlungen. Weder dieser Morel noch LeRoux hatten auch nur das geringste Interesse an dem Fall. Morel hatte sich von vornherein auf einen nebulösen Serienmörder versteift und LeRoux war einer dieser selbstverliebten Franzosen, die sich hauptsächlich für ihren Schwanz interessierten. *Chercher la femme,* oder wie das hier hieß. Als er gestern viel zu spät aus der Mittagspause ins Büro zurückkam und etwas von Zahnarztbesuch faselte, war sein Hemd falsch geknöpft.

In der Eingangshalle des Zentrums lungerten ein paar indianische Männer herum, die sie misstrauisch beäugten. An der Wand stand ein verschlissenes Sofa, ein Fernseher lief.

Stadtindianer. Junkies, Alkoholiker, Obdachlose. Gestrandete, die die Street Patrol irgendwo in der Stadt aufgelesen und hier ausgespuckt hatte. Wozu auch immer. In der Ecke ein Getränkeautomat, an dem ein Pappschild klebte. *Außer Betrieb.*

LeRoux fragte etwas auf Französisch und einer der Indsmen wies mit dem Kinn in eine unbestimmte Richtung. Sie folgten einem Gang, von dem mehrere Türen abgingen. Wenn du einen Fall lösen willst, musst du der Täter werden. Oder das Opfer. Es wird dich unweigerlich zum Täter führen. Doch zuerst musst du herausfinden, wer das Opfer war.

Garner klopfte an eine halb geöffnete Tür, an der ein Messingschild mit der Aufschrift *Raymond Chipewyan, Conseiller/Counseler* hing. Eine Männerstimme rief etwas in einer Sprache, die er nicht verstand. Vielleicht war es Cree oder Chippewa oder Chinesisch. Sie traten ein. Hinter einem Schreibtisch saß ein etwa 50-jähriger Indianer. Er trug eine Brille, deren Gläser so stark spiegelten, dass seine Augen nur verschwommen zu erkennen waren. Sein schulterlanges Haar war von grauen Strähnen durchzogen wie bei einem *Skunk,* und über den wulstigen Lippen hing ein ungepflegter dünner Schnurrbart herab. Er trug eine *Stars and Stripes*-Baseballmütze, an der vorne ein blutroter Adlerkopf aufgenäht war. LeRoux zückte seinen Dienstausweis, doch der Indianer warf nur einen flüchtigen Blick darauf und blickte sie so ausdruckslos an wie ein Fisch in einem Aquarium. Neben dem Schreibtisch stand ein braunes Holzregal voller Aktenordner, darüber hing ein Traumfänger.

39

Garner stellte sich und LeRoux kurz auf Englisch vor und streckte die Hand aus, doch der Indianer ignorierte sie und wies mit einer knappen Geste auf zwei Plastikstühle. Sie setzten sich.

„Wir suchen jemanden", begann Garner. Chipewyan zeigte keine Regung und schwieg.

„*Nous cherchons …*", begann LeRoux, doch Garner schnitt ihm das Wort ab.

„Sie sprechen Englisch?", fragte er.

Der Indianer machte eine kaum wahrnehmbare Bewegung mit dem Kopf, die Garner als ein Nicken deutete.

„Wir suchen jemanden, der vielleicht hier war. Eine junge indianische Frau. Leider wissen wir ihren Namen nicht."

Er machte eine Pause, doch Chipewyan blickte ihn weiterhin an wie ein Ölgötze.

„Wir vermuten, dass sie hier im *Reunion Center* war. Sich vielleicht Rat bei Ihnen geholt hat. Sie sind doch Berater?"

Wieder nickte der Indianer kaum merklich.

„Die junge Frau ist tot."

Garner spürte Ärger in sich aufsteigen.

„Wir brauchen eine Liste aller indianischen Mädchen zwischen 14 und 16 Jahren, die Sie in den letzten sechs Monaten beraten haben."

Der Indianer schwieg weiter. Garner zwang sich, seine Stimme ruhig klingen zu lassen.

„Es geht um Mord."

„Ich weiß", sagte der Indianer. „Völkermord." Er verzog die Lippen zu einem süffisanten Lächeln. „Geht es nicht schon seit 500 Jahren darum?"

Garner hätte ihn am liebsten ins Gesicht geschlagen.

„Möchten Sie, dass wir mit einem Durchsuchungsbeschluss wiederkommen?"

„Wir führen keine Listen", sagte der Indianer. „Nur Weiße führen Listen. Unsere Brüder und Schwestern, die hierherkommen, vertrauen darauf, dass sie anonym bleiben dürfen." „Vielleicht können Sie uns trotzdem helfen." LeRouxs butterweicher Akzent.

„Das Mädchen, das wir suchen, war schwanger. Wahrscheinlich drogenabhängig. Es könnte sein, dass sie hier Hilfe gesucht hat. Nur wenn wir herausfinden, wer sie war, können wir den Täter finden."

LeRoux kramte seine Zigaretten hervor und bot dem Indianer eine an. Der Indianer griff zu, ohne sich zu bedanken, LeRoux gab ihm Feuer und zündete sich selbst eine an. Beide rauchten eine Weile schweigend. Wahrscheinlich warteten sie darauf, dass der große Manitu ihnen den Namen des Mörders ins Ohr flüstern würde. Garners Blick fiel auf ein Poster, das an der Wand hinter dem Schreibtisch hing. Es zeigte ein Tipi in einem türkisfarbenen Kreis mit zwei Federn, darunter stand in schwarzen Lettern *Indian Heritage, Indian Pride, Indian Values: Teamwork, Respect, Equality.*

Garner hasste Teamwork. LeRoux zog ein Foto hervor und schob es über den Tisch.

„Das Mädchen wurde letzte Woche am Urban Beach gefunden. Bestimmt haben Sie davon gehört. Die Zeitungen waren voll davon."

Chipewyan nahm die Brille ab und hielt das Bild dicht

41

vor seine Augen. Er betrachtete es so lange, dass Garner
Mühe hatte, seine Ungeduld zu bezähmen. Dann richtete
er den Blick auf LeRoux. Seine dunklen Augen waren von
einer merkwürdigen Starre.

„Ich kenne das Mädchen nicht", sagte er.

„Ist ja auch nicht viel zu erkennen", sagte Garner. „Doch
vielleicht hilft Ihnen das auf die Sprünge, Chief."

Er zog ein Papier aus der Hosentasche und faltete es auseinander. Darauf war die Zeichnung, die er gestern Mittag
in der forensischen Abteilung auf der 13. Etage der Sûreté
zusammen mit Docteur Lamartine erstellt hatte, während
J. B. beim Zahnarzt oder bei seinem Schäferstündchen oder
wo auch immer gewesen war. Die seltsame Verfärbung am
Oberarm, die auf einem der Fotos nur schwach zu sehen
und von ausgedrückten Zigarettenkippen fast ausgelöscht
war, war ein Tattoo. Das hatte die Untersuchung der Hautpartikel eindeutig ergeben. Er täuschte sich nur selten.

Der Blick, den LeRoux ihm zuschoss, war giftig, doch er
war so klug, den Mund zu halten.

„Das Mädchen, das wir suchen, war tätowiert. Eine
Schlange am rechten Oberarm. Meergrün. Circa drei Zen-
timeter lang."

Als er dem Indianer das Papier zuschob, meinte er, ein se-
kundenlanges Flackern in den schwarzen Augen zu sehen.
Er murmelte etwas, das wie Mississippi-Manitu oder Mist-
Mist Manitu klang.

„Erkennen Sie das?", fragte Garner.

Plötzlich hatte er das Gefühl, dass jemand hinter ihm
stand, doch als er sich umdrehte, war niemand zu sehen.

Chipewyan nestelte an dem Papier herum und schob es auf dem Tisch hin und her. Garner hatte Mühe, sich zu beherrschen. Der Indianer nahm einen tiefen Zug von seiner Zigarette, dann drückte er die Kippe nachlässig in einem Plastikaschenbecher, der auf seinem Schreibtisch stand, aus, sodass sie weiter vor sich hin qualmte. Garner unterdrückte ein Husten.

„Die meisten Mädchen, die zu uns kommen, stecken in Schwierigkeiten", sagte Chipewyan endlich. „Einige kommen aus Montreal, doch viele stammen aus irgendeinem abgelegenen Reservat. Sie träumen von einem besseren Leben, aber sie kommen in der Großstadt nicht klar. Finden keinen Job, fühlen sich einsam. Landen auf der Straße. Geraten an die falschen Leute." Seine Stimme war jetzt voller Verachtung und er blickte Garner anklagend an. „Wir tun alles, um ihnen zu helfen, doch unsere Mittel sind begrenzt. Das Reunion Center ist autonom, wird nur von Spenden finanziert. Ihr Staat kümmert sich nicht um uns."

Garner starrte ungerührt zurück.

„Schluss mit dem Lamentieren, Chief", sagte er. „Ich habe Sie gefragt, ob Sie das Tattoo schon mal gesehen haben."

Chipewyan klappte den Mund auf wie ein Fisch, der nach Luft schnappt. Wieder hatte Garner das Gefühl, dass noch jemand im Raum war. Ein Atmen, eine kaum spürbare Präsenz. Noch bevor Chipewyan den Mund wieder zuklappen konnte, sprang Garner vom Stuhl, stürzte auf die Zimmertür zu und riss sie auf. Er starrte in das erschrockne Gesicht eines jungen Indianers, der offensichtlich hinter der Tür gelauscht hatte. Der Mann wich sofort zurück und versuchte zu fliehen, doch Garner erwischte ihn beim Ärmel und hielt ihn fest.

„Hiergeblieben, Freundchen", zischte er, als ihn ein stechender Schmerz in der Hand durchzuckte. Garner schrie auf. Blitzschnell zog der Mann das Messer zurück, riss sich los und rannte den Gang entlang. LeRoux kam aus dem Büro geschossen.

„Was ist los?", fragte er atemlos.

„Schnell, hinterher", raunzte Garner ihn an.

„Sind Sie verletzt?", fragte LeRoux, doch Garner schüttelte nur unwirsch den Kopf.

„Halb so wild, machen Sie schon, er darf uns nicht entwischen!"

LeRoux warf einen zweifelnden Blick auf Garners blutende Hand, dann setzte er sich endlich in Trab.

„Scheiße", fluchte Garner. Der Schnitt war tief und blutete stark. Er hatte den Kerl erkannt. Es war einer der indianischen Taugenichtse, die bei ihrer Ankunft in der Eingangshalle herumgelungert hatten. Raymond Chipewyan steckte den Kopf aus dem Türrahmen wie eine Schildkröte aus ihrem Panzer und blinzelte ihn aus seinen Aquariumaugen an.

„Haben Sie Verbandszeug?", pflaumte Garner ihn an. „Einer Ihrer netten Brüder wollte mich gerade skalpieren. Hat zum Glück nur die Hand erwischt. Oder helfen Sie grundsätzlich keinem Weißen?"

Er wankte zurück ins Büro und ließ sich auf einen Stuhl fallen. Er fühlte Übelkeit in sich aufsteigen. Der Fall kotzte ihn jetzt schon an. Chipewyan verzog keine Miene und kramte in aller Seelenruhe einen Arzneikasten aus einem Schrank hervor.

„Soll ich einen Krankenwagen rufen?", fragte er, während er in Zeitlupentempo die weißen Gazestreifen um Garners Hand wickelte.

„Indianer kennen keinen Schmerz", sagte Garner, doch Chipewyan lächelte nicht.

„Tut mir leid", sagte er. Er verknotete die Enden und biss den Faden mit den Zähnen ab. Garner rümpfte die Nase. Sein grauweißer Haarschopf sah nicht nur aus wie ein *Skunk,* er roch auch so.

„Sie sollten zum Hospital, das muss genäht werden." Wieder blickte er Garner anklagend an. „Sie hätten den Mann nicht so erschrecken dürfen." Chipewyans Stimme klang verärgert.

„Waffen sind im *Reunion Center* verboten. Genau wie Alkohol und Drogen."

„Na, scheinen sich ja alle dran zu halten." Garner schnaubte durch die Nase. „Nur Chorknaben hier, ist schon klar! Sagen Sie mir lieber, wer das war! Oder kennen Sie den Kerl auch nicht? Genauso wenig wie das Mädchen, was?"

Chipewyan schoss ihm einen bösen Blick zu. Der Indianer log. Garner hätte schwören können, dass das Mädchen hier gewesen war.

„Keine Ahnung", sagte Chipewyan. „Ich habe den Mann ja gar nicht gesehen."

„Junger Bursche, etwa 1,70 groß, schulterlanges Haar

zu einem Pferdeschwanz gebunden, schwarzes Kapuzen-Sweatshirt, Blue Jeans."

„Trifft auf fast jeden hier zu", sagte Chipewyan ungerührt. „Die Leute kommen und gehen. Man kann nicht alle kennen. Außerdem sehe ich nicht gut."

Auf dem Gang waren hastige Schritte zu hören. LeRoux kam keuchend herein.

„Der Scheißkerl ist auf und davon", sagte er. „Wir müssen ihn zur Fahndung ausschreiben. Was macht Ihre Hand?"

„Geht schon", sagte Garner. „War gerade beim Medizinmann."

Er deutete auf Chipewyan. LeRoux grinste.

„Ich denke, wir sind vorerst fertig hier", sagte Garner. Er stand auf und wandte sich wortlos zum Gehen. Auch Chipewyan schwieg. Garner war stinksauer. Seine Hand schmerzte, ihm war flau im Magen, und sie waren keinen Schritt weitergekommen. Es war und blieb ein verstocktes Volk.

In der Lobby war niemand zu sehen. Anscheinend hatten die Männer, die bei ihrer Ankunft hier herumgelungert hatten, es vorgezogen, sich zu verdrücken. Als sie ins Freie traten, schlug ihnen ein eisiger Wind entgegen, und Garner schwindelte. Am Himmel zogen dichte graue Wolken auf. Sie gingen schweigend zu LeRouxs Wagen. Der Ford SUV mit der Aufschrift *Wichihiwewin Street Patrol* war verschwunden. LeRoux drückte auf die Fernbedienung und sie stiegen ein.

„Wir fahren ins Hospital", sagte er. Seine Stimme klang

beleidigt. „Warum haben Sie mir nichts von dem Tattoo gesagt?"

Garner zuckte mit den Schultern. Unter dem rechten Scheibenwischer der Windschutzscheibe steckte ein Zettel.

„Warten Sie", sagte er und sprang aus dem Auto. Er löste das Papier und faltete es auseinander. Auf dem Zettel war mit Bleistift etwas hingekritzelt. *Jeanette Niskawini.*

Stadt der Geister
November – ein Jahr zuvor

Immer wenn ihr Vater sie geschlagen hatte, kam Jeanette zu mir. Sie war meine Cousine, die älteste von acht Geschwistern, ihre Mutter war die Schwester meines Vaters. Damals lebte ich draußen im Busch, in einer einfachen Blockhütte etwa 16 Kilometer nördlich von Niskawini. Ich war gerade von der Highschool geflogen, es gab keine Arbeit im Reservat, und ich hatte keine Lust, in eine der Städte im Süden zu ziehen, von schlecht bezahlten Gelegenheitsjobs zu leben, mich in Indian Bars zu besaufen und langsam, aber sicher vor die Hunde zu gehen. Mein Vater war gestorben, als ich fünf war, doch mein Großvater hatte mich gelehrt, im Busch zu überleben. Ich wusste, wie man jagte, fischte, Fallen stellte, sich im Gelände orientierte, Kälte und Einsamkeit ertrug. Und er hatte mir die alten Geschichten erzählt, Geschichten vom gefrorenen Herz des Bösen, vom menschenfressenden Wendigo und von Wesakechak, der durch List das Böse besiegt.

An diesem Abend fiel der erste Schnee. Ich zündete die Kerosinlampe an und überprüfte die Metallbügel und Federn der Conibear-Fallen, die ich am nächsten Tag entlang der ausgetretenen Biberpfade, die zu den Burgen führten, aufstellen würde. Das Fell der beiden Biber, die ich letzte Woche gefangen hatte, war auf der Hautseite sorgfältig abgeschabt und auf Rahmen gespannt. Ich schnitt einen der Geilsäcke ab, die an einer Schnur über dem Holzofen zum Trocknen hingen. Er war braunschwarz und runzlig, und als ich ihn aufschnitt, kam das harzige bräunliche Sekret herausgeflossen, das ich als Lockmittel verwendete. Ich verwahrte es in einem kleinen Fläschchen und sog den bitterscharfen Geruch ein, der ein wenig an Baldrian erinnerte.

Ich hatte die Trapline von meinem Großvater übernommen. Es gab unterschiedliche Fallen und Köder für Otter, Nerz, Marder, Vielfraß und Luchs. Mein Großvater hatte mir alles beigebracht, was es darüber zu wissen gab. Der Pelzhandel war eingebrochen, seit die Europäer, die Hühner, Schweine und Puten in Massenbetrieben hielten, Küken schredderten und Hunderassen züchteten, die so niedlich waren, dass sie kaum atmen und laufen konnten, ihre große Tierliebe entdeckt hatten und Frauen, die Pelzmäntel trugen, mit Farbbeuteln bespritzten. Dennoch konnte man einigermaßen davon leben, nicht zuletzt dank der reichen Russen und Chinesen, die keine Skrupel hatten, ihren neu erworbenen Wohlstand zur Schau zu stellen. Es war unsere alte Lebensweise, vom Land zu leben, die Tiere, die wir jagten, mit Respekt zu behandeln und ihnen ihre Freiheit bis zu ihrem schnellen Tod zu lassen, doch was verstanden die Weißen schon davon.

Der Schnee fiel in dichten, schweren Flocken, legte sich auf die Äste der Föhren und Zedern. Draußen schlugen die Hunde an. Ich nahm meine Jagdflinte zur Hand, öffnete ein wenig die Tür und spähte in die Dunkelheit. Jeanette schlüpfte hinein wie ein verletztes Wiesel. Sie trug eine alte Armeejacke, abgerissene Jeans und bestickte Stiefeletten. Auf dem Pelzbesatz ihrer Kapuze hingen Eiskristalle, ihre Lippen waren blau. Sie zitterte.

Ich schob sie vor den Holzofen und warf noch ein paar Scheite hinein. Sie zog die Kapuze ab, und im Schein des Feuers sah ich ihr Gesicht. Ich erschrak. Das linke Auge war zugeschwollen, aus der Nase war Blut geflossen und hatte eine rostfarbene Kruste an den Löchern und auf der Oberlippe gebildet, die Wange war aufgeplatzt und rot unterlaufen.

„Was ist passiert?", fragte ich, doch ich wusste es bereits.

„Ich hau ab", sagte Jeanette. „Der Scheißkerl sieht mich nie wieder." In ihrer Stimme war ein solcher Hass, dass ich wusste, dass sie es ernst meinte.

„Wo willst du denn hin?", fragte ich.

„Montreal", sagte sie. „Kannst du mir Geld leihen?"

„Bleib erst mal hier", sagte ich.

Ich schob einen Stuhl an den Ofen und sie setzte sich. Ich sah, dass sie am Ende ihrer Kräfte war. Ihre Familie wohnte in Niskawini, sie musste Stunden durch das Schneetreiben und die Dunkelheit gelaufen sein, doch Jeanette hatte keine Angst vor der Wildnis. Sie kannte überhaupt keine Angst. Und das war es, was mir Angst machte. Ich zog ihr die Jacke und die Stiefel aus und holte meinen Arzneikasten. Wenn du alleine im Busch lebst, brauchst du nicht viel, doch ein paar Dinge solltest du dahaben. Werkzeug, Streichhölzer, Feuerholz, warme Kleidung. Proviant, Munition, Verbandszeug. Manche brauchten Whiskey. Ich hatte etwas Gras. Ich tupfte vorsichtig das Blut in Jeanettes Gesicht ab. Sie zuckte ein wenig, doch sie hielt still. Der Riss auf ihrer Wange hätte genäht werden müssen. Ich zog die Wundränder eng zusammen und legte ein Pflaster auf. Ich hoffte, dass sie keine Narbe zurückbehalten würde. Während ich Jeanette notdürftig verarztete, dachte ich, dass sie kein Kind mehr war. Unter ihrem Pullover zeichneten sich ihre Brüste ab, und obwohl sie sehr schlank war, hatten sich ihre Hüften in den engen Jeans gerundet. Sie trug das lange schwarze Haar zu einem Pferdeschwanz gebunden, und ihre Gesichtszüge mit den schräg stehenden dunklen Augen und den hohen Wangenknochen waren regelmäßig und schön. Sie war 14, vier Jahre jünger als ich. Ich wünschte, ich hätte ein Mädchen wie Jeanette. Ich würde jagen und fischen, sie würde Felle präparieren, Kleidung nähen, Essen kochen. Abends würden wir ein Feuer machen und unseren Kindern die alten Geschichten erzählen. Wir würden zurückkehren zu unserer traditionellen Lebensweise. Die Weißen und die ganze beschissene Welt da draußen vergessen. Wenn sie das Reservat verließ … Die Mädchen, die weggingen, kehrten entweder nach kurzer Zeit mit geschwollenem Bauch oder einem Mischlingsbaby zurück oder man sah sie nie wieder.

„Hast du was zu rauchen?", fragte Jeanette.

„Du bist zu jung", sagte ich, doch sie lachte. Es war ein trotziges, wegwerfendes Lachen, das sie viel älter wirken ließ, als sie war.

„Du solltest lieber was essen", sagte ich und zeigte auf die Hechte, die ich am Morgen geangelt hatte und die grünlich schimmernd in einem Eimer hinter der Tür schwammen.

„Komm schon", sagte sie. „Ich brauch was gegen die Schmerzen."

Ich zog meinen Tabakbeutel hervor, legte mich auf die

Bettstatt und drehte einen Joint. Ich nahm ein paar tiefe Züge, dann reichte ich ihn weiter an Jeanette. Ich spürte eine Welle von Zärtlichkeit, und ich hätte sie gerne beschützt, doch ich wusste nicht wie. Ich hatte genug mit meinem eigenen Leben zu tun.

„Warst du schon mal in Montreal?", fragte Jeanette.

„Ja", sagte ich.

Als ich 15 war, hatte einer meiner Onkel mich einmal mitgenommen. Er war Halb-Inuit und Künstler, machte Tierskulpturen aus Speckstein, die er an Galerien im Süden verkaufte. Er stammte aus Cape Dorset oben in Nunavut, ein kleiner, stämmiger Mann mit einem dünnen Schnurrbart. Er hatte meine Tante auf einer Beerdigung in Iqualuit kennengelernt, und er erzählte jedem, dass er sie vom Totenbett in sein ganz und gar nicht totes geholt habe, und dass ihr das sehr viel besser gefalle. Die ganze Fahrt über machte er anzügliche Witze, doch mir gefiel es, und wir hatten eine gute Zeit zusammen. Wir brauchten mehr als 13 Stunden für die 1100 Kilometer, und er ließ mich sogar zwischendurch ans Steuer, obwohl ich viel zu jung für den Führerschein war. Als wir in das glitzernde Lichtermeer der Stadt eintauchten, fand ich es gleichzeitig schön und unheimlich, fast so wie die Polarlichter, die in manchen Nächten wie rot- und grünglänzende Geistervorhänge am Himmel tanzen.

„Wow", sagte Jeanette. „Und wie ist es da so?" Ihre Stimme klang ganz aufgeregt.

„Es ist eine Geisterstadt", sagte ich.

Jeanette lachte, ich glaube, sie war ein wenig bekifft. Sie nahm noch einen tiefen Zug, dann gab sie mir den Joint zurück und legte sich neben mich. Ihr Körper war weich und warm.

Wir blieben drei Tage in Montreal. Wir hatten keine Lust, uns die eingesperrten Tiere im Biodome anzusehen oder in der Basilika Notre-Dame zu ihrem Jesus zu beten, doch wir schlenderten durch die Straßen, besichtigten den Pier und ein paar Museen, und obwohl uns die Leute in den Galerien freundlich behandelten, fand ich ihr Interesse oberflächlich, ihre Bewunderung gekünstelt. Immerhin kauften sie seine Sachen, glatt polierte Eisbären aus Serpentin, Eulen aus Dolomit und Quarz, Wölfe aus grauem Marmor und filigrane Elfenbeinschnitzereien aus Walrosszähnen. Mein Onkel grinste zufrieden, er hatte genug neue Aufträge und sein Portemonnaie quoll über.

„Ich brauche Geld", sagte Jeanette und schmiegte sich an mich. „Nur für den Start, damit ich über die Runden komme, bis ich einen Job gefunden habe."

„Ich bin pleite", sagte ich. Unter der Matratze lag ein Bündel Dollarscheine, die ich gespart hatte, doch das würde ich ihr nicht auf die Nase binden.

Am letzten Abend nahm er mich mit in eine der Indian Bars, deren Besitzer er kannte und der es nicht so genau nahm mit dem Alter der Gäste. Mein Onkel spendierte ein paar Runden, und nach ein paar Drinks waren wir alle Brüder. Ich hatte noch nie Alkohol getrunken und mein Kopf schwamm. Irgendwann hakte mein Onkel mich steifbeinig unter und wir verließen die Bar. Der Schlag traf ihn unerwartet. Er sank in die Knie und ich stützte ihn, dachte, er sei zu betrunken, um zu laufen. Dann bekam ich einen Tritt in die Nieren. Wir lagen

*keuchend am Boden. Blut floss auf den Asphalt. Zwei Männer
beugten sich über uns, durchwühlten unsere Taschen. Ich war
benommen vom Alkohol, doch ich zog das Jagdmesser aus dem
Stiefelschaft und stieß es einem der Angreifer in den Oberschenkel. Er fluchte laut, der andere trat mir in den Unterleib, sodass ich mich krümmte vor Schmerz. Dann ließen sie von uns
ab und verschwanden. Der, den ich erwischt hatte, humpelte.
Ich versuchte mich aufzurichten und beugte mich über meinen
Onkel. Er hatte eine klaffende Kopfwunde, und ich zog meine
Jacke aus und versuchte das Blut zu stillen. Ich weiß nicht, wie
wir es zur Polizeiwache schafften, doch ich weiß, wie wir dort
behandelt wurden. Zwei betrunkene Indianer, der eine min-
derjährig, die etwas von Tausenden von Dollars faselten, die
ihnen geklaut worden seien. Sie nannten meinen Onkel Chief
und mich Red Boy. Sie weigerten sich, ein Protokoll aufzuneh-
men und schlugen vor, dass wir in ihrer Zelle unseren Rausch
ausschlafen sollten. Tausende von Dollars, lachten sie. Sie frag-
ten, ob wir jemanden erkannt hätten und mein Onkel sagte,
dass es zwei junge Männer mit Kapuzen gewesen seien, die ihn
von hinten niedergeschlagen hätten. Sie grinsten. „Was ist mit
dir?", fragte mein Onkel. „Nein", log ich. Niemals würde ich
jemandem erzählen, was ich gesehen hatte. Die Scham war zu
groß. Es nützte nichts, dass ich mir sagte, dass es vielleicht Junkies waren, Alkoholiker, Verzweifelte. Es waren zwei Indianer
aus der Bar gewesen. In dieser Nacht schwor ich mir, dass ich
niemals nach Montreal zurückkehren würde.*

„Fuck Montreal", sagte ich. „Es ist eine Stadt der bösen
Geister. Bleib bei mir. Hier bist du sicher. Wir brauchen
kein Geld. Und wir brauchen die Weißen nicht."

Sie rauchte den Joint zu Ende und sah mich an. Ihre Augen waren schwarz und hart wie Murmeln.

„Du bist ein Träumer", sagte sie. „Die alten Zeiten sind vorbei."

Ted Garner

28. Oktober

„Wann kommst du zurück?"

„In zehn Tagen. Spätestens. Ich melde mich."

„Okay. Mach's gut."

„Mach's gut. Grüß die Jungs von mir."

Garner drückte auf Anruf beenden und legte das Handy beiseite. Er zog sich aus, streifte einen Plastikhandschuh über seine bandagierte Hand und drehte das heiße Wasser der Dusche auf. Zu Hause lief alles glatt. Garner hatte es nicht anders erwartet. Pat und er waren ein eingespieltes Team. Er konnte sich auf sie verlassen. Und sie stellte keine Forderungen. In den 16 Jahren ihrer Ehe hatte sie ihm noch nie eine Szene gemacht. Harmonie. Vertrauen. Manchmal ein diffuses Gefühl von Langeweile. Garner schob den Gedanken energisch beiseite, stieg in die Dusche und seifte sich ein. Der Fall klärte sich. Sie hatten das Mädchen identifiziert. *Er* hatte das Mädchen identifiziert. Sie würden den Täter bald fassen. Schließlich war er einer der erfolgreichsten Profiler Kanadas. Auch wenn Morel nach wie vor anderer Meinung war, glaubte Garner nicht, dass die Tat mit den Highway-Morden zusammenhing. Die meisten Morde waren Beziehungstaten. Das Mädchen war schwanger gewesen. Und es war misshandelt worden. Wahrscheinlich missbraucht.

Indianer. Garner schnaubte durch die Nase. Alkohol, Drogen, Verwahrlosung. Unkooperativ. Unfähig. Er war ins Büro zurückgestürmt und hatte Chipewyan den Zettel mit dem Namen unter die Nase gehalten, doch der Indsman mauerte einfach weiter, behauptete steif und fest, dass er keine Jeanette Niskawini kenne. Selbst nachdem er ihn am Kragen gepackt und mit einer polizeilichen Durchsuchung und der Schließung des Centers gedroht hatte, spuckte er kein Wort aus. Garner bedauerte, dass er ihn nicht an den Marterpfahl binden konnte. Im Büro der Sûreté hatte es ihn dann nur ein paar Mausklicks gekostet, um herauszufinden, dass Niskawini kein Name war. Niskawini war ein Ort. Ein Reservat. Oben im Norden.

Während das heiße Wasser seinen Körper hinunterlief, hatte Garner eine leichte Erektion. Er hatte Pat nicht erzählt, dass er gestern Abend in einem Club gewesen war. Einem Herrenclub. Montreal war schließlich berühmt für seine Nachtclub-Szene. Es war nichts passiert, er hatte ein paar Whiskey getrunken, auf die wippenden Brüste und prallen Arschbacken der Stripperinnen geschaut und sich gleichzeitig aufgegeilt und angewidert gefühlt. Er wusste, wo die Grenze war. Er würde Pat niemals betrügen. Anders als dieser Froschfresser LeRoux, der in der letzten Woche in der Mittagspause ‚zum Zahnarzt musste‘. Garner trocknete sich ab und nahm seinen Anzug und ein frisches weißes Hemd aus dem Schrank. Er hätte Blumen kaufen sollen. Immerhin war es eine nette Geste, ihn einzuladen. Eine Art Abschiedsabend.

Hoffte er zumindest. Morgen würden sie nach Niskawini fliegen. Sie würden das tote Mädchen nach Hause bringen. Die DNA-Probe war positiv. Nach endlosen Telefonaten mit dem Stammesbüro und einem indianischen

Polizisten, der sogar einigermaßen verständliches Englisch sprach, hatte sich herausgestellt, dass tatsächlich ein Mädchen vermisst wurde. Vor einem knappen Jahr spurlos verschwunden. Jeanette Maskisin, damals 14 Jahre alt. Es gab keine offizielle Vermisstenanzeige. Warum auch immer. Indianer. Hatten so viele Kinder, dass eins mehr oder weniger keinen Unterschied machte. Oder sie es im Suff nicht bemerkten, wenn eins fehlte.

Garner zog Schuhe und Mantel an und nahm den Lift in die Tiefgarage des Hotels, wo er den BMW geparkt hatte. Er ließ den Motor aufheulen und preschte ins Freie. Der Schnee fiel in dichten, schweren Flocken und legte sich wie ein weißer Glitzerteppich auf die beleuchteten Straßen der City.

Creebec Airlines stellte die Flüge in den Norden spätestens Mitte November ein. Wenn das Schneetreiben die ganze Nacht über anhielt, würde der morgige Flug wahrscheinlich gecancelt werden. Dann wäre die Route 117 die einzige Straße, die die Menschen dort oben mit der Zivilisation verbinden würde. Eine dünne Schnur, durch Blizzards und Schneeverwehungen zeitweise unpassierbar. 660 Kilometer Wildnis. Wenn das Mädchen im November letzten Jahres verschwunden war, musste es über diese Straße gefahren sein. Wer hatte sie mitgenommen? Ein Trucker? Gab es doch eine Verbindung zu den Highway-Morden? Aber das Mädchen war unversehrt in Montreal angekommen. Das seltsame Verhalten Chipewyans und der Zettel unter der Windschutzscheibe ließen wohl kaum einen Zweifel daran, dass sie im Center gewesen war. Aber war sie auch in Montreal ermordet worden? Vielleicht war sie in Schwierigkeiten geraten, hatte die Stadt verlassen wollen, war Richtung Westen getrampt … Alles war möglich. Die Leiche war am 15. Oktober angespült worden, da war sie bereits zehn Tage tot. Was war in den elf Monaten zwischen ihrem Verschwinden und ihrem Tod passiert? Und wer hatte den Zettel geschrieben? Der junge Messerstecher? Trotz eines Fahndungsaufrufs und Überwachung des Centers war er bisher nicht gefunden worden.

Der BMW glitt wie eine behäbige Raubkatze durch die verschneiten Straßen zum Plateau hinauf. 9, Rue St. Cathérine. Das Navi sagte, dass er sein Ziel erreicht hätte. Es war Sonntagabend. In dicke Wintermäntel eingemummte Gestalten strömten in die umliegenden Restaurants und Bars. Das Plateau du Mont Royal war ein Flanierviertel für Nachtschwärmer und Möchte-Gern-Bohemiens, und es passte zu LeRoux wie die Faust aufs Auge. Garner parkte den BMW in einer Seitenstraße. Hoffentlich knickte ihm niemand einen Spiegel ab oder rammte seine Stoßstange beim Ausparken. Er hätte ein Taxi nehmen sollen. Die Froschfresser fuhren wie die Henker. Als er aus dem Wagen stieg, umtanzte ihn das Schneegestöber wie eine wirbelnde weiße Wand, und er schlug den Mantelkragen hoch. Die Luft war kalt und klar. Nummer 9 war eins dieser muffigen Gebäude aus dem 19. Jahrhundert, die den morbiden Charme von Montreal ausmachten, auf den US-amerikanische Touristen flogen.

Garner drückte auf die Klingel. Der Türsummer ging, und er stieg die Treppe zur dritten Etage hinauf. Im Tür-

rahmen stand eine Frau von etwa Mitte 30. „Sophie Le-
Roux", sagte sie und lächelte. Sie trug ein eng anliegendes Seidenkleid und hochhackige Pumps, die ihre langen
Beine noch länger wirken ließen. Sie war mittelgroß, sehr
schlank, hatte kurzgeschnittenes brünettes Haar und ein
kleines Muttermal unterhalb des linken Mundwinkels.
Ihre Lippen waren von dem gleichen Dunkelrot wie der
Lack an den Fingernägeln ihrer feingliedrigen Hand, die
jetzt leicht wie eine Feder in der seinen ruhte. Er hätte Blumen kaufen sollen.

„*Monsieur Garner*", sagte sie. „*Nice to meet you*. Jean-Baptiste hat mir schon viel von Ihnen erzählt." Ihre Stimme
klang ein wenig rau und sie hatte einen ziemlich starken
Akzent.

Alles an ihr atmete diese lässige Eleganz aus, die Garner
sofort mit Französinnen in Verbindung brachte. *Voulez-vous
coucher avec moi?* Der einzige französische Satz, den er beherrschte, schoss ihm in den Sinn, doch er konnte sich gerade noch bremsen.

„Sicherlich nur Schlechtes", sagte er. LeRoux, der wie
ein dunkler Schatten hinter seiner Frau auftauchte, verzog
die Mundwinkel zu einem süßsauren Lächeln.

„Treten Sie ein, Ted", sagte er und nahm Garner den
Mantel ab, der trotz der wenigen Meter vom Auto bis zur
Wohnung von einer dicken, weißen Kruste bedeckt war.
Garner folgte den LeRouxs in ein mit Büchern und anti-
ken Möbeln vollgestopftes Wohnzimmer. Die stickige Luft
und plötzliche Wärme ließen ihn schwindeln.

„Nehmen Sie Platz, Monsieur Garner", sagte Sophie,

und Garner ließ sich in einen der etwas verschlissenen Sessel fallen. „Ted", sagte er. Im Aschenbecher glomm eine halb ausgedrückte Zigarette. Sie schien einen Moment zu zögern, dann sagte sie, „Sophie". Ihre Augen waren von einem dunklen Seegrün und hielten seinen Blick einen Moment zu lange fest.

„Whiskey? Gin?", fragte LeRoux.

„Whiskey", sagte Garner. LeRoux holte eine halb volle Flasche Canadian Club aus dem Schrank und goss drei Gläser ein.

„Merci", sagte Garner.

„Sie sprechen Französisch?" Sophie lächelte. Wenn sie lächelte, bildete sich ein kleines Grübchen in ihrer linken Wange.

„Nein", sagte Garner. „Ich kann nur einen einzigen Satz." Er musste grinsen. Plötzlich fühlte er sich seltsam frei und leicht.

„Santé", sagte sie, und sie stießen miteinander an. Garners Blick fiel auf ein Buch, das neben einer zerlesenen Zeitschrift auf dem Couchtisch lag. Der Titel war auf Französisch, doch er erkannte den Einband sofort. Es war eines seiner Lieblingsbücher. Arthur Schopenhauer, *Die Welt als Wille und Vorstellung.* Er hätte schwören können, dass es nicht LeRouxs Lektüre war.

„Mögen Sie Schopenhauer?", fragte er und sah Sophie an.

„Ja, sehr", sagte sie.

„Ich fürchte, sie liebt ihn mehr als mich", sagte LeRoux. Er verzog die Lippen zu einem schmalen Lächeln, das seine Augen nicht erreichte.

„Glauben Sie, dass jede Begegnung eine Verabredung ist?", fragte Garner. Es schien ihm, als fielen seine Augen in die ihren, und er fühlte eine seltsame Vertrautheit.

„In gewisser Weise schon", antwortete sie. „Es ist das präsente Erleben einer bestimmten Konfiguration."

„Meine Frau ist eine Intellektuelle", sagte LeRoux. So, wie er das Wort aussprach, klang es fast wie eine Krankheit. „Sie hat Literatur und Philosophie an der *Université de Montréal* studiert und betreibt einen Buchladen hier im Quartier."

Er leerte den Whiskey in einem Zug und zündete eine Zigarette an. Sophie erwiderte nichts, doch der Blick, den sie LeRoux zuwarf, war eisig. Garner nippte an seinem Glas. Er hätte nicht kommen sollen. Niemals Privates und Berufliches miteinander vermischen. Eins seiner Credos. Er würde sich auf Smalltalk verlegen und frühzeitig verabschieden. Sie hatten einen anstrengenden Tag vor sich.

Garner hasste Smalltalk.

„Haben Sie eigentlich Kinder?", fragte er.

„Nein", sagten beide wie aus einem Mund. „Noch nicht", fügte LeRoux hinzu. Garner dachte, dass er die falsche Frage gestellt hatte, doch Sophie lachte unvermittelt auf. Ihr Lachen war laut und ein wenig schrill, und Garner hatte den Verdacht, dass es nicht ihr erster Drink an diesem Sonntagabend war.

„Vielleicht sollte ich mir einen Pudel zulegen. Und ihn Atman nennen."

Garner grinste, doch LeRoux verzog keine Miene.

„Das ist ein Intellektuellenwitz", sagte Sophie und blickte

LeRoux herausfordernd an. Garner grinste noch breiter. Ihr Sarkasmus gefiel ihm.

„Schopenhauer hielt sich zeitlebens einen Pudel. Wenn einer starb, kaufte er sofort einen identischen. Er nannte sie alle Atman, nach dem Sanskrit-Wort für Lebenshauch, Atem, in der Tradition der Upanishaden. Die Essenz des Selbst. Die Einzelseele als Teil des Brahman, der Weltseele." Ihr Ton klang dozierend und gleichzeitig voller Leidenschaft.

„Schopenhauer war der Auffassung, dass jeder Hund gleichzeitig jeden anderen Hund enthalte. ,Des Pudels Kern' – wie Goethe es nannte – ging also nie verloren. Für Menschen galt ihm natürlich das Gleiche", sagte Sophie.

„Scheiß auf Schopenhauer", sagte LeRoux. „Und scheiß auf seine Pudel."

Er nahm die Whiskeyflasche und goss Sophie nach.

Garner winkte ab. „Ich muss noch fahren", sagte er.

„Mein Mann ist neuerdings ein großer Romantiker." Sophie hob ihr Glas. „*Santé.*" Ihre Stimme triefte jetzt vor Spott.

Keine Frage, sie wusste Bescheid. Er war mitten in eine dämliche Ehekrise geschlittert. Das präsente Erleben einer bestimmten Konfiguration.

„Haben Sie Kinder, Ted?"

„Ich habe zwei Söhne", sagte er. „12 und 8 Jahre alt."

„Sie müssen sehr glücklich sein, Ted." Ihre seegrünen Augen waren jetzt verhangen, und plötzlich hatte er Angst, sie könne die Fassung verlieren und in Tränen ausbrechen, doch sie setzte ein Lächeln auf und bat, sie einen Moment zu entschuldigen. Sie stand auf, strich ihr Kleid glatt und ging sehr aufrecht Richtung Küche. Garner konnte nicht umhin, ihr nachzuschauen. Egal, mit wem dieser J. B. sie betrog, er war ein Vollidiot.

„Lieben Sie Ihre Frau?", fragte LeRoux. „Ich liebe Sophie mehr als mein Leben."

Seine Stimme klang pathetisch, und Garner verspürte das plötzliche Bedürfnis, ihm eine reinzuhauen. Er hatte nicht vor, die Frage zu beantworten, und anscheinend erwartete LeRoux das auch gar nicht. Pat war ein fester Bestandteil seines Lebens, er hatte sie geheiratet, sie hatten Kinder bekommen, sich ein Leben aufgebaut, fertig.

Garner war zufrieden mit seinem Leben. Er hasste Gefühlsduselei. Gefühle stifteten nichts als Verwirrung. Führten direkt ins Chaos. Kontrollverlust. Schlimmstenfalls führten sie in den Tod. LeRoux nahm einen großen Schluck von seinem Whiskey und zündete eine neue Zigarette an. Wenn er so weitermachte, würde Garner morgen mit zwei Leichen nach Niskawini fliegen. Die stickige Luft nahm ihm den Atem, und er verspürte eine leichte Übelkeit.

„Könnte ich das Fenster öffnen?", fragte er. LeRoux nickte geistesabwesend und starrte auf sein Handy. Garner stand auf, ging zum Fenster und schob die Scheibe hoch.

Kalte Polarluft flutete hinein. Es schneite noch immer. Am Straßenrand ruhten die Autos wie unförmige weiße Tiere, und in den Aureolen der Straßenlaternen tanzten Eiskristalle.

Eine Gruppe junger Leute trat aus einer hell erleuchteten Bar auf der anderen Straßenseite und kämpfte lachend gegen das Schneetreiben an. Gesprächsfetzen in französischer Sprache und leise Jazzmusik drangen herauf.

„Glauben Sie, dass Creebec Airlines morgen fliegt?"

LeRoux zuckte die Achseln. „Keine Ahnung", sagte er.

„Waren Sie schon einmal in einem Reservat?", fragte Garner.

„Nein", sagte LeRoux. „Wer fährt schon in ein Reservat außer dämliche Touristen, die Bingo spielen oder ein Powwow fotografieren wollen?"

Mehr denn je hatte Garner das Gefühl, dass LeRoux der Fall scheißegal war. Doch natürlich hatte er recht. Wer fuhr schon in ein Reservat? Er konnte sich lebhaft vorstellen, was sie dort erwartete. Heruntergekommene Häuser, betrunkene Indianer, verwahrloste Kinder. Armut, Dreck, Arbeitslosigkeit. Verstockte Verwaltungsangestellte, die den Weißen die Schuld für ihr eigenes Versagen gaben. Die kalte Luft ließ ihn frösteln. In der Bar gegenüber klagte ein einsames Saxophon. Am Himmel war kein einziger Stern. Mit einem Ruck schloss er das Fenster und wandte sich LeRoux zu.

„Was halten Sie von Morels Theorie? Dass das Mädchen von Montreal Richtung Westen getrampt und dem ominösen Highway-Mörder in die Hände gefallen ist? Dass er die Leiche in den Ottawa River geworfen hat und sie bis Montreal abgetrieben wurde?"

„Morel ist ein Arschloch", sagte LeRoux. „Er will sich nur profilieren."

LeRoux war auch ein Arschloch, doch er wollte sich augenscheinlich nicht profilieren. Außerdem war er sternhagelvoll.

65

„Wie lange sind Sie eigentlich schon bei der Sûreté?", fragte Garner.

„Viel zu lange", sagte LeRoux. „Es ist ein Scheißjob." Er zog an seiner Zigarette und blies heftig den Rauch aus. Er schwieg einen Moment. „Ich erinnere mich noch genau an meinen allerersten Fall", sagte er. „Fast 14 Jahre her. Ein kleiner Junge war verschwunden. Kam aus Trois-Rivières, fast 100 Kilometer flussaufwärts. Sechs Jahre alt. Als die Hunde endlich seine Leiche aufstöberten, war er bereits eine Woche vermisst. Gequält, mehrfach missbraucht, totgeschlagen. Ich war es, der den Eltern die Nachricht überbringen musste, sie waren sehr gläubig, gute Katholiken, aber die Mutter hat sich kurze Zeit später umgebracht. Auf dem Dachboden erhängt."

Er goss den Rest des Whiskeys in einem Schluck hinunter. „Ich war besessen von dem Fall. Arbeitete wie ein Verrückter." Er schwieg wieder und blickte ins Leere.

„Und, haben Sie den Täter gefasst?", fragte Garner.

„Ja", sagte LeRoux. „Er bekam lebenslänglich und ich eine Belobigung. Damals war ich sehr stolz auf mich." Er lachte, doch es war ein bitteres Lachen. „Wahrscheinlich wurde er nach acht Jahren wegen guter Führung entlassen."

„Ja, wahrscheinlich", sagte Garner.

„Mögen Sie Poesie, Ted?", fragte LeRoux.

„Ja", sagte er.

„Sie sind ein Träumer. Genau wie Sophie", sagte LeRoux. Seine Zunge war schwer und seine Stimme klang düster. Einer von denen, die beim Saufen melancholisch wurden, dachte Garner. Und die ihr Job auffraß, weil sie ihre Gefühle nicht unter Kontrolle hatten.

Die Tür ging auf, und Sophie kam mit einem Tablett in den Händen zurück. Falls sie geweint hatte, so sah man es ihr nicht an. Sie stellte Teller, Besteck und eine dampfende Kuchenform auf den Tisch. Sie hatte frisches Parfum aufgelegt, und eine Mischung aus Blumigem und Herzhaftem legte sich über den Zigarettenmief.

„Ich hoffe, Sie mögen Quiche Lorraine, Ted", sagte sie und reichte ihm einen Teller.

„Ich liebe Kiss Loreen", antwortete Garner und hoffte, dass seine Aussprache halbwegs korrekt war. Er hatte keine Ahnung, was das war, aber der erste Bissen überzeugte ihn.

„Hauen Sie rein, Garner", sagte LeRoux. Er strich die schwarzen Locken zurück und sah Sophie an wie ein bettelnder Hund. „Meine Frau ist eine wunderbare Köchin."

Atman, der Pudel. Sein dichtes schwarzes Haar würde einen wunderbaren Skalp abgeben, dachte Garner.

„Ja, greifen Sie zu, Ted", sagte Sophie. „Wer weiß, was es in Niskawini gibt."

„Feuerwasser", sagte Garner. Sophie lachte. Er mochte es, wenn sie lachte.

„Meinen Sie, dass Sie den Täter dort oben finden werden?", fragte Sophie.

„Unwahrscheinlich", sagte Garner. „Aber ich werde herausfinden, was für eine Art Mädchen Jeanette Maskisin war. Mit wem von ihren Leuten sie in Kontakt stand. Irgendjemand wird etwas wissen. Indianer hängen zusammen wie die Kletten. Ich werde es herausbekommen, und wenn ich es aus den Indsmen herausprügeln muss. Ich bin sicher, dass ich den Fall bald aufklären werde."

Garner merkte selbst, wie großspurig er klang. Wollte er Sophie LeRoux beeindrucken?

„Lieben Sie Ihren Beruf, Ted?" Sophies forschende Augen. Die Frage traf ihn unerwartet. Er stellte sie sich genauso wenig wie die Frage, ob er Pat liebte. Er machte seine Arbeit und er machte sie gut. Nachdem er seinen Master in Psychologie mit Auszeichnung bestanden hatte, hatte er seine erste Stelle in der forensischen Abteilung einer Klinik in North Battleford in Saskatchewan angetreten. Versuchte, verrückte Straftäter zu therapieren und zu resozialisieren. Mörder, Vergewaltiger, Kinderschänder. Unzurechnungsfähige. Alkohol- und Drogenabhängige, Schizophrene, Borderliner. Führte unzählige Therapiegespräche, verordnete tonnenweise Pillen, saß in endlosen Teamsitzungen, erstellte Gutachten um Gutachten. Nach drei Jahren: Burnout. Er wechselte auf die andere Seite. Wurde zum Jäger. Zurück an die Uni, Aufbaustudium kriminologische Psychologie. Profiler bei der Royal Canadian Mounted Police zuerst in Saskatoon, dann in Regina. Es war das Jagdfieber, das ihn am Leben hielt, anstachelte, zu Höchstleistungen trieb. Wenn es Liebe war, dann eine kranke, fiebrige. Sophie hielt noch immer seinen Blick gefangen.

„Ich bin kein Typ für die Liebe", sagte er. Er hatte keine Ahnung, warum er das sagte. Der Satz war ihm so rausgerutscht, und er bereute ihn sofort.

„Nein?", fragte Sophie. Wieder dieser spöttische Ton. Garner hatte das ungute Gefühl, dass sie in ihm las wie in einem offenen Buch. „Aber doch wenigstens für ein bisschen Verliebtheit?" Sie flirtete jetzt ganz offen mit ihm.

„Selbst das nicht, fürchte ich." Er hatte sich sofort wieder gefangen. *„Alle Verliebtheit, wie ätherisch sie sich auch gebärden mag, wurzelt allein im Geschlechtstriebe.* Schopenhauer."

Sophie lachte wieder. „Wie recht unser alter Freund doch hat, nicht wahr?" Ihr Blick streifte LeRoux. Allmählich fand Garner Gefallen an dem Abend. Er fragte sich, welche Konfiguration er gerade erlebte. Wollte sie es LeRoux heimzahlen oder hatte sie wirklich Interesse an ihm?

„Schopenhauer war ein Misanthrop", fuhr er fort. „Kennen Sie seine Sentenz über die Ehe?" Sophie schüttelte den Kopf.

„Heiraten heißt, das Mögliche tun, einander zum Ekel zu werden, seine Rechte zu halbieren und seine Pflichten zu verdoppeln." Er grinste. *„Heiraten heißt, mit verbundenen Augen in einen Sack greifen und hoffen, dass man einen Aal aus einem Haufen Schlangen herausfischt."*

„Ausgerechnet einen Aal", feixte LeRoux. „Dieser Schopenhauer war ein sexuell frustrierter Idiot. Was ist gegen den Geschlechtstrieb einzuwenden?" Sein Gesicht war hochrot, und er sah jetzt angriffslustig aus. „Wenn der Sex stimmt, stimmt auch die Ehe."

Sophie nahm sich eine Zigarette und LeRoux gab ihr Feuer.

„Ist das so?", fragte sie. Ihr Blick hatte jetzt etwas Überhebliches, eine snobistische Arroganz, die Garner auf seltsame Weise gleichzeitig faszinierte und abstieß. Sie zog an ihrer Zigarette und inhalierte tief. „Und was ist mit der geistigen Übereinstimmung?"

„Geistige Übereinstimmung hast du auch bei Freunden", antwortete LeRoux. „Romantik, Leidenschaft, ist es nicht das, wofür es sich lohnt zu leben? Und zu sterben?" Wieder dieses Pathos in seiner Stimme.

„Charles Baudelaire lässt grüßen", sagte Sophie. Garner musste grinsen. Sie war ein harter Brocken. Auch wenn LeRoux der Typ Latin Lover war, auf den Frauen flogen, stieß er bei seiner Frau anscheinend auf Granit.

„Wie sehen Sie das, Ted?" Wieder dieser Blick. Das Gespräch verlief in seltsamen Bahnen. Er musste aufpassen, einen kühlen Kopf zu bewahren.

„Die romantische Liebe in der Ehe ist ein Paradoxon."

„Ist das ein Plädoyer für die Vernunftehe, Ted?", fragte Sophie.

„Absolut", sagte er.

„Und Leidenschaft außerhalb der Ehe?" Der Alkohol ließ LeRoux leichtsinnig werden.

„Eine offene Ehe ist für mich das Letzte." Garners Stimme war schneidend.

„Sie sind ein Spießer, Garner", sagte LeRoux. „Behaupten Sie nicht, dass Sie nicht auch schon mal in Versuchung geraten sind. Niemand ist ein Heiliger."

„Besser ein Spießer als ein Ehebrecher", sagte Garner. Der gestrige Abend fiel ihm ein, doch er schob die Erinnerung energisch beiseite. Die Stimmung schlug jetzt um ins Feindselige. Niemals Privates und Berufliches vermischen. Er war ein Idiot gewesen, die Einladung anzunehmen.

„Dann bleibt uns nur das Träumen", sagte Sophie und sah ihn an. *„Das Leben schlägt, gleich einem Pendel, hin und her zwischen dem Schmerz und der Langeweile.* Schopenhauer hat das verstanden."

„Vielleicht", sagte Garner.

„Noch ein Stück Quiche, Ted?"

Er blickte auf die Uhr. „Nein, danke", sagte er. Es wurde allmählich Zeit, aufzubrechen, doch etwas hielt ihn davon ab.

„Dann vielleicht doch noch einen Drink, Monsieur de Wolmar", sagte Sophie und legte den Kopf ein wenig schief. Ihre Augen waren schmal und grün wie die einer Katze, die auf Beute lauert.

„Ich muss noch fahren, verehrteste Julie", sagte Garner. In Sophies Blick lag Anerkennung und sie lächelte. Wenn es ein Test gewesen war, so hatte er ihn bestanden. Er hatte Rousseaus Eheroman zufällig in seinem ersten Trimester an der Uni gelesen, als er einen Kurs in Philosophie belegte.

Doch er glaubte nicht an den Zufall. Gäbe es eine Zeitmaschine, so würde er sich zurück ins 18. Jahrhundert katapultieren, das Zeitalter der Aufklärung, das Zeitalter der Vernunft. Schopenhauer war 1788 geboren, ein Jahr vor der Französischen Revolution. 80 Jahre vor der Gründung Kanadas. Die Provinz Saskatchewan war sogar erst 1905 gegründet worden. Sie waren eine Nation von Barbaren, dachte er. Komisch, dass ihm das gerade jetzt einfiel. Québec war anders. Kultiviert. La Nouvelle France. Er konnte sich nicht daran erinnern, wann er das letzte Mal in Regina mit jemandem über Philosophie oder Literatur gesprochen hatte.

Er hatte nicht gewusst, wie sehr ihm das gefehlt hatte. Ein schrilles Klingeln ließ ihn zusammenfahren. Erschrocken schaute LeRoux auf das Display seines Handys und entschuldigte sich. Sophie sagte etwas auf Französisch. Es klang nicht sehr freundlich.

„Sie hätten mit dem Taxi kommen sollen, Ted", sagte Sophie, als sie allein waren. Sie goss sich noch einen Whiskey ein und nahm einen großen Schluck.

„Das nächste Mal", sagte Garner.

„Wenn Sie Ihren Mörder gefangen haben, feiern wir", sagte sie.

Garner schwieg. Wenn er den Mörder gefasst hätte, würde er zurück nach Regina fahren. Zu Pat und den Kindern. Es würde kein nächstes Mal geben.

Sie lächelte, doch ihr Blick war traurig. Garner wusste nicht, was er sagen sollte. Das Schweigen breitete sich zwischen ihnen aus wie ein löchriger Teppich.

„Passen Sie auf meinen Mann auf", sagte sie. „Er hat sich in letzter Zeit sehr verändert. Ich glaube, er steckt in einer Krise." Garner fühlte einen Stich. Sie machte sich Sorgen um ihn. Also liebte sie ihn noch.

Er nickte. „Mach ich", sagte er.

LeRoux kam ins Zimmer zurück. „Das war Morel." Seine Stimme klang verärgert. Offensichtlich hatte ihn das Gespräch auch ein wenig ernüchtert. „Morel will, dass ich ihn täglich kontaktiere. Will genauestens informiert werden. Am besten stündlich, was? So ein Arsch. Soll er doch selber fahren. Gibt's da oben überhaupt Internet?"

„Klar", sagte Garner. „Sonst die Buschtrommel." Er stand

auf. „Zeit fürs Bett. Wir treffen uns dann morgen am Flughafen. Und seien Sie pünktlich, J. B."

„Aye, aye, Sir", sagte LeRoux.

Garner streckte Sophie die Hand hin.

„Adieu, Ted", sagte sie und küsste ihn ganz leicht auf die Wange. Sie holte seinen Mantel und begleitete ihn zur Wohnungstür. *Bonne chance.* Ihr Parfum verfolgte ihn, während er die Treppe hinabstieg und die Tür hinter ihm ins Schloss fiel. Er stapfte durch den Schnee, der wie ein weißes Leichentuch auf der Straße und den Häusern der Stadt lag. Es hatte aufgehört zu schneien.

Die Wolkendecke war ein wenig aufgerissen und ein paar Sterne leuchteten schwach. Tote Gestirne, deren kaltes Licht durch ein gleichgültiges Universum strahlte. Niemand war mehr unterwegs. Als Garner in die Manteltasche griff, um den Autoschlüssel herauszuholen, stießen seine Finger an etwas Hartes, Kantiges. Eine Visitenkarte. *Sophie LeRoux, Librairie Le Port d'Esprit, 41, Rue Cartier.*

Jean-Baptiste LeRoux
29. Oktober

Am Trudeau International Airport herrschte trotz der frühen Stunde dichter Verkehr. Es hatte keine weiteren Schneefälle gegeben und das Thermometer am Armaturenbrett des Wagens zeigte -1 Grad Außentemperatur an. Der Himmel war grau und verhangen. LeRoux warf dem Fahrer einen 50-Dollarschein hin, schnappte seinen Rucksack, sprang aus dem Taxi und eilte zum Schalter von airCreebec. Für den Flug Nr. YN 927 nach Chibougamau Airport um 8:15 Uhr wurde bereits Boarding angezeigt. LeRoux stürmte die Gänge entlang zum Terminal 4. Atemlos passierte er die Kontrolle und hastete über die Gangway zu der zweimotorigen DH 8, die wie ein silbriger Eisvogel auf dem Rollfeld wartete. Sein Herz schlug wie verrückt und sein Schädel platzte. Er brauchte dringend einen Kaffee. Und eine Zigarette. Doch die würde er sich für die nächsten anderthalb Stunden verkneifen müssen. LeRouxs Blick glitt über die Passagiere. Obwohl es nur 32 Sitzplätze gab, war die Maschine höchstens zur Hälfte besetzt. Eine Horde junger Männer in Jeans und karierten Flanellhemden, wahrscheinlich Minenarbeiter, die nach einem feuchtfröhlichen Wochenende in Montreal zurück zur Arbeit flogen, ein Rentnerpaar, Baseballmütze und blondierte Pudellöckchen über knittrigen Gesichtern, eine Cree-Familie mit einem mondgesichtigen Jungen, dessen linkes Auge mit einem Mullverband verklebt war. Im Frachtraum Jeanette Maskisin in ihrem Sarg. Doch die sah man natürlich nicht. Ganz hinten Ted Garner. Versteckt hinter einer Zeitung. Grauer Anzug, weißes Hemd. Wahrscheinlich schlief der Mann darin. LeRoux quetschte sich neben ihn auf den engen Sitz. Garner blickte nicht einmal auf. LeRoux lehnte den Kopf an die Lehne und schloss die Augen. Garner konnte ihn mal. Er war fix und fertig. Sophie hatte ihm die ganze Nacht die Hölle heiß gemacht. Das Wort „Trennung" hing bedrohlich wie eine Schlechtwetterfront im Schlafzimmer.

Keine Nachricht von Céline. Und jetzt dieser Scheißflug in den Norden. Er hatte die Schnauze gestrichen voll. Er musste eingenickt sein, denn das Nächste, was er wahrnahm, war ein unsanftes Rütteln am Arm und eine schnarrende Lautsprecherstimme, die irgendwas von Turbulenzen und baldiger Landung faselte.

„Aufwachen, J. B., wir sind gleich da."

LeRoux blinzelte verschlafen in Garners Gesicht, das viel zu dicht an seinem war. Er brauchte einen Kaffee.

„Wussten Sie eigentlich, dass airCreebec zu 100 Prozent ein Cree-Unternehmen ist?" Garner blätterte in einem Magazin.

Nein, das wusste er nicht und es interessierte ihn auch nicht. Er war vollauf damit beschäftigt, die Augen aufzukriegen. Seine Glieder schmerzten und er fühlte sich krank.

„Schauen Sie hier." Garner las aus einem Artikel vor. „Die Fluggesellschaft wurde im Juni 1982 gegründet und absolvierte ihren Jungfernflug am 1. Juli 1982. Zu dieser Zeit war das Unternehmen zu 51 Prozent im Besitz der Cree, die restlichen 49 Prozent gehörten *Austin Airways.*

1988 kauften die Cree alle Aktienanteile der Fluggesell-schaft auf und wurden damit zum Alleinbesitzer."

Garner grinste, als wäre das seine eigene Geschäftsidee gewesen. Zum ersten Mal seit ihrer Begegnung schwang nicht der abfällige Unterton in seiner Stimme mit, wenn von Indianern die Rede war.

„Mit ihren kleinen Turboprop-Maschinen haben die Indsmen jetzt das Monopol auf alle Regionalflüge in den Norden Ontarios und Québecs. Ziemlich clever."

LeRoux zuckte mit den Schultern. Von ihm aus konn-ten die Cree sämtliche Airlines der Welt betreiben, wenn sie nur dabei Kaffee ausschenken würden. Er lehnte sich ein wenig zu Garner hinüber und blickte aus dem Fens-ter. Endloses flaches Buschland mit Tausenden von Seen. Der kanadische Schild, bestehend aus archaischem und proterozoischem Kristallingestein. Die weltweit bislang äl-testen bekannten Gesteine, mehrere Milliarden Jahre alt. Erst seit etwa 12 000 Jahren siedelten Menschen in diesem Gebiet. Indigene Völker. Beinahe unberührte Wildnis. 0,1 Einwohner pro Quadratkilometer. Die Maschine sank tie-fer und tiefer, und LeRoux spürte ein flaues Gefühl in der Magengrube.

Hoffentlich musste er sich nicht übergeben. Die Lan-dung war hart, der Bremsweg kurz und ruckartig. LeRoux schmeckte saure Galle.

Der Flughafen von Chibougamau lag gut 22 Kilometer außerhalb der Stadt inmitten verschneiter Fichten- und Lärchenwälder. Auf der Abfertigungshalle, die eher einem Lagerschuppen glich, stand in grauen Lettern *Aéroport de Chibougamau/Chapais.* LeRoux ging die Gangway hinunter, schlug den Mantelkragen hoch und zündete eine Zigarette an. Während er die weißen Atemwolken, die aus seinem Mund aufstiegen, beobachtete, verschwanden die anderen Passagiere dahinter im Nirgendwo des Morgennebels. Frachtarbeiter in wattierten Anoraks luden die wenigen Gepäckstücke aus, zuletzt den Zinksarg. Vor dem Flughafengebäude stand ein Mannschaftswagen der Sûreté, der sich jetzt im Schritttempo näherte. Zwei uniformierte Polizisten kletterten aus dem Wagen und kamen auf sie zu. Garner wechselte ein paar Worte mit ihnen und unterschrieb ein Papier, dann wurde der Sarg in den Polizeitransporter gehievt. LeRoux schnippte die Kippe weg und sie stiegen ein. Sie fuhren aus dem Flughafengelände hinaus auf eine asphaltierte Straße, die bald in eine Gravel Road mit unzähligen Schlaglöchern mündete, und er spürte wieder die Übelkeit. Zum Glück war der Sarg verlötet, sonst würde das Mädchen noch hinauskatapultiert. LeRoux versuchte, nicht an ihr Aussehen zu denken, denn dann müsste er kotzen. Am Seitenfenster zogen kahle Büsche und windzerzauste Föhren vorbei, bis nach einiger Zeit das dicht bewaldete Ufer des Lake Chibougamau auftauchte. Nebelschwaden hingen über dem Wasser und die Riedgräser bogen sich im Wind. Bis auf einen Bootsanleger, an dem ein kleines Fischerboot mit Außenbordmotor hin- und herschaukelte, gab es keine Anzeichen von Zivilisation. Ein Wasserflugzeug stand wie ein Insekt auf filigranen Beinen längsseits des Piers. Hoch oben kreiste ein Fischadler. Der Himmel war eisgrau.

Die Türklappe des Flugzeugs öffnete sich, und der Pilot sprang mit einem großen Satz auf die Planken. Es war ein junger Kerl von höchstens 25 mit einem mürrischen Zug um den Mund, der sich als Jeff vorstellte. Er hatte etwas Verwegenes an sich, das LeRoux an die Jack London-Bücher seiner Jugend denken ließ. Es dauerte eine ganze Weile, bis Jeff und die beiden Polizisten es geschafft hatten, den Sarg in das enge Flugzeug zu bugsieren, wobei Jeff unentwegt das Wort *Fuck* murmelte, so, als wäre es ein Mantra in einer buddhistischen Meditation. Garner erteilte knappe Anweisungen, die niemand zu befolgen schien. LeRoux rauchte und fror. Aus der Ferne klang das klagende Rufen eines Seetauchers. Endlich war der Sarg verstaut und die beiden Polizisten stiefelten zu ihrem Wagen zurück. LeRoux und Garner kletterten in das Flugzeug und quetschten sich dicht hinter den Piloten. Jeff warf den Motor an, die Propellerflügel begannen, sich wild zu drehen, und die Kufen durchpflügten die Wasserfläche. Eine Schar Graugänse stob mit gestreckten Hälsen davon und das Flugzeug hob ab wie eine fette Libelle. 136 Kilometer bis Niskawini. Das Buschland, das sie in geringer Höhe überflogen, sah überall gleich aus. Verschneite Lärchen und Föhren, weißgraue Birkenstämme mit kahlen Zweigen. Dazwischen Seen wie Augen, die ihnen fragend entgegenstarrten. Der Pilot flog ausschließlich nach Sicht. Wenn er sich verflog, würde der Treibstoff ausgehen. Sie würden notlanden oder abstürzen und niemand würde sie jemals finden. Außer den Wölfen. Alles wäre vorbei. Der Gedanke hatte zugleich etwas Schreckliches und seltsam Tröstliches.

Das Dröhnen des Motors machte eine Unterhaltung unmöglich. Einmal deutete Jeff nach unten und sie sahen eine Herde Karibus, die sich lautlos durch den Schnee bewegte. Starke Seitenwinde und vereinzelte Böen brachten das Wasserflugzeug immer wieder zum Verdriften und Jeff fluchte, während er versuchte, die Maschine zurück auf Kurs zu bringen.

Schneegriesel setzte ein und die Sicht wurde schlechter. Obwohl der Flug nicht länger als eine halbe Stunde dauerte, erschien es LeRoux wie eine Ewigkeit. Sie verloren stark an Höhe und schienen die überzuckerten Spitzen der Bäume zu streifen, bis sie auf einem See aufsetzten, der genauso aussah wie der Chibougamau Lake. Dunkle Nadelbäume warfen Schatten auf die vom Wind gekräuselte Wasserfläche und Wildvögel flogen in Scharen davon. Sie waren mitten im Nichts gelandet. *Call of the Wild.*

„Willkommen in Niskawini", sagte Jeff und grinste. „Die Siedlung ist etwa 3 Kilometer südwestlich von hier."

Garner zog ein paar Scheine aus der Hosentasche und hielt sie Jeff hin. Jeff zählte nach und nickte. „Kontaktieren Sie mich, sobald Sie fertig mit Ihrer Arbeit sind", sagte er. „Und beeilen Sie sich. Wenn die Seen zufrieren, fliege ich nicht. Hab keine Schneekufen. Zu wenig Flüge im Winter."

Sie schleppten den Sarg heraus und stellten ihn zusammen mit LeRouxs Rucksack und Garners *Samsonite*-Koffer am Ufer ab. Eine Reifenspur führte in den Wald. Niemand war zu sehen. Jeff blickte auf die Uhr.

„Ich muss los", sagte er. „Zeit ist Geld. Die Tage sind verdammt kurz hier oben."

LeRoux starrte in das Uferdickicht. Es schien ihm, als starrten Hunderte von Augen zurück. Jeff schüttelte ihnen zum Abschied die Hand, stieg ein und startete. Das Flugzeug zischte über die Wasserfläche, hob ab und verschwand zwischen den Baumwipfeln. Eine Weile war es totenstill, dann setzte das Geschnatter der Wasservögel allmählich wieder ein. Ein Graureiher stand unbewegt im Schilf, der vom Wind hin und her gebogen wurde. Es war eiskalt, und der Schneegriesel legte sich als dünne weiße Schicht auf ihre Mäntel. Garner kramte sein Handy heraus, doch es gab keinen Empfang. LeRoux blies in die Hände und zündete eine Zigarette an.

„Wir sollten Rauchzeichen schicken", sagte er. „Die haben uns vergessen."

„Indian time", entgegnete Garner. „Diese Indsmen sind nie pünktlich."

Garner verfiel in ein verstocktes Schweigen. Er stand genauso unbeweglich da wie der Graureiher. LeRoux fand, dass es der beschissenste Fall seines Lebens war. Vielleicht war es ja sogar der letzte. Wenn nicht bald jemand käme, würde er erfrieren. Sie könnten ein Lagerfeuer machen. Sie könnten ihre Pistolen abfeuern. Sie könnten den Sarg schultern und sich quer durch den Busch zum Dorf durchschlagen. Sie könnten …

Eine halbe Schachtel Zigaretten später ließ ihn Motorenlärm in der Ferne aus der Kältestarre erwachen. Das Geräusch näherte sich, und ein schwarzer Van mit der Aufschrift *Niskawini Police Force* tauchte zwischen den Bäumen auf. Garner winkte wie Robinson Crusoe auf seiner

Insel. Der Transporter preschte heran und wirbelte dreckigen Schneematsch auf. Am Steuer saß ein etwa 30-jähriger Cree mit einem feisten Gesicht, in dem ein dünner Schnurrbart traurig über die Mundwinkel herabhing. Er erinnerte LeRoux an ein träges Walross. Er stieg aus und streckte ihnen seine schwielige Hand entgegen.

„Jérôme Voyageur, Stammespolizei", sagte er. „Wir haben telefoniert."

Er hatte einen kräftigen Händedruck und grinste sie an, ohne es für nötig zu halten, sich für die eineinhalb Stunden Verspätung zu entschuldigen. In seinem Oberkiefer klaffte eine Zahnlücke.

„Ziemlich kalt heute", sagte er.

„Finden Sie?", fragte Garner. Er verzog keine Miene.

Voyageur ging auf den Sarg zu, der wenige Schritte entfernt am Rande des Ufergebüschs lag. Sein Gesicht nahm einen ernsten Ausdruck an und er zog ein Päckchen aus der Tasche seines Parkas. Er streute eine Handvoll Tabak auf den mit einer dünnen Schneeschicht bepuderten Sargdeckel, während er leise etwas vor sich hinmurmelte. LeRoux trat von einem Bein auf das andere und hoffte, dass der Indianer mit seinem Hokuspokus fertig würde, bevor seine Zehen abfroren.

„Bringen wir sie nach Hause", sagte Voyageur endlich. Er packte das obere Ende des Sargs an, als wäre es ein erlegter Elch, während Garner und LeRoux sich mit dem unteren Ende abmühten. Sie hievten den Sarg in den Van, wo Voyageur ihn mit zwei Gurten vertäute, dann kletterten sie in das Führerhaus. Voyageur hatte den Motor laufen lassen, und die plötzliche Wärme im Inneren des Wagens ließ LeRoux schwindeln. Voyageur wendete und sie fuhren eine schmale Schneise entlang, die mitten durch die Wildnis führte.

LeRouxs Füße kribbelten und schmerzten, während das Blut hineinströmte. Sein Gesicht begann zu glühen und sein Hirn fühlte sich an wie in Watte gepackt. Voyageur deutete auf eine Thermoskanne, die in einer Vertiefung neben dem Fahrersitz stand.

„Kaffee?", fragte er.

LeRoux hätte ihn am liebsten geküsst. Er nahm den Becher ab und füllte ihn mit der tiefschwarzen, dampfenden Brühe. Er schlürfte in kleinen dankbaren Zügen, dann reichte er den Becher an Garner weiter.

„Nein, danke", sagte Garner. Wahrscheinlich hatte er Angst, der Indianer wolle ihn vergiften.

„Hunger?", fragte Voyageur. LeRoux bejahte. Der Mann konnte Gedanken lesen. Er griff neben das Lenkrad und kramte mit einer Hand von irgendwo eine Papiertüte hervor. LeRoux griff hinein und zog einen braunroten, verschrumpelten Streifen heraus, den er argwöhnisch musterte.

„Trockenfleisch", sagte Voyageur. „Reh."

LeRoux biss vorsichtig ein Stück von dem Streifen ab. Ein salziger Geschmack breitete sich in seinem Mund aus, und er kaute zufrieden vor sich hin.

„Kennen Sie die Familie des Mädchens?" Garners kühle Stimme.

„Sogar ziemlich gut", sagte Voyageur. „Wir sind alle verwandt hier oben. Und wenn es um 20 Ecken ist."

„Alles Brüder und Schwestern", sagte Garner. „Wofür braucht man da noch die Stammespolizei?"

Voyageur lachte ein kehliges Lachen.

„Ab und zu ein paar Schlägereien, meist unter Alkoholeinfluss, Drogen bei den jungen Leuten. Jagdunfälle, Selbstmorde." Er schüttelte den Kopf, als könne er es immer noch nicht glauben. „Doch niemals Mord."

„Haben Sie irgendeinen Verdacht?"

Voyageur schwieg einen Moment. „Wenn unsere Mädchen das Reservat verlassen, werden sie zum Freiwild", sagte er. „Sie vertrauen jedem, der ein wenig nett zu ihnen ist und ihnen ein besseres Leben verspricht."

„Ist das Leben nicht gut hier?", fragte Garner.

„Es gibt gute und schlechte Dinge", sagte Voyageur. „Wie überall."

„Was war so schlecht an Jeanette Maskisins Leben, das sie mit 14 allein im Winter nach Montreal gehen ließ?", hakte Garner nach. „Und warum hat die Familie keine Vermisstenanzeige aufgegeben?"

Voyageur zögerte. „Manche Familien sind sehr arm", sagte er. „Es gibt kaum Jobs hier oben. Der Vater ist krank. Die Familie Maskisin lebt seit Ewigkeiten von Sozialhilfe. Sie hassen Behörden und Bürokratie. Wahrscheinlich dachten sie, ihre Tochter sei abgehauen und würde bald wieder auftauchen."

„Ich muss die Familie sprechen", sagte Garner.

„Heute ist die Totenwache. Der Sarg wird im Haus aufgebahrt werden, und es werden viele Leute kommen, um sich von ihr zu verabschieden. Gemeinsam essen, trinken,

Geschichten erzählen. Das ist hier so üblich. Warten Sie bis nach der Beerdigung", sagte Voyageur.

„Wir haben nicht viel Zeit", sagte Garner. „Wann ist die Beerdigung?"

„Morgen", sagte Voyageur.

Der holprige Weg durch den Busch ebnete sich allmählich und ging in eine asphaltierte Straße über. Bald tauchten die ersten Häuser der Siedlung auf. Moderne eingeschossige Ziegelhäuser ordentlich in Reih und Glied. Bogenförmige Straßenlaternen. Ein kleiner Supermarkt, eine Tankstelle. Es sah aus wie ein ganz normales Dorf im Norden Québecs. Obwohl er nicht wusste, was er erwartet hatte, fühlte LeRoux eine vage Enttäuschung. Voyageur fuhr die Hauptstraße entlang und hielt vor einem Gebäude mit der Aufschrift *Eeyou Eenou Police Force*, vor dem ein weiteres Polizeiauto parkte. Sie stiegen aus, und er führte sie durch den verglasten Eingangsbereich in sein Büro. Außer dass es ebenerdig war und der Blick aus dem Fenster auf den Niskawini River ging, hätte es LeRouxs eigenes Büro in der Montrealer Sûreté sein können. Schreibtisch, PC, Regale mit Ordnern. Voyageur wies ihnen zwei Stühle zu und sie setzten sich. Er holte eine Akte hervor und sie erledigten die Formalitäten.

„Haben Sie eigentlich ein Foto von Jeanette Maskisin?", fragte Garner. „Ich meine, so, wie sie vorher aussah?"

Voyageur kramte in seinen Unterlagen.

„Ja", sagte er. „Nachdem die DNA-Probe eindeutig bestätigt hatte, dass es sich bei der Ermordeten um Jeanette Maskisin handelt, bat ich die Familie um ein Foto ihrer

Tochter, doch es schien keines zu geben. Das einzige, was ich auftreiben konnte, ist das hier.“

Er reichte ihnen eine Aufnahme aus dem Schuljahrbuch des vergangenen Jahres. Sie zeigte eine Klasse 14-Jähriger, die ernst in die Kamera schauten. Voyageur deutete mit dem Finger auf ein Mädchen in der vordersten Reihe. Obwohl es keine besonders gute Aufnahme war und das Mädchen abgetragene Jeans und ein viel zu großes Sweatshirt trug, stach es doch aus der Gruppe hervor. Sie war schlank und grazil und hatte das lange schwarze Haar zu einem Pferdeschwanz gebunden. Ihr Gesicht war gleichmäßig und schön. Etwas an ihrer Haltung drückte Selbstbewusstsein und Stolz aus. *Miss Native American*. LeRoux konnte das Mädchen auf dem Foto nicht mit der entstellten Leiche, die sie in Montreal aus dem Wasser gezogen hatten, in Verbindung bringen.

„Ist sie im Reservat zur Schule gegangen?“, fragte Garner.

„Ja“, sagte Voyageur. „Niskawini Junior High. Wie alle hier.“

„Ich würde gerne ihren Lehrer sprechen“, sagte Garner. „Wenn möglich, sofort.“

Voyageur sah wenig begeistert aus, doch Garners Haltung duldete keinen Widerspruch. LeRoux hätte gerne noch einmal in die Tüte mit dem Trockenfleisch gegriffen, aber die lag im Auto. Voyageurs eiserne Ration. Wahrscheinlich würden sie hier oben verhungern und Garner würde das nicht einmal bemerken. Er war wie ein Spürhund, der Witterung aufnahm und wie verrückt an der Leine zog.

„Heute ist Montag, da müssten Sie alle Lehrer antreffen", sagte Voyageur. „Ich werde Sie an der Schule absetzen und den Sarg zur Familie bringen. In spätestens zwei Stunden hole ich Sie wieder ab."

„*Indian time?*", fragte LeRoux.

Voyageur lachte. „Sorry für die Verspätung", sagte er. „Es gab heute Vormittag einen Notfall." Sein Gesicht wurde ernst. „Verkehrsunfall. Zwei Verletzte."

Garner hatte sich wieder in sein Schweigen verkrochen. LeRoux schaute auf die Uhr. 13:30 Uhr. Er war todmüde.

„Okay", sagte Voyageur. „Lassen Sie uns aufbrechen. Wenn wir uns beeilen, bekommen Sie noch ein Lunch in der Schulkantine."

Sie gingen zurück zum Wagen und Voyageur chauffierte sie ein paar Blocks weiter zur Niskawini Junior Highschool. Es war ein topmoderner Rundbau mit viel Glas und einem Flachdach, auf dem eine futuristische Stahlkonstruktion in Form eines Wigwams thronte. Über dem Eingang las LeRoux die Inschrift *Chief Poundmaker Memorial School* in Englisch, Französisch und Cree-Syllabics. Eine Skulptur vor dem Eingang zeigte zwei indianische Kinder, die Rücken an Rücken saßen, wobei das eine in einem Buch las und das andere ein aufgespanntes Fell abschabte. Ein hoher, grauer Maschendrahtzaun trennte den Schulhof, auf dem außer einem Basketballfeld nichts weiter zu sehen war, von der Straße ab. Trotz der zeitgemäßen Architektur strömte das Gebäude wie alle Schulen etwas von einem Gefängnis aus, das LeRoux auf ungute Weise an seine eigene Schulzeit in Montreal erinnerte. Der Schulhof war leer, und auch die

86

endlosen Flure schienen ausgestorben. Anscheinend war die Mittagspause bereits vorbei und die Schüler waren wieder in ihren Klassen eingepfercht. Voyageur führte sie zum Sekretariat, in dem eine dicke Indianerin mit schwarzen Pudellöckchen und Brille hinter ihrem Computer saß. Er wechselte ein paar Worte auf Cree mit ihr, sie blickte mürrisch auf Garner und LeRoux, dann stand sie schwerfällig auf und watschelte ins Büro des Schulleiters.

„Viel Erfolg. Bis später", sagte Voyageur. „Ich werde Sie gegen 16:00 Uhr abholen, okay? *White man's time.*" Er grinste.

Ein dürres Männchen mit Anzug und Schnauzbart, das sich als Mister Singh vorstellte, kam aus dem Schulleiterzimmer und begrüßte sie mit einem schmalen Lächeln.

„Jeanette Maskisin. Hmm." Mister Singh strich sich über den Schnurrbart. „Traurig, sehr traurig."

Seine dunkelbraunen Augen trieften geradezu vor Kummer.

„Der Klassenlehrer war Mister McFallon, wenn mich nicht alles täuscht. Schauen Sie im Computer nach, Mary, in welchem Raum er jetzt Unterricht hat."

„Raum A33", sagte Mary. „Englisch bei den Neuntklässlern."

„Okay", sagte Mister Singh. „Ich werde ihn solange vertreten. Folgen Sie mir bitte."

Raum A33 war der vorletzte Raum am Ende eines langen Flures. Mister Singh bat sie, einen Moment zu warten, klopfte und trat sofort ein. Es dauerte ein paar Minuten, dann öffnete sich die Tür wieder und McFallon stand vor ihnen. Sein bleiches Gesicht bildete einen seltsamen Kontrast zu dem feuerroten Haar, und er sah mitgenommen aus. Er war noch jung, vielleicht Ende 20, schmächtig und nervös. Unter den Achselhöhlen seines weißen Hemdes hatten sich Schweißränder gebildet.

„Sie hätten sich anmelden sollen", sagte er. „Ich habe Unterricht."

LeRoux hasste seinen Schulmeister-Ton.

„Können wir uns irgendwo in Ruhe unterhalten?", fragte Garner.

„In der Kantine ist es um diese Zeit leer", schlug McFallon vor. „Ich könnte einen Kaffee brauchen."

LeRouxs Herz jubelte. Der Mann wurde ihm fast sympathisch. Sie gingen schweigend durch die leeren Gänge, bis sie einen mit modernen Holzmöbeln ausgestatteten Esssaal erreichten. Tatsächlich waren sie, bis auf eine junge Cree hinter dem Tresen, die Einzigen. Sie bestellten zwei Kaffee und einen Tee für Garner und setzten sich an einen der Gruppentische am Fenster. LeRoux fragte nach Mittagessen, doch die Essensausgabe war bereits vorbei. Immerhin konnte er ein Club-Sandwich und einen Blaubeer-Muffin bekommen. Garner schien von Luft und Liebe zu leben.

McFallon nippte an seinem Kaffee und rückte seine Brille zurecht.

„Erzählen Sie uns etwas über Jeanette Maskisin", sagte Garner. „Was war sie für ein Mädchen?"

„Ist sie wirklich ermordet worden?", fragte McFallon. Garner nickte.

„Wissen Sie schon, wer der Täter sein könnte?"

„Beantworten Sie bitte meine Frage", sagte Garner.

„Jeanette war eine meiner besten Schülerinnen", sagte McFallon. „Ich unterrichte die Klasse seit drei Jahren in Englisch und Sozialwissenschaften."

Er schwieg einen Moment und verzog den Mund. „Die meisten meiner Schüler sind sehr schwer zu motivieren. Zeigen kaum Interesse am Lernen. Und die häusliche Unterstützung fehlt oft vollkommen."

Während LeRoux sein Sandwich verschlang, stellte er sich innerlich auf eine lange Lehrer-Litanei ein, doch Garner würgte McFallon sofort ab.

„Hatte Jeanette denn häusliche Unterstützung?"

McFallon lachte ein bitteres Lachen.

„Kennen Sie die Maskisin-Familie? Ein Haufen Kinder, die Eltern Trinker. Beengte Wohnverhältnisse. Ka-tas-tro-phal." Er zog die einzelnen Silben des Wortes auseinander, als sei es ein Kaugummi. „Doch Jeanette war ehrgeizig, sie wollte da raus. Oft war sie noch nach Schulschluss in der Bibliothek, las englische oder französische Literatur."

„Und Sie haben Jeanette motiviert?" Garners graue Augen fixierten den Lehrer.

„Manchmal habe ich ihr bei den Hausaufgaben geholfen", sagte McFallon. „Und sie anschließend nach Hause gefahren."

„Dann standen Sie ihr ziemlich nahe?" Garners Blick wurde lauernd, doch McFallon hatte die Falle sofort gewittert.

„Nicht mehr als meinen anderen Schülern", sagte er kühl. „Man tut, was man kann."

„Können Sie sich erklären, warum Jeanette mitten im Winter das Reservat verlassen hat?"

McFallon schwieg einen Moment.

„Einmal musste ich die Klasse in Sport vertreten", sagte er. „Mein Kollege war erkrankt. Als ich an der Mädchenumkleide vorbeiging, stand die Tür halb offen, und ich sah Jeanette in Unterwäsche." McFallons Gesicht wurde hochrot. „Es ist nicht so, wie Sie denken."

„Wir denken gar nichts", sagte Garner. „Erzählen Sie weiter."

„Sie hatte Blutergüsse und rote Striemen am ganzen Körper. Ich hatte Angst, sie darauf anzusprechen, doch ich war mir sicher, dass ihr Vater sie schlug."

Er setzte die Brille ab und fuhr sich über die Augen.

„Es ist meine Schuld", sagte er. „Ich hätte sie fragen müssen. Ich hätte etwas unternehmen müssen."

Er hörte sich an, als breche er gleich in Tränen aus.

„Hatte sie jemanden, dem sie vertraute? Freundinnen? Eine beste Freundin?"

Wieder schwieg McFallon.

„Es gab da jemanden", sagte er schließlich. „In der Klasse war Jeanette eher eine Außenseiterin. Doch in den Pausen hing sie immer mit einem der älteren Jungen herum. Leon Maskisin. Ein Cousin oder so was."

McFallons Ton klang jetzt missbilligend.

„War Leon Maskisin auch Ihr Schüler?", fragte Garner.

„Ja", sagte McFallon. „Und er hat mir das Leben zur Hölle gemacht. Aufsässig. Dickköpfig. Ist nach der neunten Klasse ohne Abschluss abgegangen. Obwohl er hochintelligent war. Mitglied der Eishockey-Schulmannschaft, hervorragender Sportler, sehr gute Leistungen in Mathematik und Naturwissenschaften." McFallon redete sich jetzt in Rage.

„Mehrere Verweise wegen Schulschwänzen, Cannabisrauchen und respektlosem Verhalten gegenüber Lehrpersonen. Hat oft wochenlang gefehlt. Natürlich unentschuldigt. War auf der Trapline mit seinem Großvater. Im Sozialkundeunterricht redete er ständig davon, wie ungerecht und rassistisch die kanadische Gesellschaft sei. Ein Träumer. Träumte von den alten Zeiten. Musste ständig provozieren."

„Ist er im Reservat geblieben?"

„Keine Ahnung", sagte McFallon. „Doch, ich denke schon. Wahrscheinlich lebt er von Sozialhilfe. Geld der kanadischen Steuerzahler. Das in seinen Augen nur eine unzureichende Entschädigung für das abgetretene Land ist. Vertragsgelder auf ewig, sozusagen."

„Wo können wir ihn finden?"

„Er ist Halbwaise, wohnte bei seiner Mutter auf der Rue Poplar hier in Niskawini. Wenn er noch im Reservat ist, wird er sicher zur Beerdigung kommen. War's das?", fragte er. „Ich müsste dann zurück in den Unterricht."

„Noch eine Frage", sagte Garner. „Kommen Sie aus Montreal oder haben Sie Kontakte dahin?"

McFallons Stirn legte sich in ärgerliche Falten, so, als müsse er einen Schüler maßregeln oder eine schlechte Note erteilen.

„Ich komme aus Alberta", sagte er, „und ich kenne niemanden in Montreal."

Garners Stimme war ungerührt. „Vielen Dank, Mister McFallon", sagte er. „Sie haben uns sehr geholfen. Wir würden dann noch gerne mit Jeanettes Mitschülern sprechen."

„Wir schreiben morgen eine Klassenarbeit", protestierte McFallon. „Es ist die letzte Unterrichtsstunde und …"

„Es geht hier um einen Mordfall", unterbrach Garner.

„Okay", kuschte McFallon und leerte den Rest seines Kaffeebechers. Er hatte Schweißperlen auf der Oberlippe, und sein Blick war sorgenvoll.

„Sie werden nicht viel aus denen herauskriegen", fügte er hinzu. „Indianische Schüler sind verstockt."

LeRoux fragte sich, wie es ihn von Alberta ausgerechnet hierhin verschlagen hatte. Vielleicht war er Masochist. Vielleicht gab es eine Sonderzulage für das Unterrichten verstockter indianischer Schüler. Vielleicht hatte ihn auch keine andere Schule haben wollen.

Sie gingen über die ausgestorbenen Flure zurück zu Raum A33. McFallon klopfte kurz, dann traten sie in die Klasse. Mister Singh, der offensichtlich gerade die Geheimnisse der englischen Grammatik an der Tafel erklärt hatte, zwang sich zu einem Lächeln, das genauso dünn war wie sein Schnurrbart.

„Sind Sie fertig?", fragte er.

„Nein", sagte Garner. Er drängte Mister Singh zur Seite und stellte sich vor die Klasse. Es waren nur 14 Schüler, acht Mädchen und sechs Jungen, alle mit dem gelangweilten und widerwilligen Blick von Teenagern.

„Ihr versteht alle Englisch?", begann Garner. Die Jugendlichen schwiegen, doch McFallon und Mister Singh nickten wie Nickesel. Garner fuhr fort.

„Ihr wisst sicher, dass eure Mitschülerin Jeanette Maskisin ermordet in Montreal aufgefunden wurde. Bestimmt werden viele von euch morgen bei ihrer Beerdigung sein." Garner machte eine bedeutungsschwangere Pause, doch niemand zeigte auch nur die geringste Regung. Ein pickeliger Junge mit einem Bandana um die Stirn spielte lustlos an seinem Stift herum.

„Wir würden gerne wissen, ob sich Jeanette vor ihrem Verschwinden jemandem von euch anvertraut hat."

Wieder Schweigen.

„Hatte sie Probleme? Hat sie Andeutungen gemacht, dass sie abhauen wollte?"

Die Schüler blickten ihn an wie Ölgötzen.

„Kannte sie jemanden in Montreal?"

Ein dickes Mädchen in einem pinken Sweatshirt mit der Aufschrift *Princess* betrachtete ausgiebig den abgeblätterten Nagellack an den Fingernägeln ihrer rechten Hand. Ihr Gesicht war stumpf und ihre Augen leer. LeRoux unterdrückte ein Gähnen. Es war sinnlos. Um McFallons Lippen spielte ein triumphierendes kleines Lehrerlächeln.

„Es ist eine Belohnung ausgesetzt", sagte Garner. „1 000 Dollar für jeden Hinweis, der zur Ergreifung des Täters führt."

14 Augenpaare blickten ihn an. Hellwach. Die Stumpfheit war wie weggeblasen. Es war eine glatte Lüge. Garner war ein Arschloch, dachte LeRoux.

„Wenn jemand etwas weiß, wir sind morgen auf der Beerdigung", fuhr Garner fort. Seine Stimme war sehr ruhig. „Und jetzt lernt fleißig Englisch, es ist schließlich eine Weltsprache. Was man von Cree nicht gerade behaupten kann."

Die Blicke senkten sich wieder, nur die Augen des Jungen mit dem Bandana blitzten böse auf.

Garner war kein Arschloch, er war ein Riesenarschloch. Sie verabschiedeten sich von McFallon und Mister Singh, die sichtlich nervös wirkten, und gingen zurück zum Eingang. Bingo, dachte LeRoux. Ein intelligentes, ehrgeiziges Mädchen aus einem verwahrlosten Elternhaus, das nach Montreal abgehauen war, und ein kiffender indianischer Rebell, Schulschwänzer und Sozialschmarotzer. Gab es eine Verbindung? Vielleicht rauchte Leon Maskisin das Zeug nicht nur, sondern handelte auch damit. Vielleicht hatten er und seine kluge kleine Cousine beschlossen, die Kriegskasse ein wenig aufzufüllen und ins Drogenbusiness einzusteigen.

Vielleicht waren sie dabei jemandem in die Quere gekommen. Vielleicht, vielleicht, vielleicht. Vielleicht auch nicht. Er war hundemüde, und es war ihm scheißegal. Es war 16:10 Uhr. Sie überquerten den Schulhof und postierten sich vor dem Eingangstor. Der Polizei-Van war nicht zu sehen. Wenn Voyageur halbwegs pünktlich war, müsste er jeden Moment kommen. Eine trübe Dämmerung senkte sich über die gottverlassene Straße, und vor ihren Mündern standen weiße Atemwolken. Ein orangefarbener Schulbus wartete mit laufendem Motor. LeRoux zündete eine Zigarette an und trat ungeduldig von einem

94

Fuß auf den anderen. Garner schwieg. Wahrscheinlich dachte er über Schopenhauer nach. Vielleicht war doch nicht jede Begegnung eine Verabredung. Haha. Nach einer Viertelstunde ertönte ein durchdringendes Klingeln, und die ersten Schüler kamen aus dem Gebäude. Keine Spur von Voyageur. Scheiß Indianer. LeRoux stieß den Rauch aus seinem Mund und blickte den grauen Kringeln hinterher, bis sie sich in der Winterluft aufgelöst hatten. Das schien hier oben seine Hauptbeschäftigung zu werden. Immer mehr Grüppchen strömten lärmend heraus und der Schulbus füllte sich. Eine junge blonde Lehrerin mit Heften unter dem Arm verabschiedete sich von zwei älteren Kollegen, von denen einer ziemlich indianisch aussah und einen Pferdeschwanz trug, und stieg in ihr Auto. Sie sah nicht schlecht aus, soweit LeRoux das aus der Entfernung beurteilen konnte. Der Schülerstrom ebbte allmählich ab und der Schulbus fuhr los. Ein dickes Mädchen in einem Armeeparka lungerte unschlüssig auf dem Schulhof herum. Ab und an schaute sie in ihre Richtung und kam ein wenig näher, wie ein scheues Wildtier, das gleichzeitig Futter und Gefahr wittert und sich vorsichtig heranpirscht. Es war das Mädchen mit dem pinken Sweatshirt aus Jeanette Maskisins Klasse. LeRoux trat einen Schritt auf sie zu und lächelte sein Frauenlächeln.

„Zigarette?", fragte er und hielt ihr die Schachtel hin. Garner schnaubte, doch sie griff zu und LeRoux gab ihr Feuer.

„Ziemlich kalt", sagte er auf Französisch, aber sie antwortete nicht, sondern paffte schweigend vor sich hin.

„*Fuck* McFallon", sagte sie unvermittelt und spuckte auf den Boden.

„Was ist mit McFallon?", fragte Garner und heftete seine grauen Augen auf sie.

„McFallon ist ein Schwein", sagte das Mädchen. Sie hatte eine eigentümliche Intonation, eine Art Singsang, doch ansonsten war ihr Englisch fehlerfrei.

„Es ist seine Schuld, dass Jeanette abgehauen ist." Sie kaute an ihrer Unterlippe. „Er hat ihr ständig nachgestellt, sie angegrapscht, in der Sportumkleide in Unterwäsche begafft. Ein scheiß Spanner."

Sie blickte Garner und LeRoux lauernd an, doch sie zeigten keine Reaktion.

„Als Jeanette das Leon erzählt hat, hat er McFallon zur Rede gestellt. Mit seinem Jagdmesser." Sie grinste breit. Ihre Vorderzähne waren gelb verfärbt und schief.

„Nur eine kleine Warnung. Er hat ihm kein Haar gekrümmt. Doch McFallon ist zu Mister Singh. Und dann ist Leon von der Schule geflogen. Und McFallon hatte freie Bahn."

Sie nahm noch einen Zug von der Zigarette, warf die Kippe auf den Boden und trat sie mit dem Stiefelabsatz aus. Ihre Augen sprühten vor Hass.

„Vielleicht hat er sie ja auch ermordet, damit es nicht rauskommt."

„Wie heißt du?", fragte Garner.

„June", sagte das Mädchen. „June Lacroix. Was ist mit den 1 000 Dollar Belohnung?"

„Vielen Dank, June", sagte Garner. „Wir müssen deine

Aussage natürlich erst überprüfen. Und wir müssen ein polizeiliches Protokoll aufnehmen."

June zog eine Schnute. „*Fuck*", sagte sie.

Es hupte und sie sahen den Polizei-Van am Straßenrand parken.

June drehte sich blitzschnell um und rannte trotz ihrer Korpulenz schnell die Straße hinunter.

„He", rief Garner, doch sie rannte einfach weiter.

„Entweder lügt sie oder sie hat Dreck am Stecken", sagte Garner. „Wahrscheinlich beides. Hat Stress mit McFallon und will ihm eins reinwürgen."

LeRoux zuckte mit den Schultern. Ihm war scheißkalt und er brauchte ein Bett. Sie stiegen in den Wagen.

„Ich bin schon wieder zu spät", entschuldigte sich Voyageur. „Der Priester war noch bei der Familie und hat für das Seelenheil des Mädchens gebetet."

„Ist die Familie katholisch?", fragte Garner.

„Ja, die meisten hier sind katholisch", sagte Voyageur.

„Und was sagt der Große Manitu dazu?" Garner war wirklich ein Arsch.

Voyageur lachte sein kehliges Lachen.

„*Kitchi Manitu,* das Allumfassende Geheimnis, ist in allen Wesen und Erscheinungen, ob Tier oder Stein, Wolke, Jesus oder Kreuz. Für uns Cree ist das Eins."

Garners graue Augen blitzten auf. „Die Weltseele, die große Kraft, die allen Dingen innewohnt. Schelling, Goethe." Seine Stimme wurde leidenschaftlich. „Kennen Sie Schopenhauer?", fragte er.

LeRoux stöhnte innerlich.

„Ein großer deutscher Philosoph, ist vor 150 Jahren gestorben", fuhr Garner fort.

Voyageur schüttelte den Kopf.

„*Kitchi Manitu*. Faszinierend", sagte Garner. „Sie müssen mir unbedingt mehr über Ihren Glauben erzählen."

Voyageurs Augen wurden schmal.

„Wir sind Katholiken", sagte er. „In Ihren Internaten wurde uns unser Glaube mit Prügel ausgetrieben. Unsere Rituale und Traditionen wurden verboten, genauso wie das Sprechen unserer Sprache."

Seine Stimme war jetzt abweisend und feindselig.

„Unsere Spiritualität gehört nur uns. *Kitchi Manitu* ist zu groß für Weiße."

Garner schwieg. Zum ersten Mal sah LeRoux so etwas wie Respekt in seinem Blick.

„Ich bringe Sie zu Ihrer Unterkunft", sagte Voyageur. „Oder möchten Sie noch jemanden verhören? Sie werden den Mörder nicht hier oben finden. Warum suchen Sie nicht in Montreal?"

„Weil jede Begegnung eine Verabredung ist", sagte Garner. „Das Gesetz von Ursache und Wirkung. Erst wenn wir die Ursache kennen, können wir die Wirkung verstehen. Und die Ursache liegt hier."

„Sie sind ein komischer Vogel", sagte Voyageur.

LeRoux musste grinsen. Der Mann hatte Menschenkenntnis.

Sie fuhren jetzt die vom fahlen Licht der Straßenlaternen erleuchtete Hauptstraße entlang. Links und rechts duckten sich die eingeschossigen Häuser unter einem grauen

Winterhimmel, an dem ein bleicher Frostmond zwischen schwarzen Wolkenfetzen hing. Voyageur bog in eine Gravel-Road ab, die nach wenigen Metern in den Busch führte. Für einen kurzen Moment dachte LeRoux, dass der Indianer sie irgendwo in der Wildnis aussetzen oder abstechen würde, doch er zwang sich zur Raison. Sie folgten der holprigen Schotterpiste, bis sie nach wenigen Kilometern auf einer Schneise hielten. Im Licht der Scheinwerfer sah LeRoux mehrere Trailerhomes, doch die Fenster waren dunkel und niemand war zu sehen.

„Ich hoffe, es ist okay, wenn Sie hier schlafen", sagte Voyageur. „Es gibt kein Motel in Niskawini, und in meinem Haus ist leider nicht viel Platz für Gäste." Er lächelte.

„Meine Frau hat gerade das Fünfte geboren."

„Herzlichen Glückwunsch", sagte Garner. „Junge oder Mädchen?"

„Junge", sagte Voyageur. Sie stiegen aus, und Voyageur öffnete die Tür eines der Wohnmobile. Er zündete eine Kerosinlampe an, die auf einem grob gezimmerten Holztisch mit einer Bank davor stand.

„Elektrizität gibt es hier nicht", sagte er entschuldigend. „Leider auch kein fließendes Wasser."

Er deutete auf zwei Plastikkanister neben der Tür. Es gab eine Kochnische mit einem holzbefeuerten Ofen und im hinteren Bereich ein breites Bett, auf dem zwei Schlafsäcke lagen.

„Manchmal kommen Jäger hierher", sagte Voyageur. „Aus den Staaten. Bezahlen viel Geld, um einen Elch oder einen Bären zu schießen. Dann bringen wir sie hier unter."

LeRoux dachte, dass er bereit wäre, viel Geld für ein Hotelzimmer zu bezahlen, sehr viel Geld, doch Garners Augen leuchteten wie die eines Zehnjährigen auf seinem ersten Boyscouts-Ausflug. LeRoux stöhnte innerlich. Keine Frage, es war der beschissenste Fall seines Lebens.

„Draußen ist Feuerholz", sagte Voyageur. „Das Outhouse ist etwa 20 Meter hinter dem letzten Trailer. Ich habe etwas Proviant für Sie gekauft."

Sie gingen zurück zum Wagen und holten ihr Gepäck. Garner in seinem grauen Anzug mit dem *Samsonite*-Koffer sah aus wie ein Städter auf Abenteuerurlaub. Voyageur schleppte eine Kiste, in der sich die Vorräte befanden. Mehrere Dosen, Eier, Speck, Milch, zwei Steaks. Ein Paket Kaffee. Ein Sixpack Bier. Immerhin. Er holte ein paar Scheite Holz herein, legte sie in den Ofen und machte Feuer. Es war fast gemütlich, nur, dass sie ohne Auto und Badezimmer am Arsch der Welt festsaßen, es weder Internet noch Licht gab und er mit Garner das Bett teilen musste.

„Wann soll ich Sie morgen abholen?", fragte Voyageur. „Die Beerdigung ist erst am Nachmittag."

„9:00 Uhr", sagte Garner. „Punkt 9:00 Uhr", fügte er hinzu. Voyageur grinste.

„Gute Nacht", sagte er. „Passen Sie auf, dass die Bären Sie nicht fressen."

Er ging zum Wagen und startete. Eine Weile sah LeRoux noch die Rücklichter und lauschte auf das immer leiser werdende Geräusch des Motors, dann war es totenstill. 17:30 Uhr. Vor dem Fenster des Trailers stand die Dunkelheit wie ein schwarzes Loch, das sie zu verschlingen drohte.

Gab es hier Bären? Bestimmt. Er war in Montreal geboren und hatte sein ganzes Leben in der Stadt verbracht. Diese Stille machte ihn nervös.

„Hunger, J. B.?", fragte Garner. Ausnahmsweise schien er in Bestlaune. Er nahm eine gusseiserne Pfanne von einem Haken an der Wand, öffnete eine Dose Bohnen und packte die Steaks aus.

LeRoux griff nach dem Sixpack, leerte eine Dose in einem Zug und rülpste leise. Wenn Sophie die Scheidung wollte, könnte er das gut verstehen. Es war nicht das erste Mal, dass er sie betrog. Doch er liebte sie, und er konnte sich ein Leben ohne sie nicht vorstellen. Céline hatte sich seit über einer Woche nicht gemeldet. Der Sex mit ihr war der beste seines Lebens gewesen. Reflexartig starrte er auf das Display seines Handys. Keine Nachricht. Natürlich nicht, kein Netz. Er nahm sich ein zweites Bier. Er hasste sein Leben.

Ted Garner
30. Oktober

Garner erwachte, weil er Druck auf der Blase spürte. Es war Nacht. Für einen kurzen Moment wusste er nicht, wo er sich befand. Jemand dicht neben ihm schnarchte. Eine dunkle Silhouette mit einem wilden Lockenschopf. LeRoux. Garner zog den Reißverschluss seines Schlafsacks herunter und stand auf. Es war so kalt, dass er seinen Atem sah. Er streifte sein Jackett über und schlüpfte in die Schuhe. Er hatte keine Lust, bis zum Outhouse zu laufen. Er würde in den Busch neben dem Trailer pinkeln und schnell zurück ins warme Bett, doch als er die Tür des Wohnwagens öffnete, hielt er den Atem an. Rote und grüne Vorhänge aus Licht hingen über den Bäumen, dazwischen funkelten unzählige weiße Sterne.

Nordlichter. Es sah aus, als wolle ein Magier die Welt mit seinem gigantischen Feuerwerk blenden, ein kosmischer Schleiertanz, ein unaufhörliches Wabern und Weben in allen nur denkbaren Schattierungen. Fasziniert schaute Garner auf das geisterhafte Wechselspiel der vielfarbigen Lichter.

Traumgespinste, Illusionen aus Sonnenstaub, *Aurora borealis*. War das Leben auch nur eine Illusion, eine Projektion des Geistes, so irreal und flüchtig wie die tanzenden Staubpartikel? Über den Wipfeln der Bäume hing ein bleicher Frostmond von kalter Schönheit, wie aus Stanniolpapier gestanzt am flackernden Nordhimmel klebend. Garner trat ins Freie und urinierte. Es schien ihm, als flüsterten die

Büsche und Bäume, ein geheimnisvolles Rauschen wie das seines eigenen Blutes. *Kitchi Manitu.* Der große Geist, der allen Dingen innewohnt. Seltsam, dass ihm das wieder einfiel. Ihm schauderte vor Kälte und der Unergründlichkeit des Universums, und sein Herz klopfte bis zum Hals. Eine schmerzhafte Sehnsucht überfiel ihn, ein beinahe magischer Sog einzugehen in das tanzende Licht, und er konnte sich nur mit Mühe von dem Anblick des Geisterhimmels losreißen. Er kroch zurück in den Schlafsack und lauschte in die Nacht hinein. LeRouxs rasselnder Atem. In der Ferne ein langgezogenes Heulen. Wölfe oder Kojoten. Das tote Mädchen war hier aufgewachsen, hatte die tanzenden Nordlichter gesehen und die Wölfe gehört, aber etwas in ihr war zerbrochen, war genauso zerbrochen wie das traditionelle Leben der Cree. Misshandlung? Drogen? Missbrauch? Es dauerte lange, bis Garner in einen unruhigen Schlaf fand.

Als er aufwachte, hatte LeRoux bereits Feuer gemacht und es roch nach gebratenem Speck und Kaffee. Vielleicht war der Mann ja doch zu irgendetwas zu gebrauchen. Garner kroch aus dem Schlafsack, spritzte sich etwas Wasser aus dem Kanister ins Gesicht und zog sich an. Durch das Fenster des Trailers schien eine kalte Wintersonne, die hinter den kahlen Baumwipfeln aufstieg und die Wolken blassrosa färbte.

„Gut geschlafen?", fragte LeRoux.

„Nein", sagte Garner. „Sie schnarchen wie ein Bär. Sie sollten weniger trinken."

Er wies mit dem Kopf auf die leeren Bierdosen.

LeRoux zog ein beleidigtes Gesicht und goss zwei Becher Kaffee ein. Garner wünschte, der Froschfresser würde sich in Luft auflösen. LeRoux war die größte Pfeife, mit der er je gearbeitet hatte. Sie frühstückten in einem feindseligen Schweigen, dann ging LeRoux vor die Tür und rauchte.

Voyageur war ausnahmsweise pünktlich.

„Gestern Nacht haben die Spirits getanzt", sagte er. „Haben Sie die Lichter gesehen?"

„Ich dachte, Sie seien katholisch", sagte Garner.

Auch Voyageur schwieg beleidigt. Garner beschlich das Gefühl, dass heute nicht sein Tag war. Wenn er nicht aufpasste, würde er die Sache vermasseln.

„Kennen Sie einen Leon Maskisin?", fragte er.

Voyageur nickte. „Guter Jäger. War schon ein paar Mal mit ihm draußen im Busch. Einer der wenigen Jungen, die sich an unsere Traditionen halten."

„Wissen Sie, wo er sich aufhält?"

„Soviel ich weiß, wohnt er bei seiner Mutter."

„Bringen Sie uns hin."

„Jetzt?"

Garner nickte. Gestern wäre besser gewesen. Sie hatten einen Fehler begangen. Wenn Leon Maskisin etwas mit der Sache zu tun hatte, wäre er vorgewarnt. Er dachte an June Lacroixs leuchtende Augen, als sie von Leons Messerattacke auf McFallon gesprochen hatte und an ihr plötzliches Verschwinden beim Auftauchen des Polizeiwagens. Die Buschtrommel hier oben ging laut und schnell. Hoffentlich war der Vogel noch nicht ausgeflogen.

Sie fuhren durch den Wald zurück in die Siedlung, und

Voyageur hielt vor einem schäbigen, grau gestrichenen Holzhaus in einer Seitenstraße. Rue Poplar 35. Zwei Huskys, die vor dem Haus angepflockt waren, begannen zu bellen und wie verrückt an der Leine zu zerren, als sie das Grundstück betraten. Sie klopften an die Tür und eine indianische Frau mittleren Alters öffnete. Sie war klein und grazil und trug abgetragene Jeans und einen ausgeleierten Wollpullover. Das Haar, das bereits einige graue Strähnen aufwies, war zu zwei Zöpfen geflochten. Voyageur wechselte ein paar Worte auf Cree mit ihr und die Frau bat sie höflich herein. Sie folgten ihr durch einen engen Flur in einen winzigen Wohnraum, in dem ein verschlissenes Sofa mit zwei Armsesseln auf einem abgetretenen Linoleumboden stand. Ein gusseiserner Ofen verströmte eine angenehme Wärme. Auf einer alten Holzkiste, die als Couchtisch diente, lagen kleine Schachteln mit bunten Perlen, Lederreste und eine Stickerei, an der die Frau anscheinend gerade gearbeitet hatte. Aus einem uralten Kassettenrekorder klang leise Powwow-Musik. Die Frau machte eine einladende Geste und sie setzten sich. Trotz der offensichtlichen Ärmlichkeit fühlte Garner sich wie bei einer Audienz der Queen.

„Ist Ihr Sohn zu Hause?", fragte er.

„Nein", antwortete die Frau. „Er ist mit seinem Großvater unterwegs. Sie bereiten die *Sweating Lodge* vor."

„*Sweating Lodge?*", fragte Garner. Sie sprach Englisch mit einem starken Akzent, und er hatte ein wenig Mühe, sie zu verstehen.

„Eine Schwitzhüttenzeremonie", sagte Voyageur. Er grinste. „Indianische Sauna. Ziemlich heiß."

„Sie beten für den Geist des toten Mädchens", sagte die Frau. „Möchten Sie einen Tee?"

Garner nickte.

Sie holte drei Tassen und eine Kanne aus der Küche und stellte sie auf die Holzkiste. Als sie einschenkte, stieg Garner ein aromatischer Geruch nach Minze und Salbei in die Nase.

„*Indian tea*", sagte sie und lächelte. Garner trank einen Schluck und lächelte zurück. Irgendetwas an der Frau flößte ihm Respekt ein. Vielleicht war es ihre dunkle Stimme, vielleicht auch ihre Art, ihn anzusehen, beinahe so, als kenne sie ihn seit Urzeiten und wüsste alles über ihn. Es war gleichzeitig angenehm und verstörend.

„Wissen Sie, wann Ihr Sohn zurückkommt?"

„Nein", sagte die Frau.

„Das tote Mädchen ist seine Cousine, nicht wahr? Ihre Nichte."

Die Frau nickte, doch das Lächeln erstarb und ihr Gesicht nahm einen verschlossenen Ausdruck an.

„Ihre Mutter ist die Schwester meines Mannes. Er ist seit 14 Jahren tot. Seitdem haben wir keinen Kontakt."

„Ihr Sohn schon", sagte Garner. „Er und Jeanette haben sich anscheinend sehr gut verstanden."

Die Frau schwieg. Die Powwow-Musik klang schrill und aufpeitschend.

„Wir müssen Ihren Sohn sprechen", drängte Garner.

„Kommen Sie heute Nachmittag zur Beerdigung", sagte die Frau. „Er wird da sein."

Seltsamerweise zweifelte Garner keine Sekunde daran,

dass sie die Wahrheit sagte. Obwohl er sie erst seit einer knappen Viertelstunde kannte, vertraute er ihr blind.

„Und Sie?", fragte er. „Werden Sie auch da sein?"

„Nein", sagte die Frau.

„Darf ich fragen, warum nicht?"

Sie zuckte mit den Schultern und schwieg. Ihr Blick streifte in die Ferne, und es schien Garner, als löse sie sich plötzlich auf und verschmelze mit dem endlosen Himmel und den kahlen Bäumen hinter dem Fenster.

„Könnte ich Leons Zimmer sehen?", fragte Garner.

Sie stand auf und Garner folgte ihr. Sie öffnete die Tür zu einer dunklen Kammer. Ein schmales Metallbett mit einer fleckigen und durchgelegenen Matratze, ein paar an Wandhaken aufgehängte Jacken, Hemden und Jeans, eine zerfledderte Sport-Zeitschrift. Schneeschuhe, ein Jagdgewehr, ein Munitionskasten. Garner wusste nicht, was er erwartet hatte, aber es war der spartanischste Raum eines jungen Mannes, den er je gesehen hatte.

„Schauen Sie sich ruhig um", sagte die Frau. „Wir haben nichts zu verbergen."

Sie ließ ihn allein, und Garner betrat die Kammer. Er schaute unter das Bett und hob die Matratze an, doch es gab nichts zu sehen. Der Fußboden war sauber, die Kleidungsstücke abgetragen, aber frisch gewaschen. Der Munitionskasten war gut gefüllt mit großkalibrigen Patronen. Vorsichtig nahm er das Jagdgewehr in die Hand. Es war eine Steel Action Repetierbüchse, und sie war ziemlich neu. So eine Waffe kostete mindestens 1 000 US-Dollar. Woher hatte Leon Maskisin das Geld?

Als er zurück in den Wohnraum kam, war die Frau verschwunden. Für einen kurzen Moment dachte er, dass sie abgehauen war, um ihren Sohn zu warnen, doch durch die pappdünnen Wände hörte er leise Geräusche. Vielleicht brühte sie noch einmal frischen Tee auf. Voyageur und LeRoux blickten ihn fragend an.

„Nichts Besonderes", sagte Garner. „Scheint wiederzukommen. Seine Sachen sind jedenfalls noch alle da."

Wenn er hätte türmen wollen, hätte er das Gewehr mitgenommen, dachte Garner. Dennoch hatte er das Gefühl, dass irgendetwas nicht stimmte.

„Warum kommt seine Mutter eigentlich nicht zur Beerdigung?"

„Ihr Mann ist bei einem Autounfall gestorben", sagte Voyageur leise. „Sie kamen von einer Party, Leonard Maskisin Senior, seine Schwester Louise und ihr Mann Alphonse. Louise saß am Steuer. Sie war sturzbesoffen. Frontalzusammenstoß. Leonard war sofort tot."

„Daher weht der Wind", sagte Garner und nahm noch einen Schluck von seinem Tee.

„Kein Wunder, dass sie den Kontakt abgebrochen hat. Wie alt war ihr Sohn damals?"

„Er war fünf", sagte Voyageur. „Der Junge hat seinen Vater kaum gekannt. Sein Großvater hat ihn erzogen."

„Doch Leon und Jeanette kannten sich aus der Schule. Und hatten eine besondere Nähe. Trotz der Feindschaft zwischen den Familien." Garner grinste. „Fast wie Romeo und Julia. Blut ist eben dicker als Wasser, wie es so schön heißt."

Die Frau kam zurück und Garner verstummte. Sie lächelte und streckte LeRoux wortlos etwas entgegen. Es war eine handgearbeitete silberne Feuerzeughülle mit einem eingelassenen Türkis.

„Für mich?", fragte LeRoux überrascht.

„Ein alter Brauch", sagte sie. „Wenn Sie das erste Mal in ein Cree-Haus kommen, erhalten Sie ein Geschenk. Gastfreundschaft ist uns Cree heilig."

Ihr Blick war warm und ihre Augen glänzten. „Auch Tabak ist heilig. Doch Sie sollten nicht zu viel rauchen. Schlecht für die Gesundheit."

Seit sie hier waren, hatte LeRoux keine einzige Zigarette geraucht. Und dennoch hatte sie das richtige Geschenk gewählt, dachte Garner. Merkwürdig. Es schien ihm, als sehe sie durch sie hindurch wie durch Glas. War auch diese Begegnung eine Verabredung?

„Und das ist für Sie", sagte sie und reichte ihm einen kunstvoll mit Perlen bestickten ledernen Schlüsselanhänger. „Fahren Sie nicht zu schnell. Es gibt Menschen, die in Autos sterben."

Garner spürte eine Gänsehaut.

„Vielen Dank", sagte er. Plötzlich fühlte er sich zutiefst beschämt. Er hätte der Frau gerne etwas zurückgegeben, doch das Einzige, was er dabei hatte, war sein Portemonnaie, und obgleich er wusste, dass sie arm war, wusste er auch, dass es eine Beleidigung wäre, ihr Geld anzubieten.

„Wo haben Sie das Mädchen gefunden?", fragte die Frau.

„Sie wurde in Montreal angeschwemmt", sagte Garner.

„Sie hatte bereits zehn Tage im Wasser gelegen." Kein schöner Anblick.

Die Frau murmelte irgendetwas auf Cree, das mit Manitu endete, und Garner dachte, dass sie vielleicht zu ihrem Gott betete, doch Voyageur blickte erschrocken und bekreuzigte sich.

„Sie war schwanger", fügte Garner hinzu. „Haben Sie eine Ahnung von wem?"

Die schwarzen Augen der Frau hefteten sich auf seine, und wieder hatte Garner das Gefühl, als blicke sie bis in die tiefsten Tiefen seines Seins.

„Nein", sagte sie.

„Könnte Ihr Sohn sie geschwängert haben?"

Er dachte, dass die Frau jetzt wütend werden würde, doch sie lächelte.

„Niemals", sagte sie. „Inzest ist ein Tabu, und Leon denkt sehr traditionell. Sie waren in direkter Linie Cousin und Cousine. Das bedeutet für uns Cree so viel wie Bruder und Schwester."

Garner schwieg einen Moment. Er hatte Angst, die nächste Frage zu stellen.

„Der Mann meiner Schwägerin ist ein Trinker."

Es schien, als hätte sie seine Gedanken gelesen. „Manchmal passieren schlimme Dinge hier oben. Louise war schon mehrmals im Eagle's Nest."

Garner blickte sie fragend an.

„Das Eagle's Nest ist eine Einrichtung für Frauen, die von ihren Männern geschlagen werden", erklärte Voyageur. „Sie finden dort Schutz."

„Das Mädchen war im vierten Monat", sagte Garner. „Wenn es jemand von hier oben war, der sie geschwängert hat, dann müsste sie nach ihrem Verschwinden noch einmal zurückgekommen sein oder sich irgendwo mit dem Mann getroffen haben."

„Warum suchen Sie nicht in Montreal nach dem Vater?", fragte die Frau. „Wahrscheinlich war er weiß." Zum ersten Mal schwang Feindseligkeit in ihrer Stimme mit.

„Wir ermitteln in alle Richtungen", sagte Garner. „Doch wenn sie in Montreal ungewollt schwanger wurde, hat sie vielleicht Hilfe gebraucht. Und sich ihrer Familie anvertraut."

Er versuchte, dem Blick der Frau standzuhalten.

„Vielleicht auch Ihrem Sohn. Der wie ein großer Bruder war."

„Ich kann Ihnen nicht helfen", sagte die Frau. Sie wies mit dem Kinn in Richtung des Kassettenrekorders.

„Das sind die *North Star Singers*", sagte sie. „Mein Sohn ist einer von ihnen." In ihrer Stimme klang Stolz. „Mögen Sie Powwow-Musik?"

„Ja", log Garner. Das schrille monotone Geheule ging ihm allmählich auf die Nerven. Es klang, als würde ihn jeden Moment eine Horde Rothäute massakrieren.

„Leon ist ein guter Junge", sagte sie. „Kommen Sie zur Beerdigung. Wenn er irgendetwas weiß, wird er es Ihnen sagen."

Sie war wie alle Mütter dieser Welt, dachte Garner. Selbst wenn ihre Söhne Mörder, Vergewaltiger oder Drogenbosse waren, würden sie sie mit Klauen und Zähnen verteidigen.

Jean-Baptiste LeRoux
30. Oktober

Wenn er Dichter geworden wäre, säße er jetzt in einem Café in Montreal oder Paris, würde einen Espresso schlürfen und einen tiefsinnigen Vers über die Kurven seiner Geliebten drechseln. Doch er war nur ein dämlicher Bulle, der sich jeden Tag vergeblich den Arsch aufriss. Bis zu seiner Pensionierung würde er noch knapp 30 Jahre Leichen inspizieren, Verhöre durchführen, Protokolle anfertigen.

Bei durchschnittlich acht Morden pro Jahr im Großraum Montreal ergäbe das 240 Fälle. Davon mindestens die Hälfte unaufgeklärt. Berge von Akten für den Schredder.

Sinnlos. Auch dieser Fall würde zu den unaufgeklärten gehören, da war sich LeRoux sicher. Jeanette Maskisin war nur ein weiteres Opfer unter den knapp einer halben Million Menschen auf der Welt, die jedes Jahr durch vorsätzliche Tötung ihr Leben verloren. Und für deren Schicksal sich höchstens ein paar Angehörige interessierten.

Jeanettes Angehörige interessierten sich offensichtlich nicht für ihr Schicksal. Das Haus der Maskisins war das heruntergekommenste Haus, das er in seinem Leben gesehen hatte. Es lag ein paar Kilometer außerhalb der Siedlung an einer Gravel Road inmitten einer Birkenwaldrodung. Ein paar übrig gebliebene dürre, weiße Stämme streckten ihre kahlen Äste dem wolkenverhangenen Himmel entgegen. Ausgeschlachtete Autowracks, eine kaputte Waschmaschine und Müll säumten die Zufahrt, die voller Glasscherben war. Eine Horde magerer Köter sprang herbei und begleitete wild kläffend ihren Wagen, der im Schritttempo die holprige Lehmeinfahrt entlangruckelte. Sie stiegen aus und LeRoux versetzte einem der Hunde einen Tritt, der die anderen auf Abstand hielt.

Ein kleiner Junge von höchstens drei Jahren in viel zu großen Gummistiefeln und einer dünnen Fleecejacke stand auf der Holzveranda und blickte ihnen entgegen. Sein Gesicht war schmutzig und aus seiner Nase lief grünlicher Rotz.

„Sind deine Eltern da?", fragte Voyageur.

Der Junge starrte sie einfach weiter an und antwortete nicht. Voyageur fragte noch einmal, diesmal auf Cree, doch der Junge blieb stumm. Sie klopften kurz, aber niemand öffnete. Voyageur drückte die Klinke herunter und sie traten in eine völlig verdreckte Wohnküche, in der ein Fernseher lief. Fünf Kinder, das älteste ein Mädchen von etwa 13 und das jüngste fast noch ein Baby, hockten dicht gedrängt auf einem fleckigen Sofa und starrten wie hypnotisiert auf den Bildschirm. Untermalt von einer aufpeitschenden Geräuschkulisse lieferten sich Comicfiguren rasende Hetzjagden in schwindelerregender Abfolge. Popcorn und Cornflakes lagen wild verstreut auf den verschlissenen Armlehnen und rund um das Sofa herum. In der Kochnische stapelten sich Schüsseln, Töpfe und Teller mit Essensresten, der Boden war mit leeren Cola-Dosen und Bierflaschen übersät. An der hinteren Wand des Raumes stand der Sarg, aufgebahrt auf einem einfachen Resopal-Esstisch.

Jemand hatte eine Kerze davorgestellt, die fast heruntergebrannt war und unruhig im Luftzug flackerte.

„Wo sind eure Eltern?", fragte Voyageur.

Das ältere Mädchen schaute kaum auf und wies mit dem Kinn auf eine Tür.

„Schlafen noch", sagte sie.

Es war kurz vor eins. Die Beerdigung war in knapp zwei Stunden.

Voyageur stieß die Tür zum Nebenraum auf und LeRoux hörte laute Männerstimmen, die auf Cree miteinander stritten. Es dauerte eine Zeit, dann tauchte Voyageur mit einem massigen Mann, der sich schwer auf ihn stützte, wieder auf. Seine Augen waren rotgeädert und funkelten böse. Alphonse Maskisin war wahrscheinlich nicht älter als LeRoux, doch er hatte das aufgedunsene und verlebte Gesicht eines Gewohnheitstrinkers.

Er stieß einen grunzenden Laut aus und sagte etwas, das wie *fuck off* klang, und die Kinder verzogen sich. Alphonse ließ sich auf das verdreckte Sofa fallen und gähnte mit offenem Mund, sodass LeRoux seine Zahnstümpfe sah. Er hatte ein kariertes Flanellhemd übergestreift, das halb offenstand, und trug abgenutzte Blue Jeans, aus denen blaugeäderte Füße mit eingewachsenen Zehennägeln herausschauten.

Voyageur und LeRoux setzten sich links und rechts mit einigem Abstand neben ihn, während Garner einen Küchenstuhl heranzog und vorsichtig auf der Vorderkante Platz nahm. In seinem grauen Anzug wirkte er wie ein gestriegeltes Pferdchen in einem Schweinestall.

„Sie sind der Vater von Jeanette Maskisin?", begann Garner.

Alphonse nickte. Ein saurer Geruch nach Schweiß und ungewaschenen Kleidern stieg LeRoux in die Nase, und er zog seine Zigaretten hervor. Er hielt Alphonse die Schachtel hin, und dieser griff wortlos zu. LeRoux gab ihm Feuer und er inhalierte tief.

„*Holy shit*", sagte er und blies den Rauch in die Luft. Er streckte die Beine von sich und starrte auf den Bildschirm. Die Comicfiguren lieferten sich noch immer intensive Gefechte und stießen abwechselnd höhnisches Gelächter und jammerndes Gezeter aus. Garner nahm eine herumliegende Fernbedienung und schaltete den Apparat aus. Eine jähe Stille legte sich über den Raum.

„Wo ist Ihre Frau?", fragte Garner.

Alphonse verzog die Lippen zu einem schmierigen Grinsen. Der linke Schneidezahn war abgebrochen und schwarz verfärbt.

„Ist 'ne Leiche", sagte er. „Zu viel Sprit letzte Nacht."

Dann schien ihm einzufallen, dass seine Tochter ermordet wurde, und er warf einen erschrockenen Blick auf den Sarg und bekreuzigte sich. Sein Gesicht nahm einen wehleidigen Ausdruck an und er begann lautstark zu lamentieren.

„Schlimmer Verlust", jammerte er. „Louise nimmt es sehr schwer. Wir nehmen es beide sehr schwer. Jeanette war ein gutes Mädchen."

„Warum ist sie dann davongelaufen?", fragte Garner.

LeRoux dachte, dass sich die Frage erübrigte. McFallon

hatte recht gehabt. Wahrscheinlich hatte Alphonse sie im Suff verprügelt, wenn nicht Schlimmeres.

In Alphonses Augen blitzte etwas auf, tückisch, angriffslustig.

„Dieser weiße Lehrer ist schuld", sagte er. „Hat ihr ständig eingeflüstert, dass sie was Besseres ist als wir. Dass sie hier raus soll. Dass sie nur in der weißen Welt was werden kann."

Er paffte in schnellen, hektischen Zügen.

„Einmal ist er sogar hier gewesen. Hat sich aufgeblasen und wollte uns die Behörden auf den Hals hetzen." Er lachte ein böses Lachen. „Ist ihm nicht gut bekommen. Warum fragen Sie nicht ihn?" Seine Stimme klang feindselig. „Bestimmt hat der Scheißkerl ihr Geld für ein Busticket gegeben. Hat ihr vielleicht ein Apartment gemietet. Wo er ihr dann am Wochenende Nachhilfe geben konnte. Fragt sich nur in was. *White Men. Fuck.*" Er spuckte auf den Boden.

Der Mann redete vermutlich Bullshit. Das Mädchen war nicht mit dem Bus gefahren. Sie hatten das überprüft. In der ersten Novemberhälfte des vergangenen Jahres war kein einziges Ticket von Niskawini Richtung Montreal ausgestellt worden. Und LeRoux konnte sich beim besten Willen nicht vorstellen, dass McFallon sich eine minderjährige indianische Geliebte in Montreal hielt.

„Warum sind Sie nicht zur Polizei gegangen?", fragte Garner.

Alphonse inhalierte tief und kniff die Augen zusammen.

„Die Polizei und ich sind nicht gerade Freunde", sagte er

und krempelte den rechten Ärmel seines Hemdes auf. Sein sehniger Unterarm war mit Tätowierungen übersät. Eine wulstige Narbe ging quer über die Pulsader. „Hab schon ein paar Mal gesessen. Regel meine Angelegenheiten lieber selber."

Interessant, dachte LeRoux. Dass Alphonse vorbestraft war, hatte Voyageur ihnen verschwiegen.

„Weshalb waren Sie im Gefängnis?", fragte Garner.

Garner war zwar ein Arschloch, aber er stellte die richtigen Fragen.

„Hab ein paar Leuten die Meinung gesagt", grinste Alphonse.

„Haben Sie denn irgendetwas unternommen, nachdem Ihre Tochter verschwunden war?"

Alphonse grunzte unbestimmt. Anscheinend hatte er es vorgezogen, sich weiter zu besaufen.

„War ja nicht das erste Mal", brummte er schließlich. „Ist ja immer wieder aufgetaucht."

„Wo ist sie denn hin, wenn es nicht das erste Mal war?", fragte Garner.

„Zu Freunden, Verwandten, was weiß ich zu wem. Wir Cree sind eine große Familie", sagte er großspurig. „Wir halten zusammen. Wenn es mal irgendwo Streit gibt, ist man überall willkommen. Sie war ja fast erwachsen."

„Sie war 14", sagte Garner.

„Meine Frau war 16, als wir geheiratet haben", erwiderte Alphonse.

„Haben Sie auch Verwandte oder Freunde in Montreal?", fragte Garner.

„Nein", sagte Alphonse. „Ich kenne niemanden in der Stadt. Ich hasse die Stadt." Er nahm einen letzten Zug und drückte die Zigarette aus. *„Good smoke",* grinste er und sah LeRoux herausfordernd an. LeRoux warf ihm die Packung hin. Alphonse zog eine Zigarette heraus und steckte die Packung in seine Hemdtasche. LeRoux wollte protestieren, doch Garner kam ihm zuvor.

„Ihre Tochter war schwanger. Haben Sie eine Ahnung von wem?" Garners Blick war jetzt lauernd.

Über Alphonses Gesicht glitt ein brutaler Zug und sein rechtes Augenlid zuckte.

„Nein", sagte er. „Wenn ich den Scheißkerl erwische, schlag ich ihn tot."

Aus dem Nebenraum klang plötzlich heftiges Schluchzen. Anscheinend war Louise Maskisin aus ihrem Koma erwacht. Alphonse zeigte keine Reaktion.

„Könnten Sie Ihre Frau holen?", fragte Garner. Alphonse erhob sich schwerfällig und verschwand im Schlafzimmer. Aus dem Nebenraum klangen leise Stimmen auf Cree und hysterisches Weinen. Während sie warteten, kam das ältere Mädchen hereingehuscht. Sie warf einen kurzen Blick auf sie, wie ein Tier, das vorsichtig Witterung aufnimmt, um zu schauen, ob die Gefahr vorbei ist, und wollte sich gleich wieder zurückziehen, doch Garners Stimme hielt sie fest.

„Setz dich", sagte er.

Sie sah aus wie eine misslungene Kopie von Jeanette, kleiner, stämmiger, mit schläfrigen Augen und einem flachen Gesicht. Unsicher machte sie ein paar Schritte vorwärts und kauerte sich auf das Sofa.

„Hast du dich gut mit deiner Schwester verstanden?", fragte Garner.

Das Mädchen blickte nicht auf und nickte kaum merklich mit dem Kopf.

„Dann vermisst du sie sicher sehr", meinte Garner.

Sie zog den Kopf ein wie eine Schildkröte und rührte sich nicht.

„Hat sie dir gesagt, dass sie weggehen würde?"

Ihr Kopf wackelte ein wenig hin und her. Wahrscheinlich hieß das Nein.

„Hast du eine Ahnung, wo sie hinwollte?"

Wieder schüttelte das Mädchen den Kopf. Ihr Kopf schien zu klein für den stämmigen Körper. Irgendetwas stimmte nicht mit ihr.

„Hatte sie einen Freund?"

Sie hob zaghaft den Blick und schaute sie an. Erst jetzt bemerkte LeRoux, dass sie schielte. Vielleicht litt sie unter einem Fetalen Alkoholsyndrom.

„Ja", antwortete sie und lächelte. „Leon." Das Lächeln verwandelte ihr flaches Gesicht für einen winzigen Moment und erlosch sofort wieder, wie ein Sonnenstrahl, der hinter den Wolken hervorbricht und für den Bruchteil einer Sekunde die Schatten erhellt. Aus dem Nebenzimmer war jetzt ein lautes Poltern zu hören. Das Mädchen sprang auf und verschwand so schnell wie ein verschrecktes Eichhörnchen. Alphonse kam zurück und schleppte eine barfüßige Frau in einem fleckigen Morgenrock herbei. Ihr Gesicht war aufgeschwemmt und ihre Augen verquollen. Obwohl sie ein Wrack war, konnte man noch die Spuren ihrer früheren Schönheit erkennen. Es war offensichtlich, dass Jeanette ihr Aussehen von ihrer Mutter geerbt hatte. Die Frau lallte unentwegt vor sich hin, doch es war unverständliches Zeug, und LeRoux sah sofort, dass sie nicht vernehmungsfähig war. Garner versuchte es ein paar Mal, doch sie blickte nur glasig und brabbelte weiter, während silbrige Speichelfäden ihre Mundwinkel hinabliefen und Tränen wie Glasperlen aus ihren Augen strömten.

Schließlich sackte sie in sich zusammen und Alphonse nahm sie über die Schulter, als wäre sie ein erlegtes Reh und verfrachtete sie wieder ins Bett.

„Sehen Sie zu, dass Ihre Frau auf die Beine kommt", sagte Garner. „Sie sollte bei der Beerdigung ihrer Tochter dabei sein."

Alphonse blickte ihn an wie ein angriffslustiger Stier. „*Fuck you*", schnarrte er. „War's das?"

Garner zögerte einen Moment, dann sagte er ungerührt: „Ja, das war's".

Sie standen auf und verließen das Haus. Der Himmel war trübe und grau und ein leichter Schneegriesel hatte eingesetzt.

Die Kinder waren nirgends zu sehen. Sie stiegen in den Wagen und fuhren zurück in die Siedlung. Voyageur hielt vor einem schäbigen Restaurant und sie tranken einen lauwarmen Kaffee und aßen einen Burger. Es war sinnlos. Das hier führte zu nichts, außer dass LeRoux Depressionen bekam. Noch eine knappe Stunde bis zur Beerdigung. Sie gingen in einen armseligen Supermarkt, dessen Fenster vergittert waren, und LeRoux kaufte eine Stange Zigaretten. Er kramte sein Portemonnaie heraus und schaute kurz auf das Display seines Handys. Er hatte wieder Empfang. Zwei Nachrichten. Beide von Morel.

11:43: Rufen Sie sofort an.

12:34: Rufen Sie an, Sie Idiot! Neue Leiche gefunden. Kommen Sie so schnell wie möglich zurück!

Frostmond

Das nächste Mal, als ich Jeanette sah, lag sie in einem Zinksarg, der per Flugzeug von Montreal hergebracht worden war. Sie hatte immer vom Fliegen geträumt. Ihr Vater schien ausnahmsweise nüchtern, seine Augen waren blutunterlaufen, und sein Gesicht sah alt und zerstört aus. Der Sargdeckel war geschlossen, sodass ich Jeanette eigentlich gar nicht sah, sondern mir nur vorstellte, wie sie da in diesem Metallbehälter lag, doch nach allem, was ich gehört hatte, war das sicherlich besser so. Sie hatte tagelang im Wasser gelegen, und es wurde gemunkelt, dass sie keine Augen mehr hatte und ihr Gesicht von Tieren angefressen worden war. Und dass sie schwanger gewesen sein sollte. Ich dachte an das winzige Lebewesen in ihr, eingeschlossen in seiner eigenen kleinen Wasserblase in ihrem Bauch, und wie lange es wohl noch gelebt hatte, nachdem seine Mutter bereits tot war.

Jetzt waren sie beide in der Geisterwelt, doch ihre Geister waren nicht versöhnt, auch wenn Père Boniface noch so sehr sein Weihrauchfass schwenkte und die Gnade Christi beschwor. Jeanette war ermordet worden, ihr Leichnam aufgeschnitten, die geheimen Stellen ihres Körpers von weißen Männern berührt und dann wieder zusammengenäht und ins Reservat gebracht.

Es war der Tag vor Halloween, der Himmel grau, Schneegriesel fiel auf den gefrorenen Boden und legte sich als dünne weiße Schicht auf die Gräber. Die windschiefen Holzkreuze, die aus der Erde herausragten wie dürre Arme, schienen auf den Sarg zu starren, der gerade an Seilen in die Grube hinabgelassen wurde. Jeanettes Geschwister sahen verheult und verwahrlost aus, Rotz lief den Kleineren aus der Nase. Ihre Mutter schwankte wie ein Schilfrohr im Wind, ihr Gesicht war gerötet, die Augen verquollen, sie war sternhagelvoll. Außer ihrer engsten Familie waren nicht viele Leute gekommen. Der Maskisin-Clan war seit Ewigkeiten zerstritten, zerfiel in Säufer und Nichtsäufer, Katholiken und Traditionalisten.

Ich sah ein paar von Jeanettes Klassenkameraden, auch einen Lehrer von der Highschool, den ich kannte. Ich schob meinen Großvater, der im Rollstuhl saß und wie eine Mumie bis zum Kinn in warme Wolldecken eingewickelt war, ein wenig näher an das Grab. Meine Mutter hatte sich geweigert, zu kommen, sie schämte sich für ihre Schwägerin und deren Mann. Sie hatten seit Ewigkeiten kein Wort miteinander gesprochen. Ich sah auch zwei fremde weiße Männer in schwarzen Wintermänteln, die versuchten, nicht aufzufallen, obwohl sie so auffällig waren wie Kolkraben auf einem Schneefeld.

Ermittler aus Montreal. Dass sie hier herumschnüffelten, war bereits über den Mokassin-Telegrafen bei mir angekommen. Der eine hielt eine Kamera in der Hand und machte Fotos.

Jeanettes Leiche war in Montreal gefunden worden, doch natürlich würden sie zuallererst uns verdächtigen. Und ich war der Letzte hier oben, der Jeanette lebend gesehen hatte. Mein Herz schlug bis zum Hals. *Im Namen des Vaters, des Sohnes und des Heiligen Geistes. Amen.* Alle machten das

Zeichen des Kreuzes, nur mein Großvater und ich nicht. Auch wenn die meisten von uns kein Problem damit hatten, während des Sommers in Niskawini zum Gottesdienst und zur Beichte zu gehen und im Winterlager draußen im Busch die traditionellen Jagdrituale abzuhalten, hatte mein Großvater mich gewarnt, den Lehren der Priester zu folgen. Mit dem Kreuz der Missionare waren auch der Alkohol und die Pocken gekommen.

Und der Tod.

Ich hatte Jeanette gewarnt. Ich hatte ihr gesagt, dass es eine Stadt der bösen Geister war, doch sie hatte meine Warnung in den Wind geschlagen. Als ich am Abend von der Trapline zurückkam, war sie fort. Ich rief ihren Namen, suchte die Umgebung der Blockhütte nach Spuren ab, doch es herrschte dichtes Schneetreiben und ich wusste, dass es sinnlos war. Die Nacht brach herein, ich war todmüde, aber ich konnte nicht schlafen. Ein paar Mal schlugen die Hunde an und ich lauschte in die Dunkelheit, doch es waren nur der Wind und die Wölfe, die in der Ferne heulten. Jeanette blieb verschwunden. Niemand wusste, wo sie war. Sie hatte all mein Geld mitgenommen und noch nicht einmal eine Nachricht hinterlassen. Ich hatte eine Stinkwut auf sie.

Der Sarg schlug mit einem dumpfen Geräusch auf dem Boden auf und die Seile wurden aufgerollt. Père Boniface spendete den Segen und nahm die Schaufel zur Hand. *Asche zu Asche und Staub zu Staub.* Er reichte sie weiter an Jeanettes Vater und tätschelte seine Wange. Jeanettes Vater weinte. Ich dachte an ihr geschwollenes Gesicht, das getrocknete Blut, die blauen Flecken an ihrem Körper. Ich hätte dem Scheißkerl gerne mein Jagdmesser ins Herz gerammt. Mein Großvater murmelte etwas und ich beugte mich nach vorne, um ihn besser zu verstehen. Als ich hochschaute, sah mir einer der beiden Weißen direkt in die Augen, und für einen Moment schien es mir, als blicke er bis auf den Grund meiner Seele. Schnell wandte ich den Blick ab und kramte das Feuerzeug aus der Hosentasche. Ich zündete das Sweetgrass an, das mein Großvater mir gegeben hatte, und er begann, leise in unserer Sprache zu singen. Père Boniface warf ihm einen wütenden Blick zu, doch die Stimme meines Großvaters wurde lauter und kräftiger und ich stimmte in den Gesang ein. Das Sweetgrass verströmte seinen Duft, und unser Atem stand wie eine Wolke vor unseren Mündern. Die Schneeflocken fielen jetzt dichter, doch alle lauschten dem Lied, und erst, als mein Großvater verstummte, wandten sich die Ersten zum Gehen.

„Sie kannten Jeanette Maskisin?"

Ich zuckte zusammen. Vor mir stand einer der beiden Schnüffler. Er hatte schwarzes Haar und schwarze Augen, fast wie einer von uns. Sein respektvoller Ton erstaunte mich, doch ich ließ mich nicht täuschen. Unter der Freundlichkeit lauerte Gefahr. Es war keine Frage, er wusste Bescheid.

„Ja", sagte ich. Ich wäre gerne davongerannt wie das Hermelin vor dem Wolf, doch der andere Weiße versperrte mir den Weg. Ich wusste, dass ich keine Chance hätte.

„Sie war Ihre Cousine, nicht wahr? Und Sie standen sich nahe. Wann haben Sie Jeanette zum letzten Mal gesehen?"

Irgendjemand musste den beiden bereits gesteckt haben, dass Jeanette bei mir gewesen war, bevor sie verschwand. Es hatte keinen Zweck, es zu leugnen. Während ich ihnen in knappen Worten den Abend vor fast genau einem Jahr schilderte, schien der Zettel in meiner Hosentasche zu glühen. *Ruf mich an. Es ist dringend. Jeanette.* Eine Handynummer. Darunter eine hingekritzelte Zeichnung, die mich an Misiginebiq-Manitu denken ließ. Keine Adresse. Der andere Weiße hatte schmale Lippen, kalte graue Augen und einen spöttischen Blick. Er wirkte intelligent, doch ich verspürte eine starke Abneigung gegen ihn.

„So, so. Jeanette ist geschlagen worden. Von ihrem Vater. Zu viel Feuerwasser, was?"

Die beiden grinsten. „Und dann ist sie einfach verschwunden?"

Der Brief war im Frühjahr gekommen, ein halbes Jahr nach Jeanettes Verschwinden. Er war in Montreal abgestempelt. Meine Mutter hatte ihn mir gegeben, als ich kurz bei ihr vorbeischneite, um meine Kleider zu waschen und meine Vorräte aufzufüllen. Im Haus meiner Mutter gab es ein Telefon, doch als ich die Nummer wählte, antwortete niemand. Ich sprach kurz auf die Mailbox, dann steckte ich den Zettel in die Hosentasche und vergaß ihn. Ich war immer noch wütend auf Jeanette.

„Hat sich mal eben so in Luft aufgelöst, die Kleine. Mitten im Busch. Bei Schnee und eisigen Temperaturen."

Die Stimme des Schmallippigen triefte vor Sarkasmus. Ich hasste ihn.

„Hat sie Drogen genommen?"

„Nein", sagte ich. Wenn sie die Hütte durchsuchten, würden sie Gras finden. Nicht viel, doch es reichte, um mich hinter Gitter zu bringen. Trotz der Kälte war mir heiß.

„Hat sie Ihnen gesagt, was sie vorhatte?"

„Sie wollte nach Montreal", sagte ich. „Weg von hier, ein neues Leben beginnen."

Der Dunkelhaarige lächelte.

„Wen wundert's?" sagte er. „Nicht gerade viel los hier oben."

Ich wollte widersprechen, doch ich wusste, dass er mich nicht verstehen würde, und schwieg.

Die Schneeschmelze setzte ein und es gab viel zu tun: die Fallen einsammeln, säubern und instand halten, die letzten Felle spannen, die undichte Stelle im Dach ausbessern, die Türangel ölen, das Outhouse leeren. Es war eine gute Saison gewesen, meine allererste allein im Busch, und ich war mächtig stolz auf mich. Ich verkaufte die Felle an den Händler der Hudson Bay Company, der einmal im Jahr vorbeikam, und verbrachte den Sommer auf dem Powwow-Trail.

„Kannte sie jemanden in Montreal? Irgendwelche Freunde, Verwandte?"

„Nein. Niemanden. Sie war noch nie dort gewesen. Und ich habe sie gewarnt", sagte ich. „Ich wollte nicht, dass sie fortging."

Ich spürte, wie Tränen in mir aufstiegen, doch ich riss mich zusammen.

Zuerst ging es runter nach Rainy River, dann weiter zu den Mille Lacs First Nations und den Chippewas. Ich war ein geübter Grastänzer, hatte ein traditionelles Kostüm, das meine

Mutter in vielen Wintern selbst angefertigt hatte, und konnte mir sogar noch etwas Preisgeld dazuverdienen.

„Hatte sie Geld?"

Ich verneinte. Sie sollten nicht denken, dass wir unsere eigenen Leute beklauten.

Bei den Chippewas lernte ich ein Mädchen kennen, das ich mochte, doch sie war mit ihren Leuten da, und sie reisten bald zurück nach Montana. Sie hieß Susie und hatte versprochen, mir zu schreiben.

„Wie ist sie denn nach Montreal gekommen? Mehr als 800 Kilometer durch den Busch gerannt wie Chingachgook?"

Ich hätte dem Grauäugigen am liebsten ins Gesicht geschlagen.

„Wahrscheinlich Hitchhiking", sagte ich. „Hier oben nimmt einen jeder mit."

Er verzog die Lippen zu einem verächtlichen Grinsen.

„Ja, ja, nur nette Leute hier."

Als Susie fort war, wurde mein Herz schwer, und während ich im Gras saß, den Trommlern lauschte und auf die Sterne blickte, musste ich an Jeanette denken und wo sie wohl jetzt war und wie es ihr so gehen mochte. Plötzlich verspürte ich Panik. Ich trampte zurück nach Niskawini und suchte nach dem Zettel. Er war noch immer in der Hosentasche meiner alten Jeans. Drei Monate waren vergangen. Als ich anrief, sagte eine Automatenstimme, dass die Nummer nicht zugeteilt sei.

„Haben Sie danach noch etwas von Jeanette gehört? Hat sie sich bei Ihnen gemeldet?"

Die schwarzen Augen hefteten sich erwartungsvoll auf mich. Ich zögerte. Wenn ich ihnen den Zettel gab, wäre meine Unschuld bewiesen. Sie würden Möglichkeiten haben, nach der Nummer zu fahnden. Der Schwarzhaarige schien ganz okay.

Vielleicht würden sie Jeanettes Mörder finden. Vielleicht würden sie ihn verurteilen und in ihr Gefängnis stecken. Doch Jeanette war nur eine Indianerin. Nach wenigen Jahren würden sie ihn freilassen.

„Hat's dir die Sprache verschlagen, Chief?", fragte der Schmallippige.

„Nein", sagte ich. „Nein, ich habe nichts mehr von ihr gehört."

Ich dachte, dass sie mir jetzt Handschellen anlegen würden, doch der Dunkle gab mir nur seine Karte und sah mich merkwürdig an. *Jean-Baptiste LeRoux, Sergeant, Sûreté du Québec.*

„Kontaktieren Sie mich, wenn Ihnen noch etwas einfällt."

Ich nickte. Sie drehten sich um und gingen zu ihrem Wagen. Ich schob meinen Großvater, der kein Wort sagte, den zugeschneiten Weg entlang Richtung Dorf. Niemand war mehr da. Die Luft war eisig, und das trübe Winterlicht legte sich wie ein grauer Teppich über die Gräber. Ich dachte an Jeanette und all die anderen Toten, deren Geister in den kalten Nächten zu uns kamen. Die Pockennarbigen und Verhungerten, die Getöteten und um ihr Land Betrogenen. Die Verratenen und Verzweifelten, die Alkoholkranken und Selbstmörder. Die Kinder, die man ihren

Eltern weggenommen hatte, und die vor Sehnsucht in den Internaten vergingen.

All die vergessenen Seelen. Und ich dachte an den weißen Mann, der Jeanette und ihr ungeborenes Kind getötet und in den Fluss geworfen hatte. Der Wind raunte in den Büschen und strich leise über die Gräber. Ich würde nach Montreal fahren. Ich würde den Mörder finden. Und ich würde den Mörder töten.

Ted Garner
31. Oktober

Die Leiche war am frühen Morgen des 30. Oktober in der Nähe von Gatineau am Ufer des Ottawa River von einem Angler gefunden worden. Sie war stark verwest und konnte nur anhand eines Silberkettchens am linken Fußknöchel mit zwei ineinander verschlungenen Herzen identifiziert werden. Ein Freier, dem ihre Dienste anscheinend schmerzhaft fehlten, hatte Lorraine Buffalo bereits vor einigen Monaten als vermisst gemeldet, aber niemand war der Anzeige nachgegangen. Sie war nur eine verschwundene indianische Prostituierte, für deren Schicksal sich keiner interessierte. Doch jetzt interessierte sich offensichtlich jemand brennend für sie. Morels schläfrige Hundeaugen blickten lauernd und seine Stimme klang provozierend.

„Monsieur Garner, haben Sie inzwischen ein Profil des Highway-Mörders erstellt?"

Obwohl sie nur zwei Tage in Niskawini verbracht hatten, erschien es Garner wie eine Ewigkeit. Er brauchte dringend eine Dusche und ein frisches Hemd. Und er war todmüde. Nach einer weiteren Nacht im Trailer hatte Jeff sie bei Sonnenaufgang mit seinem Wasserflugzeug abgeholt und nach Chibougamau geflogen. Die Maschine nach Montreal startete um 11:15 Uhr. Vom Trudeau International Airport waren sie sofort mit dem Taxi zur Sûreté gefahren.

Morels Augen bohrten sich in seine, doch Garner hielt dem Blick stand.

„Nein", sagte er. „Ich bin nicht sicher, ob wir es überhaupt mit einem Serienmörder zu tun haben."

In Morels Augen blitzte etwas auf. Ärger? Wut? Aber seine Stimme klang kühl.

„Die forensische Untersuchung hat ergeben, dass Lorraine Buffalo an einem aufgesetzten Kopfschuss gestorben ist, dasselbe Kaliber wie bei den beiden anderen Morden aus Ontario. Und …", Morel machte eine theatralische Pause und sah Garner und LeRoux bedeutungsvoll an. „Auch bei Lorraine Buffalo fehlten die Augen. Genau wie bei Martha Loon, dem Fall in Deep River und bei unserer Montreal-Leiche. *Voilà,* Monsieur", setzte er hinzu und machte eine schnippende Handbewegung.

Was für ein Schauspieler, dachte Garner. Er hätte am Hof Ludwig des XIV. reüssiert.

„Hatte Docteur Lamartine nicht gemeint, die Augen bei Jeanette Maskisin seien von Tieren ausgepickt worden?"

Morel sah LeRoux an, als ob er ihn fressen wollte.

„Dann hat Docteur Lamartine sich wohl geirrt", sagte Morel.

„Das Kaliber der Waffe konnte allerdings nicht festgestellt werden", fügte Garner ungerührt hinzu.

„Haben Sie eine bessere Theorie?"

Jetzt war Morel auf 180.

„Vielleicht haben Sie Ihren Mörder ja da oben schon verhaftet, und es ist mir nur entgangen, Monsieur?"

Garner hasste seine Blasiertheit. Er musste selbst zugeben, dass ihre Ermittlungen in Niskawini nicht viel gebracht hatten. Gatineau lag in Québec, an der Grenze zu Ontario.

Vielleicht hatte Morel doch recht, und auch der Mord an Jeanette Maskisin ging auf das Konto eines Serienmörders.

„Wir sollten das Alibi eines gewissen Arthur McFallon überprüfen", sagte Garner. „Ein weißer Lehrer, der Jeanette Maskisin ziemlich nahestand. Vielleicht zu nahe."

Morel runzelte die Stirn.

„Warum haben Sie das nicht sofort gemacht?" Er blickte tadelnd auf LeRoux.

„Sie selbst haben uns zurückbeordert, bevor wir der Spur nachgehen konnten", sagte Garner. „Und es gibt da oben jemanden, den sie nach ihrem Verschwinden vielleicht noch einmal kontaktiert hat. Jemanden, dem sie großes Vertrauen entgegenbrachte. Einen Cousin."

„Aha", sagte Morel. Sein Blick wurde stechend. „Hat sie ihn denn kontaktiert? Weiß er etwas?"

„Angeblich nicht", sagte LeRoux.

„Angeblich nicht", wiederholte Morel. Er wirkte nach-denklich. „Wie heißt dieser Cousin?"

„Leon Maskisin. Wohnt bei seiner Mutter in Niskawini. Seltsamer Typ."

„Wieso seltsam?"

„Ein Traditionalist, ziemlich selbstbewusst. Hat ein teu-res Jagdgewehr, das er sich angeblich durch den Verkauf von Fellen verdient hat. Könnte in den lokalen Drogen-handel verwickelt sein."

Morel versank in ein brütendes Schweigen.

„Sie hätten ihn richtig in die Mangel nehmen sollen. Dann hätte der Bursche schon die Wahrheit ausgespuckt." Wieder blickte er LeRoux böse an.

„Wir sollten doch sofort zurückkommen", erwiderte Le-Roux genervt.

„Idiot", sagte Morel. Er wirkte nervös und aufs Äußerste gereizt.

„Überprüfen Sie diesen McFallon und erstellen Sie endlich ein Täterprofil, Garner", schnauzte er. „Und wir sollten diesen Leon Maskisin vorladen. Kontaktieren Sie die örtlichen Behörden und lassen Sie ihn sofort verhaften."

„Verhaften? Dafür haben wir keinerlei Handhabe." Le-Rouxs Stimme klang zögernd.

„Ist mir scheißegal", schnaubte Morel. Er wirkte außer sich. „Meinetwegen erfinden Sie etwas. Drogenbesitz, Körperverletzung, Alkohol am Steuer mit Fahrerflucht, Ihnen wird schon etwas einfallen. Ich muss wissen, ob das Mädchen ihn kontaktiert hat."

LeRoux blickte ihn entgeistert an.

Morel machte eine Handbewegung, als wische er eine lästige Fliege weg.

„An die Arbeit, Messieurs. Der CNG wird uns gründlich den Kopf waschen, wenn wir nicht bald ein Ergebnis haben. Von der Presse ganz zu schweigen. Die schlachten uns."

„Wir sehen uns morgen", meinte Garner ungerührt. Er hatte keine Lust, sich von diesem arroganten Froschfresser herumkommandieren zu lassen. Schließlich war er nicht sein Vorgesetzter.

„*Au revoir, Monsieur Le Directeur.*"

Er machte eine kleine Verbeugung und lächelte ironisch.

Während LeRoux wortlos in seinem Büro verschwand, nahm Garner den Aufzug und glitt von der 5. Etage ins Erdgeschoss. In Gedanken erstellte er ein Profil Morels: blasiertes Arschloch, latent aggressiv, aufgeblasenes Ego. Cholerische Züge. Unberechenbar. Er nahm ein Taxi zum Hotel, duschte und zog ein frisches weißes Hemd an. Den Anzug würde er am Abend in die Expressreinigung geben. Der BMW stand noch immer in der Tiefgarage. Garner beschloss, eine Spritztour zu machen, um wieder einen klaren Kopf zu bekommen. Als er den Motor aufheulen ließ, durchdrang ihn ein Gefühl grenzenloser Freiheit, und der Wagen preschte aus der Garage. Sein Hotel lag im Zentrum zwischen der McGill Universität und der Basilique de Montreal. Garner nahm die Stadtautobahn Richtung Hafen und überquerte den St. Lawrence auf der Pont Victoria. Im Rückspiegel sah er die gezackte Skyline der City, die sich langsam entfernte. Die majestätische Breite des Flusses überwältigte ihn. Am Horizont verschmolz das Eisgrau des Wassers mit einem konturlosen, verhangenen Winterhimmel.

Schneeregen setzte ein, und das monotone Klicken der Scheibenwischer war das einzige Geräusch, das er wahrnahm. Die Brücke schien endlos. Während er mit überhöhter Geschwindigkeit in Richtung Norden raste, spürte er wieder diese unbestimmte Sehnsucht, die ihn in der Nacht der tanzenden Polarlichter erfasst hatte. Es schien ihm, als sei die Welt so unwirklich wie ein Traum, ein leerer Raum unendlicher Möglichkeiten, die kamen und gingen wie flüchtige Schatten. Schopenhauer hatte recht, das innerste

Wesen aller Erscheinungen war der unbewusste Wille, ein unerklärlicher Drang, ein machtvolles Streben aus Trieben, Wünschen und Sehnsüchten. Ein Fluss der Dinge, so unaufhaltsam wie die Strömung des St. Lawrence. Ohne zu wissen warum, nahm er die Abfahrt zur Pont Jacques Cartier, die ihn über die Ile St. Hélène zum Vieux Port führte. Hier war die Leiche von Jeanette Maskisin angespült worden.

Welchen Trieben, Wünschen und Sehnsüchten war ihr Mörder gefolgt? Die Straßen wurden enger und er folgte ihnen ziellos, bog nach links und nach rechts und verirrte sich im dichten Verkehr der Innenstadt wie im Labyrinth des Minotaurus. Er verlor jegliches Zeitgefühl, bis sich das Eisgrau des Himmels allmählich in ein dunkles Anthrazit verfärbte und die ersten Straßenlaternen und Reklameschilder aufflackerten. Als er an einer Ampel hielt, fiel sein Blick auf das hell erleuchtete Schaufenster einer Buchhandlung.

Buchhandlung Le Port d'Esprit. Er spürte einen Stich in der Herzgegend. Sophie LeRoux. Er hatte sich jeden Gedanken an LeRouxs Frau untersagt, doch die Erinnerung an den Abend vor ihrer Abreise nach Niskawini überschwemmte ihn mit der Macht einer Flutwelle. Er hätte weiterfahren sollen, doch etwas in ihm drängte ihn dazu, nach einem Parkplatz zu suchen und auszusteigen. Wie unter einem Bann stehend ging er zurück zur Buchhandlung und starrte auf die Auslagen. Zwischen Reiseführern, Bildbänden und französischer Literatur lagen zwei Bücher, die ihm sofort ins Auge sprangen: *Le monde comme volonté et comme représentation. Parerga et Paralipomena.* Beide von

Arthur Schopenhauer. Obwohl sein Verstand ihm sagte, dass es reiner Zufall war, der ihn aufs Plateau und zur Buchhandlung Le Port d'Esprit geführt hatte, bemächtigte sich seiner ein Gefühl der Schicksalshaftigkeit, beinahe so, als sei die erneute Begegnung mit Sophie LeRoux unausweichlich und vorherbestimmt. Als er die Buchhandlung betrat, fühlte er eine beunruhigende Mischung aus Angst und Erregung. Sophie LeRoux stand im hinteren Bereich des Geschäfts auf einer Trittleiter und sortierte Bücher in ein Regal ein. Sie trug ein eng anliegendes weinrotes Jersey-Kleid und schwarze Stiefeletten. Obwohl er sie nur von hinten sah, erkannte er sie sofort. Er ignorierte die ältere Verkäuferin, die ihn auf Französisch ansprach, und ging mit schnellen Schritten auf sie zu. Sie stieg die Stufen hinunter und drehte sich in dem Moment um, wo er sie erreichte, und für einen winzigen Moment schauten sie einander schweigend in die Augen. Wieder empfand Garner diese seltsame Vertrautheit und er spürte, wie sein Herz klopfte.

„Ted", sagte Sophie. „Sie sind zurück?" In ihrer Stimme schwang etwas mit. Erstaunen, Verwirrung, Freude?

Sie gab ihm einen Kuss auf die Wange. Eine Strähne ihres Haars kitzelte ihn, und sie roch nach einem teuren Parfum.

„Suchen Sie ein Buch?", fragte sie.

„Eigentlich habe ich Sie gesucht. Hätten Sie Zeit, mit mir etwas trinken zu gehen?"

Sie wirkte überrascht, und er erschrak selbst über seine Direktheit. In den 16 Jahren seiner Ehe hatte er noch nie einer Frau Avancen gemacht. Es war ein Fehler gewesen, in die Buchhandlung zu gehen, doch jetzt war es zu spät.

„Gerne", sagte sie. „Ich sage kurz meiner Kollegin Bescheid."

Er ging zurück zum Eingang und wartete auf Sophie. Es schien ihm, als habe er schon sein ganzes Leben auf sie gewartet.

Der Gedanke hatte gleichzeitig etwas Magisches und latent Bedrohliches. Sie kam lächelnd auf ihn zu, er half ihr in den Mantel, und sie hakte sich wie selbstverständlich bei ihm unter. Inzwischen war es dunkel geworden und in den Scheinwerferkegeln der entgegenkommenden Autos tanzten silbrige Schneeflocken. Während sie in seltsam komplizenhaftem Einvernehmen eine Bar auf der gegenüberliegenden Straßenseite ansteuerten, dachte Garner, dass die Menschen, denen sie begegneten, sie für ein Paar halten mussten. Sie setzten sich an einen freien Tisch und Garner bestellte einen Merlot für Sophie und für sich selbst einen Espresso. Eine Leichtigkeit, die er sonst nicht bei sich kannte, erfasste ihn, eine Art kindlicher Übermut, und trotz seiner Müdigkeit fühlte er sich hellwach.

„Seit wann sind Sie zurück?", fragte Sophie.

„Seit ein paar Stunden", sagte Garner. Anscheinend hatte LeRoux seine Frau noch nicht kontaktiert. Vielleicht hatte der Scheißkerl für den Abend ja andere Pläne. Falls Sophie enttäuscht war, ließ sie sich nichts anmerken.

„Und haben Sie Ihren Mörder gefunden?"

„Nein", sagte Garner.

„Dann bleiben Sie noch in Montreal", sagte Sophie und

lächelte. Es war eine Feststellung, so, als habe sie es nicht anders erwartet.

Er nickte, während er die Spiegelung ihrer Gesichter in der dunklen Fensterscheibe der Bar betrachtete. Sie schwiegen ein tiefes und ganz und gar einvernehmliches Schweigen, und Garner dachte, dass er eine Ewigkeit so hier sitzen und schweigen könnte.

„Haben Sie schon einmal die Nordlichter gesehen?", fragte er.

„Ja", antwortete Sophie. „Sehr oft sogar. Ich bin in L'Ange Gardien groß geworden, einem kleinen Nest nordwestlich von hier. Als Kind war es die reinste Magie."

„Die Cree glauben, es seien die Geister der Verstorbenen, die tanzen."

„Ein schönes Bild", sagte Sophie. „Glauben Sie an ein Leben nach dem Tod?"

„Es gibt keinen Tod", sagte Garner. „Es gibt nur einen Wechsel der Welten."

Sie nippte an ihrem Glas und schaute ihn nachdenklich an. „Sie sind ein seltsamer Mensch, Ted."

„Ich weiß." Garner zögerte einen Moment. „Wahrscheinlich halten Sie mich für verrückt. Ich bin anders als andere Menschen. Ich erinnere mich genau an meine eigene Geburt. Und an den Zustand davor."

Garner dachte, dass er noch nie mit jemandem darüber gesprochen hatte, selbst nicht mit der Psychotherapeutin, mit der er als Kind eine Zeit lang wöchentlich einen Termin aussaß, meist schweigend. Ein verstockter und unzugänglicher Junge. Überdurchschnittliche Intelligenz. Verdacht auf Asperger-Autismus. Doch jetzt spürte er ein merkwürdiges Bedürfnis, sich mitzuteilen.

„Meine Mutter starb bei meiner Geburt. Obwohl ich sie nie kennengelernt habe, erinnere ich mich genau an sie. Mein ganzes Leben lang habe ich mich schuldig gefühlt. Schuldig und einsam."

Sophie sah ihm tief in die Augen, so tief, dass ihm schwindelte.

„Als kleines Kind war ich ein Schlafwandler. Ich träumte von anderen Welten, die mir wirklicher schienen als die, in die mich mein Vater Nacht für Nacht brutal zurückholte. Einmal wäre ich fast vom Dach gestürzt. Ich hatte Mühe, mich in der Realität zurechtzufinden."

„Sind Sie deshalb Psychologe geworden?"

„Vielleicht", sagte Garner. „Doch letztendlich kann auch die Psychologie nicht die Abgründe der Menschen erklären. Weder die eigenen noch die der anderen."

„Haben Sie Angst vor den Abgründen?"

Garner schwieg. Er sah Sophie an und dachte, dass er – wenn er nicht höllisch aufpasste –, geradewegs in einen hineinfallen würde.

„Halten Sie Ihr Leben mit beiden Händen fest", sagte Sophie mit einem Lächeln. „Und passen Sie auf, dass Sie niemals die Kontrolle verlieren."

Garner hatte das Gefühl, dass sie durch ihn hindurchsah wie durch Glas.

„Haben Sie Freunde?", fragte Sophie.

„Nein", sagte Garner. „Ich brauche keine Freunde. Ich liebe meine Einsamkeit."

Sophie leerte ihr Glas und sah ihm dabei tief in die Augen.

„Niemand liebt es, einsam zu sein", sagte sie. „Ich wäre gerne Ihre Freundin."

Wieder fühlte Garner einen Stich in der Herzgegend. Es gab keine Freundschaft zwischen Männern und Frauen. Er war verheiratet. Es war ein Fehler gewesen, die Buchhandlung zu betreten.

„Na gut", sagte Garner. „Ich weiß aber nicht, ob ich zum Freund tauge."

Sophie lachte.

„Das wird sich ja herausstellen", sagte sie. „Trinken wir noch etwas?"

„Besser nicht", sagte Garner und winkte den Kellner heran. „Schließlich müssen Sie noch arbeiten. Ich will Sie nicht aufhalten."

Sophie sah enttäuscht aus, doch sie widersprach nicht.

„Dann ein anderes Mal", sagte sie.

Garner bezahlte und half ihr in den Mantel. Es würde kein anderes Mal geben.

Als sie ins Freie traten, schlug ihnen heftiges Schneegestöber entgegen. Auf dem Pflaster hatte sich eine schlierige Schneeschicht gebildet. Sophie hakte sich lachend bei ihm ein. Arm in Arm überquerten sie die Straße und schlitterten den Bürgersteig entlang. Die Nähe ihres Körpers, der immer wieder gegen seinen stieß, erregte ihn wider Willen. Garner kniff die Augen zusammen und kämpfte sich Schritt für Schritt voran. Er war gleichzeitig traurig und heilfroh, als sie endlich die Buchhandlung erreichten. Vor dem Schaufenster wartete ein Mann. Er hatte den Mantelkragen hochgeschlagen und hielt einen Strauß Rosen in der Hand. Es war LeRoux.

„*Bonsoir*", sagte er. Sein Gesichtsausdruck war schwer zu deuten. „Ich wollte dich überraschen, *Chérie*. Doch jetzt hast du mich überrascht."

Er sprach Englisch. Garner war sofort klar, dass die Worte für ihn bestimmt waren. Es war eine der peinlichsten Situationen, die er je erlebt hatte.

„Ted kam zufällig hier vorbei", sagte Sophie. „Wir waren nur kurz ein Glas trinken."

Es war die Wahrheit, doch es klang wie die dümmste Lüge der Welt.

LeRoux lächelte ein schiefes Lächeln.

„Ich dachte, Sie glauben nicht an den Zufall, Ted? Sind Begegnungen nicht immer Verabredungen?"

„Diese nicht", sagte Garner. „Einen schönen Abend noch."

Es reichte. Er drehte sich um und ging schnurstracks zu seinem Wagen. Er ließ den Motor an und gab Gas. Er hätte niemals anhalten sollen.

Ted Garner
1. November

Die Hotelbar war so gut wie leer. Es war nach Mitternacht und Garner bestellte seinen dritten Whiskey. Der Barkeeper wischte mit einem feuchten Tuch über den Tresen, goss ein weiteres Glas ein und zwinkerte Garner verschwörerisch zu. Garner zeigte keine Reaktion.

Die Konturen der Buchhandlung Le Port d'Esprit wurden mit jedem Schluck ein wenig unschärfer und er versuchte verbissen, sich auf den Fall zu konzentrieren. Inzwischen kannte er den Obduktionsbericht auswendig. Jeanette Maskisin: aufgesetzter Kopfschuss, Kaliber unbekannt. Narben, Verbrennungen von Zigarettenkippen, Würgemale am Hals. Misshandlungsspuren, die nicht von ihrem Vater stammen konnten. Außerdem Einstichstellen an beiden Unterarmen und Reste von Halluzinogenen im Blut. Die Augen fehlten. Nach Meinung der Lamartine von Vögeln ausgepickt. Für einen kurzen Moment spürte er wieder Sophie LeRouxs seegrüne Augen forschend auf seinem Gesicht ruhen, doch er schob die Erinnerung energisch beiseite. Der Whiskey glitt ölig die Kehle hinab.

Lorraine Buffalo war eine Zeugin gewesen. Garner dachte daran, dass sie schon lange tot gewesen war, als er versucht hatte, sie bei seiner Hinfahrt in Sault Ste. Marie aufzuspüren, um sie noch einmal zum Verschwinden ihrer Kollegin Martha Loon zu befragen. Sein Magen brannte, und er stellte sich vor, wie sich der Alkohol mit seinem Blut vermischte und sein Herz eine braunrote Flüssigkeit durch den Körper pumpte. Sein Herz war eine Maschine, die den Blutkreislauf in Gang hielt, und kein Ort für Gefühle. Beide Frauen hatten als Prostituierte in Sault Ste. Marie gearbeitet. Lorraine hatte zu Protokoll gegeben, dass Martha Loon kurz vor ihrer Ermordung an einer Esso-Tankstelle in einen schwer beladenen Holztransporter am Transcanada-Highway Richtung Sudbury gestiegen sei. Fahrer weiß und männlich, 25 bis 30 Jahre alt. Trug eine Sonnenbrille. Keine weiteren Details.

Garner kippte den Rest des Whiskeys in einem Schluck hinunter. Der Barkeeper hatte ihn im Visier und hob fragend die Brauen. Garner nickte und der Barkeeper goss nach.

Heute Nacht war sein Herz dabei, ihn zu vergiften. Auch die Deep River-Leiche war am Ufer des Ottawa River nicht weit vom Transcanada-Highway gefunden worden. Vier Mal aufgesetzter Kopfschuss, drei Mal dasselbe Kaliber, vier Mal fehlten die Augen. Wahrscheinlich hatte dieses Arschloch Morel sogar recht und es gab wirklich einen Highway-Mörder, auf dessen Konto zumindest die Fälle aus Ontario und Québec gingen.

Der Barkeeper hatte kalte, grüne Glupschaugen wie ein Frosch. Er starrte Garner unentwegt an. Oder bildete er sich das nur ein? Blicke konnten verletzen. Töten. Hatte der Mörder deshalb seinen Opfern die Augen ausgestochen? LeRouxs Augen waren voller Hass gewesen. Wenn Blicke hätten töten können, wäre Garner jetzt tot. Was zog ihn ausgerechnet an Sophie LeRoux so magisch an? Woraus bestand diese seltsame Nähe? Warum hatte er ihr

Dinge über sich erzählt, die er noch nicht einmal Pat anvertraut hatte?

Ein Täter, der die Augen seiner Opfer entfernt, ist ein Psychopath. Er bestraft seine Opfer dafür, dass sie ihn angeschaut haben. Dass sie etwas an ihm gesehen haben, das sie nicht hätten sehen dürfen. Ein dunkles Geheimnis. Etwas Abstoßendes? Eine Missbildung, eine Anomalie, eine entstellende Verletzung? Und er hatte sie mit einem aufgesetzten Kopfschuss wie bei einer Hinrichtung getötet.

Es gab Menschen, die einem zu nahe kamen. Deren Nähe man nicht ertragen konnte. Vor denen man sich schützen musste. Man konnte sie zurückweisen, man konnte den Kontakt zu ihnen abbrechen, man konnte sie töten. Er betrachtete die goldene Flüssigkeit in seinem Glas. Warum fühlte er sich Sophie näher als Pat, obwohl er sie gar nicht kannte? Gab es so etwas wie Seelenverwandtschaft? Hatten sie sich schon einmal in einem früheren Leben getroffen?

Der Fahrer hatte eine Sonnenbrille getragen, als Martha Loon in seinen Truck einstieg. Um 22:15 Uhr, an einem dunklen Februarabend lange nach Sonnenuntergang. Vielleicht wollte er nicht erkannt werden. Vielleicht stimmte etwas mit seinen Augen nicht. Kurz darauf hatte er die Zeugin beseitigt. Und auch ihr die Augen ausgestochen.

Sein Glas war fast leer. Seit er in Montreal war, trank er zu viel. Seelenverwandtschaft war keine Verliebtheit. Oder fühlte sich Verliebtheit so an? Er hatte Pat vor über 20 Jahren auf einer Party im Studentenwohnheim kennengelernt. Sie studierte Biologie und wollte Lehrerin werden. Pat war von einer robusten Schönheit und stand mit beiden Beinen im Leben. Sie wusste genau, was sie wollte, und es hatte ihm geschmeichelt, dass sie unbedingt ihn wollte. Sie waren vier Jahre lang ein Paar, dann hatten sie geheiratet. War er damals in Pat verliebt gewesen?

Er machte dem Barkeeper ein Zeichen und der goss noch einmal nach. Ein Absacker. Garners Kopf begann zu schwimmen. Das Bild Sophie LeRouxs, wie sie in der Buchhandlung Le Port d'Esprit in dem weinroten Kleid auf der Trittleiter stand, ging ihm nicht aus dem Kopf. Diese Stadt machte ihn verrückt. Es wurde Zeit, nach Hause zurückzukehren. Zu Pat und den Jungs. Er musste den Fall zum Abschluss bringen. Morgen würde er Morel das Täterprofil auf den Schreibtisch legen. Aber wie hatte der Täter wissen können, dass Lorraine Buffalo ihn beobachtet und eine Zeugenaussage bei der Polizei in Sault Ste. Marie gemacht hatte? Garner leerte den Whiskey in einem Zug. Er konnte es natürlich zufällig erfahren haben. Doch Garner glaubte nicht an den Zufall. Es gab nur eine einzige plausible Möglichkeit: der Mörder hatte Verbindung zur Polizei. Jemand hatte ihn gewarnt. Wer hatte das Protokoll aufgenommen?

Jean-Baptiste LeRoux
1. November

Der Vormittag war die Hölle gewesen. LeRoux hatte das Gefühl, kurz vor dem Burnout zu stehen. McFallon hatte gelogen. Er war im vergangenen Jahr mindestens fünf Mal nach Montreal geflogen. Ein Anruf bei Creebec-Airlines hatte das eindeutig belegt. Return-Tickets von Chibougamau nach Pierre Trudeau Airport, auf den Namen Arthur McFallon gebucht, im Computer gespeichert und jetzt ausgedruckt auf LeRouxs Schreibtisch.

Er hatte außerdem einen Haftbefehl wegen Drogenbesitzes für Leon Maskisin ausgestellt und mit den Kollegen aus Chibougamau telefoniert. Es war ein schwieriges Telefonat gewesen, da es so gut wie keine Beweise und ein Gerangel um Zuständigkeiten gab, und erst nachdem sich Morel höchstpersönlich an die Strippe gehängt hatte, kam ein wenig Bewegung in die Sache. Man konnte gegen den Alten sagen, was man wollte, aber er war ein Bluthund und hatte stets den richtigen Riecher. Leon Maskisin war spurlos verschwunden.

Wenn er sich auf der Trapline befand, wie seine Mutter behauptete, war es so gut wie aussichtslos, ihn zu finden und festzunehmen. Das Jagdgewehr hatte er mitgenommen.

LeRoux hatte drei SMS an Céline geschickt, obwohl er sich geschworen hatte, sie nicht mehr zu kontaktieren. *10:13 Uhr. Du fehlst mir. 12:20 Uhr. Bitte melde dich! 14:10 Uhr. Ich brauche dich!!!* Sie hatte nicht geantwortet. Seit ihrem letzten Treffen im Hotel de Paris am Tag von Garners

Ankunft hatte er nichts mehr von ihr gehört. Das war jetzt genau elf Tage her. Ihr Schweigen machte ihn wahnsinnig. Obwohl er wusste, dass es ein irrationaler Gedanke war, schien es ihm, als habe mit Garners Eintreffen auch sein Unglück angefangen.

Morel kam hereingestürmt und wies ihn an, sofort in sein Büro zu kommen. Der Alte wirkte noch aufgekratzter als am Vormittag. LeRoux war hundemüde. Er hatte sich die halbe Nacht schlaflos hin und her gewälzt. Dazwischen hatte er getrunken. Hauptsächlich Gin. Sein Schädel war kurz vor dem Zerspringen. Er hatte seine Ehe retten wollen. Er hatte Rosen gekauft und auf einen Neuanfang gehofft. Als er Sophie Arm in Arm mit Garner sah, hätte er ihn am liebsten erwürgt. Sophie hatte glücklich ausgesehen. Glücklicher als seit langer Zeit mit ihm.

Er folgte Morel in sein Büro und spürte einen starken Brechreiz. Das erste, was er sah, war Garner, der mit betonter Lässigkeit auf einem Stuhl saß und ihm unverschämt ins Gesicht glotzte.

„Monsieur Garner hat ein Täterprofil erstellt", sagte Morel in seinem desolaten Englisch.

„Es ist sehr vielversprechend."

Morel lächelte ein schleimiges Lächeln in Garners Richtung und schob LeRoux ein Papier hin.

„Wenn Monsieur Garner recht hat – und daran zweifle ich nicht einen Moment –, hat der Highway-Mörder Kontakt zur Polizei in Sault Ste. Marie. Jemand muss ihn darüber informiert haben, dass es im Fall Martha Loon eine Zeugin gab. Er war gewarnt und hat Lorraine Buffalo ermordet, bevor sie noch einmal hätte vernommen werden können."

Der Alte war völlig aus dem Häuschen. Mit Sicherheit hoffte er darauf, eine ganz große Nummer in Kanada zu werden. Sah sich schon in den Schlagzeilen. *Chef der Sûreté Montréal stellt Transcanada-Mörder. Superheld Jacques Morel.* Er wies auf eine Akte, die auf dem Schreibtisch lag.

„Das Protokoll der Zeugenaussage von Lorraine Buffalo wurde von einem gewissen Constable Miles Barker angefertigt. Wir müssen den Mann überprüfen, sein Umfeld und seine sozialen Beziehungen auskundschaften. Herausfinden, ob er die undichte Stelle ist. Und das unbedingt mit der nötigen Sensibilität."

Er betonte jede Silbe des Wortes Sensibilität, so, als wäre LeRoux ein Legastheniker. Oder ein unsensibler Vollidiot.

„Sollen wir jetzt auch noch nach Sault Ste. Marie fahren? Das sind mehr als 900 Kilometer! Wir sind erst gestern aus Niskawini zurückgekommen. Außerdem ist es RCMP-Gebiet."

LeRoux fand selbst, dass seine Stimme wie das Lamento eines Schlappschwanzes klang. Früher hätte er nicht eine Sekunde gezögert, wäre selbst heiß darauf gewesen, den Mörder zu stellen. Irgendetwas in ihm hatte sich verändert.

„Mit dem Flugzeug sind Sie in drei Stunden da. Ihr Flug geht morgen früh. Eine Stunde Zwischenstopp in Toronto, Ankunft um 10:20 Uhr. Miles Barker wird im Dienst sein. Sie sind bereits angemeldet. Und was die Zuständigkeiten angeht, kümmert mich das einen Scheißdreck."

Morels Blick war gnadenlos. Trotz seiner scheinbaren

Behäbigkeit war der Alte knallhart. „Ich will, dass wir die Ernte unserer hervorragenden Arbeit selbst einfahren und nicht irgendein Provinz-Sergeant aus Sault Ste. Marie, den wir mit der Nase auf die Spur gestoßen haben. Und der am Ende vielleicht sogar noch selber in die Sache verwickelt ist."

Mit *wir* meinte er natürlich sich selbst, Jacques Morel, den Sonnenkönig von Montreal, dachte LeRoux.

„Befragen Sie diesen Constable Barker äußerst behutsam. Niemand darf wissen, dass wir einen konkreten Verdacht haben. Überlassen Sie Monsieur Garner die Gesprächsführung, schließlich ist er ausgebildeter Psychologe."

Hatte Monsieur Garner auch die Gesprächsführung bei seinem Tête-à-Tête mit Sophie übernommen? Vielleicht sollte er Monsieur Garner wegen seiner zunehmenden Depression konsultieren, dachte LeRoux.

„Und kontaktieren Sie mich sofort, wenn Sie etwas herausgefunden haben", sagte Morel. „Informationen ausschließlich an mich. Diskretion ist oberstes Gebot. Ich hoffe sehr, dass wir dank Monsieur Garners großartigem Täterprofil den Fall bald abschließen können."

Wieder das schleimige Lächeln.

„Nutzen Sie unbedingt den Nachmittag, um diesem McFallon noch einmal auf den Zahn zu fühlen", sagte Morel und sah LeRoux durchdringend an. „Finden Sie heraus, was er in Montreal gemacht hat. Rufen Sie in der Schule an, nehmen Sie ihn in die Mangel, überprüfen Sie alle seine Aussagen. Und geben Sie eine Fahndung nach Leon Maskisin raus."

LeRoux stöhnte innerlich. Er brauchte dringend eine Zigarette.

„Bis morgen, J.B.", sagte Garner und grinste blöde.

LeRoux hätte ihm gerne eine reingehauen. Er verschwand wortlos in seinem Büro und hängte sich ans Telefon. Es dauerte eine Ewigkeit, bis er zuerst Mister Singh, dann Arthur McFallon am Apparat hatte.

„Warum haben Sie uns angelogen?", begann LeRoux. „Sie waren im letzten Jahr fünf Mal in Montreal." Es war ein unsensibler Gesprächsbeginn.

„Ich habe nicht gelogen", sagte McFallon. Seine Stimme zitterte. „Ich habe Jeanette Maskisin nicht getroffen."

„Was haben Sie denn in Montreal gemacht?"

Langes Schweigen in der Leitung. Etwas rauschte.

„Es ist manchmal sehr einsam hier oben", sagte McFallon schließlich. Er klang jetzt weinerlich.

Alles klar, dachte LeRoux. Der spießige kleine Lehrer wollte Spaß. „*Cherchez la femme,* was? Waren Sie in Clubs unterwegs? Bei Prostituierten?"

Das war wieder höchst unsensibel. Aber schließlich hatte er nicht Psychologie studiert, sondern war nur ein einfacher Sergeant der Montrealer Sûreté.

Noch längeres Schweigen.

„Ja", hauchte McFallon. „Aber das muss unbedingt unter uns bleiben."

LeRoux musste grinsen. Was wohl Mister Singh und McFallons Schüler dazu sagen würden? Er war ein Heuchler wie alle Spießer. Und gegenüber der Maskisin-Familie hatte ausgerechnet er den Moralapostel gespielt.

„Ich muss Ihre Angaben natürlich überprüfen und ins Protokoll aufnehmen", sagte LeRoux.

Schnappatmung am anderen Leitungsende.

„Können Sie mir einen Namen nennen?"

Zögern.

„Studio Orchidée. Ein Massagesalon in der Rue Guy. Fragen Sie nach Chantal."

„*Avec plaisir*", sagte LeRoux. „*Merci beaucoup.* Und halten Sie sich bis auf Weiteres zu unserer Verfügung."

Er beendete das Gespräch und wählte Voyageurs Handynummer.

Jerôme Voyageur war sofort am Apparat.

„Gegen Ihren Freund Leon Maskisin liegt ein Haftbefehl wegen Drogenbesitz vor. Angeblich ist er auf der Trapline. Geben Sie sofort die Fahndung heraus. Da Sie ja schon gemeinsam jagen waren, wissen Sie sicher, wo er steckt."

Keine Frage, das war wieder sehr unsensibel.

„Drogenbesitz? Haben Sie irgendwelche Beweise? Was geht das überhaupt die Sûreté in Montréal an? Dafür ist die hiesige Stammespolizei zuständig."

Der Ärger in Voyageurs Stimme war nicht zu überhören.

„Sie haben recht." LeRoux ruderte ein wenig zurück. Innerlich verfluchte er Morel.

„Aber es ist ja sicher auch im Interesse der Stammespolizei, den Drogenkonsum im Reservat einzudämmen."

„Mischen Sie sich nicht in Stammesangelegenheiten ein. Wenn gegen Leon Maskisin irgendetwas vorliegt, möchte ich einen schriftlichen Bericht. Ich dulde keine Hexenjagd von auswärts in meinem Zuständigkeitsbereich. Sie haben schon genug Staub aufgewirbelt. Es reicht."

Es knackte in der Leitung und das Gespräch war unterbrochen. Voyageur war offensichtlich zu keiner Zusammenarbeit bereit. Sollte Morel sich doch selbst um seinen scheiß Fahndungsaufruf kümmern. LeRoux zündete eine Zigarette an und blickte aus dem Fenster. Obwohl es erst Nachmittag war, wurde es bereits dunkel. Der Himmel war von demselben trüben Grau wie der Schnee auf den Dächern der gegenüberliegenden Häuser. Der Winter hatte gerade erst begonnen und LeRoux hatte bereits jetzt das Gefühl, die Kälte und die Dunkelheit nicht ertragen zu können. Er beschloss, nach Hause zu fahren und seine Sachen zu packen, bevor Sophie aus der Buchhandlung kam. Er würde die Nacht im Motel verbringen. Ein schwarzer Schatten hatte sich über sein Gemüt gelegt. Es war am besten, wenn er und Sophie sich vorerst aus dem Weg gingen. Wenn alles nach Plan lief, wäre er morgen Abend zurück aus Sault Ste. Marie. Dann würden sie weitersehen. Auf dem Parkplatz der Sûreté lag eine verharschte dünne Schneeschicht. Er schloss den Wagen auf und stieg ein. Die Heizung funktionierte nicht, und es war so kalt wie in einem eisernen Sarg. Während LeRoux sich durch den dichten Großstadtverkehr quälte, versuchte er sich vorzustellen, wie es sein musste, auf der Trapline zu leben, auf Schneeschuhen durch endloses verschneites Buschland zu stapfen, gefrorene Füchse, Marder und Biber aus eisernen Fallen zu lösen, abzuhäuten und die nackten Körper Wölfen und Krähen zum Fraß zu überlassen. Die ferne

Wintersonne, die kalten Sterne und der eisige Wind. Die Einsamkeit und Erbarmungslosigkeit eines solchen Daseins. Und die Einfachheit und Klarheit. Das Befolgen eines einzigen Gesetzes: töten, um zu überleben. Wie viel komplizierter war es, sich im Dschungel der Großstadt durchzuschlagen! Die sogenannte Zivilisation. Monotone Jobs, Alkohol, Drogen und Prostitution, um der Tristesse des Alltags zu entfliehen, Hochhäuser und das kalte Neonlicht der Nachtclubs und Bars. Ein Psychopath, der seine Opfer brutal misshandelte und ihnen die Augen ausstach, um sie für ihren verbotenen Blick zu bestrafen. Der sie anschließend mit einem Kopfschuss hinrichtete und in den Fluss warf. Was für ein Gesetz befolgte er?

Die Wohnung war dunkel und kalt. Eine Spur von Sophies Parfum hing im Schlafzimmer. Auf dem ungemachten Bett lag ein Nachthemd, über dem Stuhl eine Nylonstrumpfhose und ein hautfarbener BH. Alles wirkte so unheimlich vertraut. LeRoux verspürte eine plötzliche heftige Sehnsucht nach seiner Frau. Sein Rucksack stand in der Ecke, und wahllos warf er ein paar frische Klamotten hinein und verließ fluchtartig das Apartment. Er würde Sophie eine SMS schicken. Später.

Vielleicht.

Die Rue Guy lag am anderen Ende des Parc Jeanne Mance. Die meisten der alten Holzhäuser waren vor Jahren abgerissen worden und hatten modernen Hochhäusern Platz gemacht. Das Studio Orchidée lag im Erdgeschoss einer Reihe heruntergekommener zweigeschossiger Bauten zwischen einer Subway-Filiale und einem Waschsalon. Auf einem Schild stand *Massage.* Sonst nichts. LeRoux drückte auf die Klingel. Es dauerte ziemlich lange, bis eine junge Frau öffnete. Sie trug einen Kimono, der oben klaffte und den Blick auf ein üppiges Dékolleté freigab. LeRoux bemühte sich, die Augen auf ihr Gesicht zu richten.

„Ich suche Chantal", sagte er.

Die Frau lächelte. Sie hatte einen breiten Mund, der knallrot geschminkt war und ihn an einen Clownfisch denken ließ.

„Das bin ich", sagte sie. „Hast du einen Termin?" Ihr Blick aus babyblauen Augen war von einer koketten Unschuld, dessen vermeintliche Naivität wie die Tarnung fleischfressender Pflanzen war.

„Nein", sagte LeRoux.

„Komm rein", sagte sie. „Es ist kalt."

Er folgte ihr in ein kleines Zimmer mit rot gestrichenen Wänden, in dem ein breites Bett mit einem Messingspiegel am Kopfende stand. Die Erinnerung an Céline überwältigte ihn mit der Heftigkeit eines Tornados, und plötzlich war er sehr erregt.

„Du hast Glück", lächelte Chantal und streifte den Kimono ab. „Ich habe gerade Zeit für dich. Bist du das erste Mal hier?"

Sie hatte große Brüste und einen weichen Bauch mit einem glitzernden Bauchnabel-Piercing, in dem sich das Licht einer paillettenbesetzten Tischlampe brach. Sie trat dicht vor ihn hin und öffnete den Reißverschluss seiner Jeans. Sie roch nach Schweiß und einem süßlichen Parfum, und er spürte ihre Hand an seinem Glied. Ehe er noch protestieren konnte, hatte sie seine Hose heruntergestreift und kniete vor ihm. Er hätte sie wegstoßen, seinen Dienstausweis zücken, sie nach McFallon befragen müssen, doch er wusste, es war zu spät. Er überließ sich Chantals geübter Zunge und seiner trägen Lust, die ihn mehr und mehr davontrug, bis er nur noch sein eigenes Stöhnen wahrnahm und keuchend über ihr zusammenbrach. Sie reichte ihm ein Handtuch, und er rieb sich ab und zog die Jeans hoch. Chantal lächelte ihn an und sagte: „Das macht 50 Dollar, bitte." Ihre Stimme klang wie die einer Kassiererin im Supermarkt. Ihr Lippenstift war verschmiert und die Babyaugen blickten jetzt so hart wie zwei blaue Glasmurmeln. LeRoux musste plötzlich an den Mörder denken. Er zückte seine Brieftasche und warf einen Schein auf das Bett. Er fühlte sich gleichzeitig schuldig und beschmutzt. Vielleicht hatte Garner recht, und es war die Scham, die ihn die Augen seiner Opfer nicht ertragen ließ.

Kaskatinopizum

Eeyou Eenou. So heißt das Land in unserer Sprache. Wiko-win ist unsere Heimat. Es ist das Land, auf dem wir leben. Das Land ist unsere Mutter, doch es gehört uns genauso wenig, wie dir die Mutter, die dir das Leben geschenkt hat, gehört. Sie nährt dich, sie gibt dir alles, was du brauchst, und du liebst sie dafür und achtest und beschützt sie. Du kannst sie weder besitzen noch zerteilen noch verkaufen. Mahihkan, der Wolf, und Amisk, der Biber, sind genauso unsere Brüder wie Sonne und Sterne und Steine.

Bernard Starblanket holte mit einer Schaufel eine La-dung rotglühender Feldsteine aus dem Feuer und warf sie in das Erdloch in der Mitte der Schwitzhütte. Die Rodung hinter dem Haus war mit einer dünnen Schneeschicht be-deckt, und der Wind wirbelte Funken auf und ließ sie in der eisigen Luft tanzen. Ich legte alle meine Kleider ab, hängte sie an die kahlen Zweige einer Zitterpappel und kroch auf allen vieren durch die niedrige Öffnung. Drinnen war es eng und dunkel und warm wie in der Gebärmutter. Mein Großvater, Jérôme Voyageur und mein Onkel Théodore St. Justin saßen dicht gedrängt um die Feuerstelle. Neben meinem Großvater stand ein Kübel mit Wasser, in dem ein mit einer Lederschnur zusammengebundenes Büschel Salbei lag. Er hielt den Flügel einer Wildgans in der Hand und fächelte damit die Glut an.

Ab und an krümelte er etwas Sweetgrass auf die Steine, so-dass sich ein süßlicher Duft entfaltete. Bernard Starblanket kam hercingekrochen und schloss die Öffnung hinter sich.

Auf dem aus gebogenen Weidenruten bestehenden Gerüst lag eine schwere Abdeckung aus mehreren Quilts. Es war stockdunkel, nur das Glühen der Steine war zu sehen. Mein Großvater tauchte das Büschel Salbei in das Wasser und besprengte sie damit. Heißer Dampf stieg auf und ich spürte ein Prickeln auf meiner nackten Haut. Mein Großvater begann leise zu beten, während er mit dem Gänseflügel wedelte und mehr und mehr Wasser auf die Steine goss. Die Hitze nahm mir den Atem und ich glaubte, meine Haut würde verbrennen, doch ich wusste, dass die Spirits mich beschützten. Die Stimme meines Großvaters ging in einen klagenden Gesang über, in den nach und nach alle einstimmten. Ich verlor jedes Zeitgefühl, und in der vollkommenen Dunkelheit und sengenden Hitze verschmolzen wir zu einem einzigen tönenden Körper, aus dem sich unser innerstes Wesen in einem Strom aus Schweiß und Tränen ergoss. Aus jeder Pore flossen all unsere Trauer und unsere Verzweiflung hinaus, bis wir ganz und gar gereinigt waren und die Süße des Sweetgrass tief in unsere schmerzenden Lungen sogen. Irgendwann öffnete Starblanket den Eingang und wir badeten in dem Licht und der klaren Winterluft wie ein Säugling nach einer Sturzgeburt.

Voyageur fuhr mich mit dem Polizei-Jeep nach Chibougamau und setzte mich an der Greyhound-Station ab. Der Bus nach Montreal wartete bereits mit angelassenem Motor.

Jérôme warnte mich, dass eine Fahndung nach mir lief und ich mich vor den Bullen in Montreal in Acht nehmen sollte. Ich nickte und stieg ein. Ich hievte meinen

Rucksack auf die Ablage über dem Sitz und löste ein Ticket. Der Rucksack war schwer. Er enthielt ein paar Kleidungsstücke, das zerlegte Jagdgewehr, eine Wolfsfalle und Munition. Die Adlerfeder, mit der mein Großvater mich zum Abschied gesegnet hatte, steckte in der Innentasche meines Hemdes, nahe am Herzen. Während der Bus die schnurgerade Landstraße entlangrollte, dachte ich daran, dass Jeanette vor fast genau einem Jahr die gleiche Strecke gefahren sein musste. War sie getrampt? Hatte sie von dem gestohlenen Geld ein Busticket gekauft?

Ich hatte keine Ahnung, wohin sie in Montreal gegangen war, doch ich war ein Jäger und ich war zuversichtlich, dass ich ihre Fährte aufspüren würde. Draußen zog das verschneite Buschland am Fenster vorbei, und unwillkürlich hielt ich Ausschau nach Tieren. Einmal meinte ich, einen Fuchs zu sehen, der durch das Unterholz schnürte, doch die Scheibe blendete, und ich war mir nicht sicher. Eine Schar Graugänse überflog einen mit Schilf bestandenen Teich, auf dem eine einzelne Eiderente schaukelte. Im letzten Winter hatte ich eine Elchkuh gesehen, die über die Spiegelfläche eines gefrorenen Sees stakste. Es war ein Jungtier, und in seiner Unerfahrenheit hatte es sich zu weit hinausgewagt. Die dürren Beine gerieten bei jedem Schritt ins Rutschen, und die Kuh kam nur langsam voran. An einigen Stellen lag eine dünne Schicht aus verharschtem Schnee über dem Eis, und sie setzte die Hufe so sacht und geziert wie eine Balletttänzerin. Plötzlich sah ich Schatten, die sich aus dem Ufergebüsch lösten. Wölfe. Sie waren zu viert, und langsam kreisten sie die Kuh ein. In ihrer Panik geriet sie immer mehr ins Rutschen, und in dem Moment, in dem sie in die Knie brach, machte der Leitwolf einen Satz und biss in ihre Kehle. Ihre Beine bewegten sich noch eine Weile, dann war alles still, und ich hörte nur noch das Reißen und Schmatzen der Wölfe.

Ich wusste nicht, warum ich gerade jetzt daran denken musste. Ich schloss die Augen und versuchte zu schlafen.

Das Ticket hatte 140 Dollar gekostet. Ich hatte nur noch wenig Geld und würde mir keine Unterkunft leisten können. Ich kannte niemanden in Montreal. Auch Jeanette hatte niemanden gekannt. Der Bus fuhr die ganze Nacht durch. Als wir ankamen, war es früher Morgen. Der Himmel war noch dunkel, doch die Lichter der Stadt blinkten wie Tausende von Sternen. Ich dachte daran, dass ich Jeanette gesagt hatte, dass es eine Stadt der Geister sei, und ich hatte recht gehabt. Der Gare d'Autocars de Montréal war ein riesiger, hell erleuchteter Glasbau vor einer Hochhausfront, in der mehr Menschen wohnten als in ganz Niskawini.

Zusammengepfercht wie Kaninchen lebten sie in einer künstlichen Welt aus Beton und Neonlicht, abhängig von Supermärkten und Kraftwerken, und wenn ihr Strom ausfallen oder ihr Benzin ausgehen würde, würden sie sterben. Ich nahm meinen Rucksack und stieg aus. Busse und Autos fuhren vorbei, fremde Menschen hasteten umher, und für einen kurzen Moment überfielen mich Zweifel, ob ich Jeanettes Mörder jemals finden würde. Die Luft war kalt, doch ich hatte weder Lust noch Geld, mich in ein Café zu setzen. Es war zu früh, um irgendetwas zu unternehmen, und so ließ ich mich treiben, folgte ein Stück der Straße und bog dann in einen größeren Boulevard ein. Auf einem Straßenschild stand *Boulevard St. Laurent*. Ich dachte, dass er mich vielleicht zum St. Lorenz-Strom führen würde, und dass ich versuchen könnte, die Stelle zu finden, an der Jeanette angespült worden war. Voyageur hatte gesagt, es sei an einem künstlich angelegten Strand in der Nähe des Vieux Port gewesen, und dass ein Student sie da im Morgengrauen entdeckt habe. Plötzlich schien es mir, als sei Jeanette ganz in der Nähe, und ich spürte eine seltsame Erregung, ein Zittern und Prickeln wie von einer Gänsehaut. Ohne zu wissen warum, nahm ich eine Seitenstraße, bog mal nach links, mal nach rechts ab und folgte einem inneren Kompass, bis ich am Ende eines Häuserblocks ein altes Gebäude mit riesigen Bogenfenstern sah. Davor parkte ein Transporter mit der Aufschrift *Wichihiwewin Street Patrol*. Ich stand direkt vor dem First Nation Reunion Center. Etwas hatte mich hierhin geführt, und ich zweifelte keine Sekunde daran, dass es Jeanettes Geist war. Die Tür war verschlossen, und ich setzte mich auf die Stufen. Ich wartete fast zwei Stunden. Obwohl es kalt war, machte mir das Warten nichts aus. Ich war es gewohnt, beim Eisfischen oder bei der Jagd stundenlang an einem Fleck zu sitzen und mich nicht zu bewegen. Ich beobachtete einen Raben, der an einem halb offenen Müllsack auf der anderen Straßenseite herumpickte. Irgendwann wurde es hell. Silberne Streifen erschienen über dem Schwarz der Dächer und der Mond verblasste. Der Rabe flog krächzend davon. Ein Auto fuhr vor und ein Mann stieg aus. Es war ein Indianer, und er kam geradewegs auf mich zu.

161

„*Tatawaw*", sagte er auf Cree. „Mein Name ist Raymond. Magst du einen Kaffee?"

Ich nickte und stand auf. Der Mann schloss die Tür auf, und ich folgte ihm durch eine Art Lobby in eine Küche. Er stellte die Kaffeemaschine an und ließ sich auf einen Stuhl fallen.

Er war nicht mehr jung, und hinter den dicken Gläsern seiner Brille waren seine Augen nur verschwommen zu erkennen.

„Brauchst du Hilfe?", fragte er.

„Ja", sagte ich.

Er hatte schulterlanges Haar, das von grauen Strähnen durchzogen war, und über seinen Lippen hing ein dünner Schnurrbart wie bei einem Walross herab. Etwas an ihm erinnerte mich an meinen Onkel, und ich dachte, dass uns die Stadt nur Unglück gebracht hatte.

„Ich suche ein Mädchen", sagte ich.

Er grinste.

„Ich bin kein Escortservice", sagte er.

„Ich suche ein totes Mädchen", sagte ich.

Das Grinsen verschwand und die Aquarium-Augen schienen riesig.

„Sie hieß Jeanette Maskisin, und sie war 15, als sie starb. Sie war meine Cousine."

Er nahm sehr langsam zwei Tassen aus einem Schrank und schüttete Kaffee ein. Er schob mir eine Tasse hin und trank einen Schluck. Ich blickte ihn an und wartete. Er wischte sich über den Mund und schwieg eine Weile. Ich schwieg ebenfalls. Ich hatte es nicht eilig.

„Es kommen viele Leute hierher", sagte er. „Ich erinnere mich nicht an jeden."

„Ich weiß, dass sie hier war", sagte ich. „Ihr Geist hat mich zu dir geführt."

Das nervöse Zucken in seinem Augenlid verriet mir, dass ich recht hatte. Er schwieg immer noch, und ich dachte, dass er ein harter Brocken war.

„Ihr Geist und der ihres ungeborenen Kindes", sagte ich. „Sie sind nicht versöhnt. Dein Schweigen ist schlechte Medizin."

Etwas in den Aquarium-Augen blitzte auf. Furcht? Ärger?

Er führte die Tasse zum Mund und trank. Dann räusperte er sich.

„Sie kam kurz vor Weihnachten. Es war sehr kalt geworden. Minus 20 Grad, meterhoher Schnee. Nacht für Nacht sammelte die Street Patrol unsere Leute auf, Obdachlose, Gestrandete, Betrunkene, und brachte sie hierher. Der Gemeinschaftssaal war mit Matratzen ausgelegt, am Morgen gab es eine heiße Dusche und ein kostenloses Frühstück. Hast du Hunger?", fragte er mich.

Ich schüttelte den Kopf.

„Wir tun hier, was wir können", sagte er.

Seine Stimme klang entschuldigend, und ich fragte mich, was er verbarg. Ich weiß nicht, warum ich plötzlich an die beiden Indianer, die meinen Onkel und mich damals überfallen hatten, denken musste.

„Hat die Street Patrol auch Jeanette aufgegriffen?", fragte ich.

„Nein", sagte er. „Sie stand eines Morgens vor der Tür, genau wie du. Fragte nach einem Job. Sie sah aus wie eine streunende junge Katze, mit nassem Haar, glänzenden Augen und halb verhungert. Sie trug alte Jeans, ein Kapuzensweatshirt und Stiefeletten, und sie hatte noch nicht einmal einen Rucksack oder eine Tasche bei sich. Ich sagte ihr, dass sie bleiben könne, und sie schlief auf einer der Matratzen und half ein wenig beim Putzen und in der Küche."

Er schwieg und schlürfte an seinem Kaffee. Ich wartete.

„Wir haben hier feste Regeln", fuhr er schließlich fort. „Regeln, an die sich jeder im Zentrum halten muss."

Wieder machte er eine Pause und ich wusste, dass er meine Zustimmung wollte, doch ich zeigte keine Reaktion. Für meinen Geschmack gab es zu viele Regeln, und die meisten waren von Weißen gemacht. Ich dachte an die vielen Geschichten über Wesakechak, seine List, seinen Mut, seine Feigheit, seine Schläue und seine Dummheit. Draußen im Busch gab es nur ein Gesetz, und das war das des Überlebens.

„Waffen, Alkohol und Drogen sind hier strengstens verboten", sagte er und blickte mich eindringlich an.

Ich dachte an das Jagdgewehr und das Gras in meinem Rucksack und lächelte ihn an.

„Klar", sagte ich.

„Jeanette war ein auffallend schönes Mädchen", sagte er. Ich nickte.

„Es gab einen jungen Kerl hier, ein Cree aus Nemaska, mit dem sie sich angefreundet hat."

164

Ich spürte einen Stich im Herzen. War er es, der Jeanette geschwängert hatte?

„Er war noch nicht sehr lange in Montreal, und ich habe keine Ahnung, warum er Nemaska verlassen hat und was er hier wollte."

Ich dachte, dass er dasselbe wollte wie Jeanette, dasselbe wie alle, die *Eeyou Eenou* verließen und in die Geisterstädte zogen: Geld verdienen und Spaß haben. Die meisten bekamen weder das eine noch das andere.

„Als ich die beiden das erste Mal beim Kiffen erwischte, habe ich darüber hinweggesehen. Das war ein Fehler, doch ich merkte es erst, als es bereits zu spät war. Es blieb nicht bei einem Joint. Jeanette begann zu spritzen, ich sah die Einstiche an ihren Armen und die fiebrigen Augen. Sie behauptete, sie sei Diabetikerin, doch ich glaubte ihr kein Wort."

Er blickte mich durchdringend an.

„War sie Diabetikerin?"

„Ja", log ich. Ich sah an seiner Miene, dass er mir nicht traute.

„Dann fehlte Geld, mehr als 200 Dollar, Spendengelder, die ich in meinem Büro liegen hatte. Die Schreibtischschublade war aufgebrochen. Normalerweise ist mein Büro abgeschlossen, wenn ich nicht da bin. Jeanette hatte den Schlüssel zum Putzen."

Die riesigen Augen sahen jetzt traurig aus, und ich dachte daran, wie wütend ich gewesen war, als Jeanette mein Geld gestohlen hatte. Ich schwieg.

„Als ich sie zur Rede stellte, hat sie alles abgestritten

und mich wüst beschimpft, doch ich war mir sicher, dass sie log. Ich habe ihr gesagt, dass sie das Center verlassen müsse, und ich sie nie mehr hier sehen wolle. Sie ist dann wortlos gegangen."

„Wann war das?", fragte ich.

„Anfang Februar", sagte er.

Ich dachte, dass es im Februar zu kalt war, um auf der Straße zu leben. Selbst wenn sie ein Junkie geworden war, war es herzlos, sie einfach hinauszuwerfen.

„Und ihr Freund? Der Cree aus Nemaska?", fragte ich.

„Er kannte die Regeln, und er war vorsichtig", sagte er. Seine Augen hinter den dicken Gläsern blinkten. „Ich hatte ihn im Verdacht, mit Drogen zu handeln, aber ich konnte ihm nichts nachweisen. Doch woher hätte Jeanette den Stoff bekommen sollen, wenn nicht von ihm? Ich war mir sicher, dass sie ihn treffen und sie sich schon irgendwie zusammen durchschlagen würden. Sie waren beide klug und gerissen."

„Ist er noch einmal hier gewesen?"

Er schwieg.

„Ja", sagte er schließlich. „Vor etwa zwei Wochen. Er hat einen Polizisten mit einem Messer verletzt. Nicht sehr schlimm. Seitdem läuft eine Fahndung nach ihm."

Er runzelte die Stirn und schlürfte an seinem Kaffee.

„Ich habe der Polizei nicht gesagt, dass das Mädchen hier war. Wenn das *First Nation Reunion Center* mit Mord und Drogen in Verbindung gebracht wird, können wir einpacken. Die Weißen werden hier herumschnüffeln und uns überwachen, niemand wird mehr spenden, und unsere

Brüder und Schwestern werden das Vertrauen verlieren. Dann war all unsere gute Arbeit der letzten Jahrzehnte umsonst."

„Und der Mord an Jeanette und ihrem ungeborenen Baby?", fragte ich. „Soll er ungesühnt bleiben?"

Unsere Augen tauchten tief ineinander. Schließlich senkte er den Blick.

„Er heißt Byrd, doch alle nennen ihn Chogan."

„Wo kann ich ihn finden?"

„Byrd ist Musiker", sagte er. „Er singt in einer Band namens Legacy. Sie sind schon ein paar Mal im Center aufgetreten. Ich habe die Telefonnummer des Lead-Gitarristen."

Er stand auf und verschwand in seinem Büro. Ich wartete.

Als er zurückkam, drückte er mir einen Zettel in die Hand. Ich nahm meinen Rucksack und wandte mich zum Gehen.

„Warte", sagte er. „Noch eine Sache." Ich blieb stehen und sah ihn an.

„Sie hatte ein Tattoo, als sie starb. Einer der Polizisten hat mir ein Foto gezeigt. Sie muss es sich erst später stechen lassen haben. Als sie hier war, hatte sie es noch nicht." Seine Stimme war jetzt ein leises Flüstern. „Es war eine Schlange am linken Oberarm."

Ich dachte an die Nachricht, die Jeanette mir geschickt hatte. Eine Telefonnummer und die hingekritzelte Zeichnung, die wie eine Schlange ausgesehen hatte. Misiginebiq-Manitu.

Mein Herz stockte.

Ted Garner
2. November

Das Police Servicing Building in Sault Ste. Marie war ein zweigeschossiger grauer Kasten, der genauso öde und grau war wie der Himmel, der St. Marys River und die ganze trostlose Stadt. Die Temperatur lag um den Gefrierpunkt, und ein eisiger Ostwind wirbelte die letzten herumliegenden Pappel- und Ahornblätter umher. Sie waren planmäßig gelandet, und das Taxi hielt um Punkt elf Uhr vor dem Haupteingang. Garner bezahlte und sie stiegen aus. Auch die Stimmung zwischen ihnen lag um den Gefrierpunkt. Eher darunter. Während LeRoux draußen eine Zigarette rauchte, studierte Garner die Hinweistafel im Eingangsbereich des Gebäudes. *Constable Miles Barker, Officer Phil Lloyd. 2. Etage, Raum 204.* Er wartete, bis LeRoux hereinkam, und schweigend nahmen sie den Lift. Sie gingen einen von Neonröhren grell ausgeleuchteten Korridor mit einem abgetretenen Linoleumboden entlang, bis sie vor Raum 204 standen. Garner klopfte, und eine tönende Stimme rief: „Ja bitte".

Sie betraten das Büro, das genauso aussah wie alle Polizeibüros dieser Welt. Zwei mit Akten, leeren Kaffeetassen und Notizzetteln übersäte Schreibtische standen einander gegenüber. An den in einem schmutzigen Grün gestrichenen Wänden hingen Poster mit Fotos von Vermissten. Constable Miles Barker war alleine. Er war etwa Anfang 30, groß, blond und breitschultrig, mit einem jovialen, etwas naiv wirkenden Gesichtsausdruck und einem festen

Händedruck. Er erinnerte Garner an einen seiner Schulkameraden, der Captain der Baseballmannschaft gewesen war und nach jedem Spiel allen mit einem breiten Pferdegrinsen auf die Schulter klopfte, in der Hoffnung, ein Zückerchen zu bekommen und gestreichelt zu werden.

„Der Leiter der Mordkommission Montreal hat Sie ja bereits darüber informiert, dass wir an einem Fall arbeiten, der dem Muster der Morde in Ontario entspricht", begann Garner.

Barker nickte und strahlte sie an. Typ Dauergrinser, dachte Garner. Seine Zähne waren kräftig und wirkten frisch gebleacht.

„Was kann ich für Sie tun?", fragte er großspurig. „Teamwork ist meine Leidenschaft."

Garner zwang sich, die Lippen zu einem Lächeln zu verziehen.

„Es geht um die Zeugenaussage von Lorraine Buffalo. Wie Sie ja wissen, wurde ihre Leiche vor vier Tagen in der Nähe von Gatineau entdeckt. Sie wurde auf dieselbe Art ermordet wie Martha Loon und die unbekannte Tote, die am dritten Juni am Ufer des Ottawa River nicht weit vom Transcanada-Highway auf der Höhe von Deep River gefunden wurde."

Barker grinste weiter.

LeRoux sah aus dem Fenster.

Sie waren ein echtes Dreamteam. Ein grinsendes Greenhorn und ein lustloser Loser.

„Die Leiche war stark verwest. Die Forensik datiert den Zeitpunkt von Lorraine Buffalos Tod auf Mitte bis Ende

Februar. Das Protokoll der Zeugenaussage stammt vom zwölften Februar."

„Richtig", sagte Barker. Das Lächeln fror ein. „Ich erinnere mich noch sehr genau an den Tag."

„Könnten Sie den Vorgang bitte noch einmal schildern?" Das Lächeln verschwand und machte einem angewiderten Gesichtsausdruck Platz. Der Sonnyboy zeigte seine Schattenseite.

„Es war ein kalter Wintertag und bereits dunkel. Lorraine Buffalo kam kurz vor Dienstschluss und wollte eine Vermisstenanzeige aufgeben. Sie stank nach Schweiß und billigem Parfum und hatte eine Mordsfahne."

„Waren Sie allein im Büro?"

„Ja", sagte Barker. „Phil hatte bereits Feierabend gemacht. Es hatte angefangen, stark zu schneien, und er wollte pünktlich zu Hause sein. Er war gerade Vater geworden."

Barker stockte einen Moment und Garner lächelte ihm aufmunternd zu.

„Lorraine gab zu Protokoll, dass sie beobachtet habe, wie Martha Loon zwei Abende vorher am Transcanada-Highway Richtung Sudbury in einen schwer beladenen Holztransporter gestiegen sei. Seitdem war sie nicht mehr aufgetaucht."

„Sie arbeiteten beide als Prostituierte hier in Sault Ste. Marie, nicht wahr?", fragte Garner.

Barker nickte wieder. „Richtig", sagte er.

„Gibt es viele Prostituierte hier?", fragte LeRoux. Es war das erste Mal, dass er den Mund aufmachte. Offensichtlich interessierte ihn das Thema.

Barker zögerte.

„Es gibt den Straßenstrich", sagte er schließlich. „Unten am St. Marys, direkt am Highway. Hauptsächlich Trucker, die eine schnelle Nummer schieben wollen. Auch einige US-Amerikaner von der anderen Flussseite. Dort gibt's strengere Gesetze."

Sein Ton klang jetzt bedauernd. Der Sonnyboy schien auch ein Moralapostel zu sein.

„Hat Lorraine Buffalo sonst noch etwas gesagt?"

„Nur, dass der Fahrer Mitte bis Ende 20 war und eine Sonnenbrille trug."

Genauso hatte es auch im Protokoll gestanden.

„Sicherlich haben Sie am nächsten Tag mit Phil Lloyd über den Fall gesprochen?", fragte Garner.

Barker schüttelte den Kopf. „Phil war die ganze Woche krank. Er hatte sich eine Grippe eingefangen."

„Und mit anderen Kollegen? Ihrem Vorgesetzten?"

„Nein", sagte Barker. „Ich habe das Protokoll abgeheftet und zu den Akten gelegt."

„Ist denn jemand der Aussage nachgegangen? Wurde eine Fahndung nach Martha Loon oder dem Fahrer des LKW eingeleitet?"

Wieder schüttelte Barker den Kopf.

„Warum nicht?", fragte Garner, obwohl er die Antwort bereits kannte.

„Die Beschreibung des Mannes war viel zu ungenau, und jedes zehnte Fahrzeug auf dieser Strecke ist ein Holztransporter." Seine Stimme klang so entrüstet wie die eines zu Unrecht getadelten Schülers.

„Außerdem gibt niemand eine Fahndung nach einer verschwundenen indianischen Nutte nach zwei Tagen heraus", fügte er hinzu.

„Natürlich nicht", sagte Garner und lächelte süffisant. Vielleicht hatte Martha ja ihre große Liebe gefunden, vielleicht hatte sie nur den Arbeitsplatz gewechselt, vielleicht war sie zu ihren Leuten zurück, vielleicht schlief sie ihren Rausch aus. Wer konnte denn ahnen, dass sie ermordet wurde?

„Haben Sie Lorraine das auch gesagt?", fragte Garner.

„Mehr oder weniger", sagte Barker. „Ich sagte ihr, dass sie abwarten solle und Martha Loon schon wieder auftauchen würde. Doch diese Buffalo war unglaublich hartnäckig."

Auf Miles Barkers glattem Gesicht spiegelte sich jetzt Ekel. „Sie war sturzbetrunken und machte eine fürchterliche Szene, beschimpfte mich als Rassisten und spuckte mir ins Gesicht. Als ich sie hinauswerfen wollte, hat sie mich mit den Fäusten traktiert und in die Eier getreten. Ich war stinksauer und hab ihr eine gelangt. Bei dem ganzen Theater hat sie mir die Uniform vollgekotzt. Diese scheiß Squaws! Zum Glück kam gerade mein Bruder und wir haben sie zusammen an die Luft gesetzt. Sie hat wie eine Verrückte auf Cree rumgeschrien, dann hat sie sich getrollt. Ich hätte sie festnehmen sollen."

Hätte er sie festgenommen, würde sie vielleicht noch leben, dachte Garner.

„Ist sie noch einmal wiedergekommen?", fragte er.

„Gott bewahre", sagte Barker. „Das eine Mal hat mir gereicht. Eigentlich wollten mein Bruder und ich an dem

172

Abend etwas trinken gehen, aber meine Uniform war versaut und ich stank wie ein Iltis nach Kotze. Ich musste dann erst mal nach Hause fahren, um mich umzuziehen."

„Ist Ihr Bruder auch bei der Polizei?"

„Nein", sagte Barker. „Er war bei der Armee, hat in Afghanistan gekämpft. *Operation Dragon Strike.*" Seine Stimme triefte jetzt vor Stolz. „Derek hat sogar den *Star of Military Valour* erhalten."

„Wow", sagte Garner. „Sie dienen beide unserem Land. Großartig."

Barker hatte das Strahlen wieder angeknipst. Seine Zähne leuchteten wie in einem Werbespot für Zahnpasta.

Garner fühlte einen Stich. Es war der Traum seines Vaters gewesen, ihn bei der Armee zu sehen. Das Psychologiestudium seines einzigen Sohnes war für ihn eine Enttäuschung gewesen, und Colonel Ted Garner Senior war kein Mann, der seine Gefühle verbarg.

„Haben Sie denn bereits einen Verdächtigen für Ihren Mordfall?", fragte Barker. Seine Stimme klang jetzt eifrig.

„Ja", sagte Garner. „Einen Cree aus Nord-Québec."

Barker nickte und zog die Stirn in Falten.

„Die ermordeten Frauen waren alle Cree-Indianerinnen", sagte er. „Das macht Sinn. Es ist eine Schande, was aus diesem Volk geworden ist."

„Ja", sagte Garner und stand auf.

„Tut mir leid, dass ich Ihnen nicht mehr über die Beschreibung des Fahrers sagen konnte", sagte Barker. „Ich fürchte, ich war keine große Hilfe. Die meisten dieser Fälle bleiben leider unaufgeklärt."

„Trotzdem vielen Dank, Constable", sagte Garner.

Sie verabschiedeten sich und nahmen den Lift nach unten. Es war kurz vor zwölf. Ihr Rückflug ging um 16:30 Uhr. Mehr als vier Stunden Zeit in dieser gottverlassenen Stadt. Sie bestellten ein Taxi und fuhren ins Zentrum. Der Himmel war eine endlose graue Fläche. Der Ostwind fegte noch immer. Auf der Hauptstraße gab es zwei Motels, einen Supermarkt, eine Tankstelle, einen Waschsalon, eine Spielhalle und mehrere Restaurants. Sie entschieden sich für das River View, obwohl der Fluss von hier aus nicht zu sehen war. Das Restaurant war so gut wie leer und sie wählten einen Tisch in der Nähe des Fensters.

„Was für ein Erfolg", sagte LeRoux.

In seiner Stimme lagen Resignation und Schadenfreude. Garner schwieg. Eine Kellnerin schlurfte zu ihrem Tisch, sie bestellten zwei Bier und zwei Burger.

„Sie glauben doch nicht im Ernst, dass Leon Maskisin alle vier Frauen ermordet hat?"

LeRouxs Stimme klang jetzt spöttisch und unverhohlen provozierend.

„Nein", sagte Garner. Die Feindschaft zwischen ihnen war mit Händen greifbar, und er spürte das plötzliche Verlangen, LeRoux zu erwürgen. *Operation Dragon Strike.* Eher *Frog Strike.* Wenn der Froschfresser endlich den Mund halten würde, könnte er in Ruhe nachdenken. Vielleicht würde er dann den Mörder finden und den *Star of Courage* erhalten.

Die Kellnerin stellte zwei Gläser auf den Tisch, und sie tranken schweigend ihr Bier.

„Der Scheißkerl hat Lorraine Buffalo gar nicht ernst genommen", sagte LeRoux. „War ja auch nur eine besoffene Indianerin. Hat das Protokoll hingeschmiert und gleich ad acta gelegt."

Offenbar war LeRoux in Stänkerlaune.

„Der Einzige, der von der Sache überhaupt was mitgekriegt hat, war sein Bruder. Und den hat's einen Scheißdreck interessiert."

„Vielleicht sollten wir herausfinden, was die *Operation Dragon Strike* ist", sagte Garner.

Kaniatarowanenneh

Das Internet-Café hieß Ali Baba und war nur ein paar Straßen vom Center entfernt. Der Mann hinter der Theke hatte einen schwarzen Bart und stechende Augen, und musterte mich misstrauisch. Während ich mich an einen der freien Computerplätze setzte, dachte ich daran, wie sehr die Weißen Geschichten liebten, die von der Gier nach Gold oder Schätzen handelten, und dass ihr höchstes Ziel im Leben war, reich zu werden. Ich gab Concerts Montreal und den Namen der Band in die Suchmaschine ein. Es war nicht schwierig, herauszufinden, dass Legacy den nächsten Auftritt am Freitagabend in einer Bar namens Tanka hatten. Die Bar lag in Hochelaga, einem der nördlichen Stadtviertel in der Nähe des Industriehafens. Die Spuren, die jeder im Internet hinterließ, waren so einfach zu lesen wie die eines Elchs im Neuschnee. Bis Freitag waren es noch zwei Tage und Nächte, doch nur unerfahrene Jäger verderben die Spur durch Ungeduld. Byrd hatte einen Polizisten mit dem Messer verletzt und wurde polizeilich gesucht. Wenn ich den Lead-Gitarristen anrief, würde er lügen. Wahrscheinlich war Byrd sein Freund, und ich war ein Fremder. Er würde mir niemals verraten, wo Byrd steckte. Ich klickte den Stadtplan von Montreal an und prägte mir die Adresse der Bar und die wichtigsten Koordinaten der Stadt ein. Es fiel mir nicht schwer, mich zu orientieren. Dann bezahlte ich, nahm den Rucksack und verließ das Café. Ich besaß noch 28 Dollar und 15 Cent, eine halb leere Flasche Coca Cola und zwei Sandwiches.

Ich beschloss, den Tag am St. Lawrence zu verbringen. Die Hochhäuser und das Straßennetz, das die Stadt in asphaltierte Rechtecke zerschnitt, schienen mir wie ein Bollwerk gegen das Eindringen der Wildnis. Nur der Fluss strömte seit ewigen Zeiten dahin. *Kaniatarowanenneh,* der große Wasserweg. Ich stellte mir die Blau- und Finnwale vor, die oben am Mündungsgebiet des Saguenay mit ihren mächtigen Leibern die Gewässer durchpflügten, die Fischvölker: Meerneunaugen, Katzenwelse, Sonnenbarsche. Die Kormorane und Seetaucher. Auch Jeanettes toter Körper war in seinen Wellen geschwommen, und vielleicht schwebte ihr Geist noch immer über der Wasserfläche so wie eine Buschmücke oder eine tanzende Libelle.

Die Häuser am Vieux Port waren alte graue Steinbauten aus dem letzten Jahrhundert, die aufwändig restauriert worden waren. Kunstgalerien, teure Boutiquen, schicke Cafés und Restaurants. Amerikanische Touristen in knallbunten Daunenjacken und Baseballmützen, die über die Kopfsteinpflaster flanierten und mich anstarrten, als käme ich von einem anderen Stern. Es gab eine breite Uferpromenade mit einer verschneiten Rasenfläche und einer schnurgeraden Reihe kahler Ahornbäume, die entlang des Flusses führte. Sie hatten Kaniatarowanenneh in ein Betonbett gezwängt, so wie sie uns in Reservate eingepfercht hatten. Er floss scheinbar träge dahin, doch ich wusste, dass seine Wildheit ungebrochen war. Ich folgte der Promenade du Vieux Port, bis ich zu einer Gedenktafel für die gefallenen Marinesoldaten der beiden Weltkriege kam. Ein steinerner Soldat mit toten Augen blickte ausdruckslos in die Ferne.

Ich setzte mich auf die Stufen des Podestes und rauchte einen Joint. Es war kalt, doch die Luft war frisch und der Himmel klar. Ich dachte an das gestohlene Land und die Getöteten unseres Volkes, und dass niemand jemals ein Denkmal für sie aufgestellt hatte. Und doch lebten unsere Ahnen in uns fort. Ich spürte, wie mein Geist weit und frei wurde und mich eine Kraft ergriff, die stärker war als ich. Ich schnippte die Kippe weg, stand auf und ging weiter.

Außer einer alten Frau, die einen Pudel mit einem umgebundenen Lackmäntelchen spazieren führte, einem Jogger in signalroten Sneakern und ein paar Obdachlosen, die auf einer Bank herumlungerten, war kaum jemand unterwegs. Etwa 50 Meter flussabwärts lag ein Yachthafen, in dem vertäute Segelboote unter schneebedeckten Persenningen Winterschlaf hielten. Dahinter war ein aufgeschütteter künstlicher Sandstrand. Plage de L'Horloge. Hier war Jeanette angespült worden. Ich betrat den Pier und blickte auf das dahinströmende Wasser. Ich versuchte, mir vorzustellen, wie Jeanettes Leiche dort herumtrieb, aufgedunsen und halb verwest, doch es gelang mir nicht.

Alles, was ich sah, waren ihre dunklen Augen, das Gesicht mit den hohen Wangenknochen, ihr zerbrechlicher Mädchenkörper. Für einen Moment glaubte ich, das trotzige Lachen zu hören, mit dem sie der Welt furchtlos entgegentrat. Ich nahm ein Päckchen Tabak aus der Tasche und streute eine Prise in die Fluten. Eine Welle von Hass überflutete mich, und ich malte mir aus, wie ich Jeanettes Mörder zur Strecke bringen und ausweiden würde wie ein erlegtes Stück Wild.

Obwohl der Fluss einbetoniert und das Wasser trübe war, wanderte ich weiter am Ufer entlang Richtung Norden. Ich hoffte, irgendwann die Stadt hinter mir zu lassen und einen Platz zu finden, an dem ich zwei Nächte biwakieren könnte, ohne von der Polizei aufgegriffen zu werden. Ich passierte die Pont Jacques Cartier und folgte der Rue Port Montreal, einer stark befahrenen Hauptstraße, neben der eine Bahnlinie verlief. Autos, Lastwagen und Güterzüge ratterten vorbei, und die Wohnblöcke gingen allmählich in ein tristes Gewerbegebiet über, bis ich nach etwa zwei Stunden das Hafengelände erreichte. Endlose Terminals mit Reihen von Containern, die sich auf riesigen Flächen stapelten.

Ölraffinerien und Chemieanlagen, deren Schornsteine giftige Luft ausspuckten und alles verpesteten. Werften und Kräne, die wie eiserne Riesen das Ufer bewachten. Es war das Herzstück dessen, was sie Zivilisation nannten. Ein wucherndes Krebsgeschwür, das sich in die Wildnis fraß. Die Stadt erschien mir wie eine Falle, der ich nicht entkommen konnte, und mein Herz wurde schwer.

In der Mitte des Flusses lag eine Inselgruppe. Sie war groß und bewaldet und schien gänzlich unberührt. Parc National des Iles de Boucherville. Es gab einen Bootsanleger, von dem aus im Sommer Touristen und Städter mit einer Fähre übersetzen konnten, um ihrer kranken Zivilisation für ein paar Stunden zu entfliehen, doch jetzt im November war der Betrieb eingestellt. Ein paar rostige Motorboote waren an dem Pier vertäut und schaukelten leise auf und ab.

Ich blickte mich um, doch niemand war zu sehen. Ich nahm mein Jagdmesser, kappte eines der Taue und sprang an Bord. Ich hoffte, dass der Tank halbwegs gefüllt war. Ich schloss die Zündung kurz und der Motor sprang tuckernd an. Mein Herz klopfte bis zum Hals. Wenn ich erwischt würde, würde ich für lange Zeit ins Gefängnis kommen. Die kanadische Justiz kannte keine Gnade mit indianischen Straftätern. Der Fahrtwind war eisig und die Strömung stark, aber es waren nur etwa 700 Meter bis zur Ile Charron, und ich kam gut voran. Ich steuerte das Boot in das kleine Hafenbecken, das für die Fährschiffe vorgesehen war und machte fest. Falls jemand das Boot vermissen oder die Wasserschutzpolizei patrouillieren würde, war es von der anderen Flussseite aus nicht zu sehen. Außer mir schien niemand hier zu sein. Der Parkplatz war leer, der Strand verlassen. Ich folgte einer Straße, die zu einem verschneiten Golfplatz führte. Dahinter lag ein kleiner See mit einem schilfbestandenen Ufer, an dem ein Holzschuppen stand. Ich näherte mich vorsichtig und spähte durch das Fenster. Kajaks waren in langen Regalen gestapelt, Ruder und Schwimmwesten hingen säuberlich sortiert an der Wand. Ich brach das Schloss auf, deponierte meinen Rucksack und rollte den Schlafsack aus. Hier war das perfekte Versteck.

Ich hatte Hunger und aß eines der beiden Sandwiches, dann machte ich mich auf, die Umgebung zu erkunden. Es gab eine geteerte Hauptstraße, die die Insel in der Mitte zerschnitt, doch von dem Golfplatz und einigen befestigten Wanderwegen abgesehen schien der Rest ziemlich wild. Ein Mischwald aus Birken, Ahornbäumen und Föhren bedeckte den größten Teil.

Ich sah Hasenspuren und die Losung von Rehen und Waschbären, aber keine Spuren von anderen Menschen. Ich sammelte Holz und Reisig und schnitt ein paar Föhrenäste für mein Nachtlager ab. Als ich zu der Hütte zurückkehrte, landete eine Schar Kanadagänse schnatternd auf dem See. Irgendwo krächzte ein Blauhäher. Seit ich im Morgengrauen aus dem Bus gestiegen war, fühlte ich mich zum ersten Mal zu Hause. Ich biss in das letzte Sandwich, holte Angelschnur aus dem Rucksack und bestückte den Haken mit einem Teigbällchen, den ich aus dem Rest des Brotes formte. Der See war flach und sumpfig, und ich fing einen Karpfen, den ich auf einen Stock spießte und über dem offenen Feuer briet. Fett tropfte in die Flammen und ließ sie zischend auflodern. Die Dämmerung zog herauf, und ich beobachtete den Abendstern, der viel heller strahlte als die fernen Lichter der Stadt. Ein Duft nach Birkenholz und gegrilltem Fisch hing in der Luft, und mir lief das Wasser im Mund zusammen. Ich war hungrig, doch ich zügelte meine Ungeduld und wartete, bis der Karpfen gar und knusprig war. Er schmeckte gut.

Über dem schwarzen Fluss stieg der Mond auf. Eine Schneeeule flog vorbei und setzte sich in die Äste einer Föhre. Ihre riesigen gelben Augen leuchteten wie Laternen. Ich blieb noch lange am Feuer sitzen und dachte über die Stadt, die Zivilisation und mein Leben nach. Hatte Jeanette recht gehabt, und die alten Zeiten waren wirklich für immer vorbei? Der Gedanke schnürte mir die Kehle zu, und ich rauchte einen Joint, um die bösen Geister aus meinem Kopf zu vertreiben.

Ich blieb zwei Nächte auf der Insel. Außer einem Stachelschwein, das rasselnd seine Borsten aufrichtete und dann im Unterholz verschwand, begegnete mir niemand. Ich angelte und fing ein Schneehuhn in einer Schlinge, machte abends Feuer und blickte auf das dahinströmende Wasser. Am späten Nachmittag des zweiten Tages packte ich zusammen, verwischte alle Spuren und ging über die verschneite Straße zum Fährhafen. Ich stieg ins Boot, ließ den Motor an und steuerte zurück ans andere Ufer. Es war schon dunkel, als ich das Boot wieder vertäute. Anscheinend hatte niemand etwas bemerkt. Dann machte ich mich auf den Weg nach Hochelaga.

Es war ein ärmliches Viertel mit Mietskasernen, von denen eiserne Feuertreppen auf dunkle Backalleys führten. Ich kam an Billigläden, einem Tattoostudio, einer Autowaschanlage und einer Kampfsportschule vorbei, bis ich an der Ecke Rue Winnipeg – Rue St. Germain auf die Bar Tanka stieß. Ich trat ein. Es war Freitagabend, und die Bar rappelvoll.

Die plötzliche Wärme ließ mich schwindeln, und das Stimmengewirr und der dichte Qualm von Zigaretten und Joints nahmen mir den Atem. Die meisten Gäste waren jung, und ich sah viele Indianer, einige Schwarze und Latinos, aber kaum Weiße. Die Band machte gerade den Soundcheck, und ich drängte mich durch die Menge, um näher an die Bühne zu gelangen. Sie waren zu dritt, zwei Gitarristen und ein Schlagzeuger. Einer der Gitarristen war ein Weißer, die anderen beiden sahen indianisch aus. Ich fragte mich, ob Byrd dabei war und ob er die Nerven hätte, heute Abend zu singen. Während die Band sich fertig machte, musterte ich die beiden indianischen Musiker unauffällig. Der Schlagzeuger war um die 30 und trug das schwarze Haar ziemlich kurzgeschnitten und nach oben gebürstet, was mich an einen Raben denken ließ. Er hatte lange Koteletten, silberne Kreolen in den Ohrläppchen und ein Lippen-Piercing. Seine muskulösen Arme, die in einem ärmellosen T-Shirt steckten, waren über und über tätowiert, und an den Handgelenken trug er Stachelarmbänder. Er sah aus wie ein indianischer Krieger. Der andere war jünger, vielleicht Anfang 20. Er hatte ein flaches, weiches Gesicht mit schräg stehenden Falkenaugen. Das lange Haar war zu Zöpfen geflochten, und über den Blue Jeans trug er ein mit bunten Bändern besetztes indianisches Hemd in einem dunklen Blutrot. War das Chogan, die Amsel, die meine Cousine bezirzt und dann im Stich gelassen hatte? Eine junge weiße Kellnerin hielt mir ein Bier hin, doch ich lehnte ab und bestellte eine Cola. Mein Vater war mit 25 Jahren tödlich verunglückt, weil er sternhagelvoll war und seine ebenfalls betrunkene 17-jährige Schwester ans Steuer ließ. Damals war ich fünf Jahre alt gewesen, und ich kannte meinen Vater nur von Fotos. Ich hatte gesehen, was der Alkohol aus meinem Volk machte, und ich hatte mir geschworen, nie in meinem Leben auch nur ein einziges Glas zu trinken.

Die Musik setzte ein und das Publikum begann, laut zu johlen. Die Band begann mit *Wovoka,* einem gecoverten

Stück von *Redbone,* das ich liebte. Die E-Gitarren sirrten, der Schlagzeuger wirbelte mit seinen Sticks auf dem Drumset herum, und ich merkte, wie meine Füße im Takt mitwippten. Ich schlug selber die Trommel bei den *North Star Singers*, einer Powwow-Band, und ich kannte ihre starke Medizin. Der Lead-Gitarrist sprang wie ein Derwisch über die Bühne. Er hatte eine Habichtfeder in sein Haar, das zu einem Pferdeschwanz gebunden war, gesteckt und trug ein Fransenhemd und Lederjeans mit einer silbernen, mit Türkisen besetzten Gürtelschnalle. Seine Augen glänzten unnatürlich, und ich dachte, dass er auf Drogen war. Sicher gehörte er zu den Wannabees, die auf Powwows rumhingen und uns nachäfften, ohne auch nur das Geringste von uns zu verstehen. Doch meine Augen klebten an dem Sänger. Seine Stimme war melodisch und kraftvoll, und während seine schlanken Finger wie von ihm losgelöst auf dem Gitarrenhals auf- und abliefen, ging sein Blick an allen vorbei in die Ferne, so als hätte er eine Vision der Geistertänzer, die er gerade besang.

Das Publikum brüllte lautstark den Refrain mit, und ich spürte, wie ich eine Gänsehaut bekam. Ja, das war Chogan, und ich war mir sicher, dass Jeanette sich in ihn verliebt hatte. Ich war fasziniert von ihm und fühlte zugleich eine bohrende Eifersucht. Als das Stück zu Ende war, brach frenetischer Applaus los. Es folgten noch zwei Songs von *Redbone, Witch Queen of New Orleans* und *Custer had it coming,* dann ein paar eigene Kompositionen der Band.

Sie waren wirklich gut. Die Bar verwandelte sich mehr und mehr in einen dröhnenden Hexenkessel, und ich tanzte

184

und gröhlte mit den anderen und fühlte mich glücklich und frei. Der Lead-Gitarrist trat ans Mikro und bat um Gesangsverstärkung für das nächste Stück, *Starwalker*, von *Buffy Sainte Marie*.

Zwei junge Frauen lösten sich aus der Menge und traten auf die Bühne, und die Menge tobte. Chogans dunkle Stimme. Die verborgene Kraft darin. Seine geschmeidigen Bewegungen. Die Augen der Frauen hingen an ihm. Ich liebte diesen Song. Ich kannte den Text auswendig. Der Refrain ging durch Mark und Bein. *Aya hey hey heyo way hey heyo ay hey hey heya.* Das hohe Trällern der Frauen und die kraftvolle Stimme Chogans verschmolzen miteinander, und ich war ganz und gar erfüllt von einer wilden Freude und einem unbändigen Stolz auf unser Erbe.

Ich hatte mich seit Ewigkeiten nicht mehr so gut gefühlt, und in diesem einen kurzen Moment schien es mir, als seien wir wirklich alle Brüder und Schwestern.

Irgendwann hörte die Musik auf, der Raum leerte sich allmählich und die Band packte zusammen. Die beiden jungen Frauen drückten sich am Rand der Bühne herum und kicherten, doch Chogan beachtete sie nicht. Ich ging zu ihm. Er blickte auf und wir sahen uns für den Bruchteil einer Sekunde in die Augen. Er hatte dichte, lange Wimpern wie ein Mädchen, doch sein Blick war hart.

„Du singst sehr gut, Bruder", sagte ich. Die Falkenaugen fixierten mich.

„Danke", sagte er und rollte eines der Kabel auf. „Bist du öfters hier?"

„Nein", sagte ich. „Ich bin aus Niskawini."

185

Ein Blitzen in den schwarzen Augen. Er hatte sofort begriffen.

„Niskawini", sagte er langsam. „Vielleicht ist es kein Zufall, dass wir uns treffen."

„Nein", sagte ich. „Du kanntest meine Cousine. Jeanette Maskisin."

Er verzog die Lippen zu einem leichten Lächeln.

„Ich kenne viele Mädchen", sagte er.

Ich war versucht, ihm das Messer an die Kehle zu setzen, doch er kam mir zuvor.

„Jeanette war etwas Besonderes", sagte er. „Eine Wildkatze." Er lachte ein heiseres Lachen. „Wir hatten eine gute Zeit."

„Sie ist tot", sagte ich. „Ermordet."

„Ich weiß", sagte er. „Wirklich traurig. Ich habe zufällig gehört, wie zwei Bullen im *Reunion Center* Chipewyan ausgequetscht haben. Einer wollte mich festnehmen, aber es ist ihm nicht bekommen."

Er lachte wieder.

„War nur ein Kratzer", sagte er. „Aber der Bulle hat ein Riesentheater draus gemacht."

„Jeanette war schwanger", sagte ich. „Von dir?"

„Nicht dass ich wüsste." Er grinste. „Sie war erst 14. Viel zu jung."

Ich wusste nicht, ob ich ihm glauben sollte.

„Sie war wie eine kleine Schwester", sagte er. Ich spürte einen Stich. „Ich hab sie unten am Fluss aufgegabelt. Es war kalt und sie wusste nicht wohin. Sie war erst zwei Tage hier und total pleite. Rauchst du?"

Er hielt mir einen Joint hin, doch ich winkte ab. Ich brauchte einen klaren Kopf.

„Sie hatte ihr ganzes Geld für das Busticket nach Montreal und neue Klamotten ausgegeben. Sah aus wie ein Model. Todschick, aber keinen Cent in der Tasche."

Es war mein Geld gewesen, doch das sagte ich ihm nicht. Also hatte sie genau wie ich den Bus genommen. Wie war sie nach Chibouganau gekommen? War sie getrampt? Hatte dieses Arschloch McFallon sie gefahren?

„Wir sind dann erstmal ein paar Tage zu Winny." Er zeigte mit dem Kinn auf den Lead-Gitarristen. „Er ist okay, außer wenn er auf Speed ist. Flippt dann schon mal aus. War der Kleinen wohl zu viel. Eines Nachts ist sie abgehauen."

Wenn der zugedröhnte Wannabee Jeanette angefasst hatte, würde ich ihn töten.

„Es ist nichts passiert", sagte Byrd. Es war, als könne er meine Gedanken lesen, und er war mir ein wenig unheimlich. „Ich hab sie gesucht und wir blieben eine Zeit lang im Center. Die Band hatte sogar einen Auftritt da. Ziemlich geile Sache."

Sein Lachen hatte etwas Selbstgefälliges, das mich abstieß.

„Hast du ihr Drogen gegeben?", fragte ich.

Die Falkenaugen wurden stechend, und ich sah die dunkle Seite an ihm.

„Du klingst wie Chipewyan", sagte er. „Jeanette wusste selber, was sie tat. War ein ziemlich kluges Kind. Brauchte keinen Daddy."

Er sah mich herausfordernd an. Ich hasste seine Arroganz.

„Sie hatte Einstiche an den Armen", sagte ich. „Und sie hat Geld geklaut. Deshalb hat Chipewyan sie vor die Tür gesetzt."

„Chipewyan ist ein Arschloch", sagte er. „Du bist zu leichtgläubig, Bruder. Sie war krank und brauchte ein paar Spritzen. Hast du Beweise?"

„Wann hast du sie zuletzt gesehen?", fragte ich zurück. Ich glaubte ihm kein Wort.

„Irgendwann im Frühjahr." Er runzelte die Stirn, als müsse er nachdenken. „Ende März, vielleicht auch April. Wir haben ein paar Wochen in einem Motel gewohnt. Die Geschäfte gingen gut." Er grinste. „Auftritte und so. High time. Die Groupies waren wie die Schmeißfliegen." Er lachte wieder. „Sie war ziemlich eifersüchtig. Hat mir eine Mordsszene gemacht."

„Ich dachte, sie war wie eine kleine Schwester?", sagte ich.

Ich musste mich zwingen, ihn nicht abzustechen.

„Eben", sagte er. Er blieb ganz cool, obwohl ich sicher war, dass er meinen Hass spürte.

„Sie lebte von meinem Geld. Und das ziemlich gut. Ich habe ihr gesagt, dass sie gehen könne, wenn ihr irgendetwas nicht passe. Sie hat dann ihre Sachen gepackt."

„Hast du eine Ahnung, wo sie hingegangen ist?"

Er schwieg. Ich hätte ihn gerne geschüttelt, doch ich beherrschte mich.

„Ich habe sie zu Alice gebracht", sagte er endlich.

„Wer ist Alice?", fragte ich.

Er kramte einen Zettel hervor und kritzelte eine Adresse darauf.

„Tut mir leid, Bruder", sagte er. „Ich habe nie mehr von ihr gehört."

Ich spürte Übelkeit in mir aufsteigen. Chogan war ein Scharlatan, ein aalglatter Lügner und Abstauber, der Jeanette ausgenutzt, betrogen und dann verlassen hatte. Ich hatte noch eine Frage, bevor ich mit ihm fertig war.

„Hatte Jeanette ein Tattoo?"

„Keine Ahnung", sagte er. „Ich habe jedenfalls keins gesehen." Er grinste dreckig.

„Kommt natürlich drauf an, wo. Sie hatte immer brav das Höschen an."

Ich schlug zu. Etwas zersplitterte, und ich hoffte, dass es Chogans Schneidezähne waren.

Er griff zum Stiefelschacht, doch ich hatte das Jagdmesser bereits in der Hand.

„Fuck off", zischte er. Sein Gesicht war hassverzerrt. Winny und der indianische Schlagzeuger näherten sich bedrohlich, und ich ging rückwärts Richtung Ausgang, das Messer stichbereit. Niemand hinderte mich, und ich verließ die Bar und rannte die dunkle Straße entlang. Der Abend war nichts als ein bunter Traum gewesen, eine leere Illusion, ähnlich den Nordlichtern, die uns mit ihrem Tanz verzaubern und sich dann im Nichts auflösen.

Ich ging durch die verlassenen Straßen, bis ich das Flussufer erreichte. Es war weit nach Mitternacht und niemand war unterwegs. Der Himmel war bedeckt, und es schneite ein wenig. Kaniatarowanenneh strömte schweigend dahin. Ich folgte ihm, bis ich den Yachthafen am Vieux Port erreichte. Ich kletterte auf eines der Segelboote, löste die Persenning und brach mit meinem Messer das Türschloss der Kajüte auf. Drinnen war es kalt und feucht, doch ich legte mich in eine der Kojen und kroch unter eine Decke. Ich schloss die Augen und spürte das leise Schaukeln der Wellen. Es schien mir, als raune Jeanettes Geist im Wind.

Ted Garner
5. November

Die *Operation Dragon Strike* war eine Offensive der
NATO-Truppen in der Provinz Kandahar im Süden Afghanistans zwischen dem 19. September und 31. Dezember
2010. Es waren mindestens 8 000 US-amerikanische, kanadische und afghanische Soldaten beteiligt gewesen, die mit
Luftunterstützung unter Führung von Einheiten der 101.
US-Airborne Division kämpften. Ziel war es, die Aufständi-
schen aus Arghandab, Zhari und Panjwai zu vertreiben. Es
gab eine erbitterte Gegenwehr. Bis zum Ende der Operation
waren zahlreiche Dörfer von den Alliierten bei ihren Säube-
rungs-Aktionen komplett zerstört worden. 34 US-Soldaten,
ein kanadischer Soldat und mindestens sieben afghanische
Polizisten starben. Die Opfer unter der Zivilbevölkerung
hatte niemand gezählt.

Es war sechs Uhr früh und der Highway zwischen Montreal und Ottawa noch wenig befahren. Einige Trucks kro-
chen auf der rechten Spur und der BMW schoss wie ein
silberner Pfeil an ihnen vorbei. Die Temperaturanzeige am
Armaturenbrett zeigte eine Außentemperatur von minus
sieben Grad an, doch die Straße war schneefrei und trocken. Es war dunkel, nur ab und zu tauchten die Lichter
einer Siedlung oder einer Tankstelle für einen kurzen Moment auf, um gleich darauf wie verglühende Sterne von
einem schwarzen Firmament verschluckt zu werden.

Der *Star of Military Valour* war die zweithöchste Auszeichnung für Tapferkeit vor dem Feind. Der Orden wurde

1993 von Königin Elizabeth II kreiert und seit der Beteiligung Kanadas an der Invasion Afghanistans im Jahre 2001 genau 16 Mal verliehen.

Garner hatte das Wochenende hauptsächlich im Internet verbracht. Es war nicht schwer gewesen, Private Derek Barker zu finden. Auf der Seite von *Veterans Affairs Canada* gab es sogar ein Foto in Uniform, darunter eine kurze Laudatio.

Das gleiche Gesicht wie Miles Barker, nur dass er jünger war und nicht grinste, sondern ernst und angestrengt in die Kamera schaute. In den wenigen Zeilen stand, dass Private Derek Barker unter Einsatz seines eigenen Lebens mehrere verletzte Kameraden und eine afghanische Frau aus dem Kugelhagel der Taliban gerettet hatte. Er selbst war dabei schwer verwundet worden. Damals war er erst 19 Jahre alt gewesen.

Mehr als ein Drittel der Rückkehrer aus den Irak- und Afghanistan-Einsätzen hatte psychische Probleme. Der medizinische Dienst der *Canadian Armed Forces* unterhielt drei Trauma-Stress-Zentren, die sich um die körperlich und seelisch Verstümmelten kümmerten. Valcartier bei Québec City, Esquimalt in British Columbia und Petawawa in Ontario gleich hinter Deep River. Wenn Private Derek Barker unter einer posttraumatischen Belastungsstörung litt, war es wahrscheinlich, dass er in Petawawa behandelt worden war. Es war eine dünne Spur, doch es war die einzige, die sie hatten.

Kurz vor Ottawa wurde der Verkehr dichter und Garner fluchte. Das Navigationsgerät zeigte eine Gesamtstrecke von 357 Kilometern an, und er hatte geplant, sie in maximal drei Stunden zu schaffen. Während er viel zu dicht auffuhr und die Lichthupe betätigte, dachte er daran, dass Lorraine Buffalos Leiche nicht weit von hier bei Gatineau auf der anderen Uferseite des Ottawa River gefunden worden war. Der Mörder war dieselbe Strecke gefahren wie er.

Die Lichter der Stadt verblassten allmählich, und die Straße wurde dunkler und einsamer. Auf den gut 100 Kilometern bis Pembroke gab es kaum noch Ortschaften und er kam gut voran.

Die *Canadian Forces Base Petawawa* lag nicht weit vom Ottawa River. Auf dieser Flussseite grenzte sie an den Algonquin Provincial Park, auf der anderen Uferseite begann die Wildnis. Es war 8:40 Uhr. Garner hielt vor einem Coffee Shop in Petawawa und bestellte *Ham and Eggs* mit Kaffee. Er war der einzige Gast. Während er frühstückte, dachte er, dass er wahrscheinlich umsonst gekommen war. Er war nicht angemeldet. Er hatte keine Lust gehabt, sich am Telefon abwimmeln zu lassen. Vielleicht war Barker niemals hier gewesen, vielleicht würde man ihm keine Auskunft erteilen. Aber immerhin war er Polizeipsychologe. Einer der renommiertesten Profiler Kanadas. Ein Kollege. Und er arbeitete an einem Serienmord. Es war einen Versuch wert. Garner bezahlte und ging zurück zu seinem Wagen. Inzwischen war es hell geworden und von einem eisblauen Himmel strahlte eine ferne Wintersonne. Das Militärgelände war von einem hohen Maschendrahtzaun, auf dem NATO-Draht wie eine endlose Ziehharmonika befestigt war, eingezäunt. Am Eingang gab es eine Schranke, daneben einen Schuppen, aus dem ein junger Uniformierter mit einer Maschinenpistole trat und höflich nach seinem Anliegen fragte. Garner zückte den Polizeiausweis, die Schranke ging hoch und der Soldat winkte ihn durch. Er fuhr an endlosen Baracken und Militärfahrzeugen vorbei, bis er zu einem eingeschossigen Gebäude, auf dem *Trauma Stress Support Center* stand, gelangte. Er parkte den BMW und stieg aus. Die Glastür war offen. In der Eingangshalle war es dennoch angenehm warm. Üppige Grünpflanzen in Holzkübeln, ein cremefarbenes Sofa, bunte Bilder an den Wänden. Ein Gute-Laune-Ambiente gegen das Grauen des Krieges. Garner klopfte an eine Tür, auf der *Empfang* stand, und trat ein. Eine junge Frau in einer blütenweißen Bluse lächelte ihn an.

„Dr. Garner", sagte er, obwohl er nicht promoviert war. „Ich suche den behandelnden Psychotherapeuten eines meiner Patienten. Er heißt Derek Barker und war 2011 hier in Petawawa. Es ist dringend."

Die Frau schien nicht besonders überrascht.

„Ich schaue schnell im Computer nach", sagte sie zuvorkommend. „Nehmen Sie doch so lange Platz, Dr. Garner."

Sie wies auf einen Stuhl, doch er blieb stehen und schaute zu, wie sie verschiedene Seiten anklickte. Sie hatte lange blonde Haare, eine sanfte Stimme und ein Engelsgesicht.

Wahrscheinlich war auch sie eine Komponente des Gute-Laune-Pakets.

„Da haben wir ihn. Derek Barker, SMV", sagte sie. In ihrer Stimme schwang Respekt. „Stationärer Aufenthalt Januar bis März 2011."

Bingo, dachte Garner.

„Er wurde von Dr. Cornelia Alliston therapiert."

„Ist Dr. Alliston im Haus?", fragte er.

Sie lächelte wieder.

„Da muss ich schauen", sagte sie. „Die Dienstpläne wechseln ziemlich oft."

Sie konzentrierte sich wieder auf den Bildschirm.

„Sie haben Glück", sagte sie. Sie klang wie eine Lottofee. „Dr. Alliston ist im Dienst." Sie schaute kurz auf die Uhr. „Ihre Gruppentherapiestunde beginnt um 10:00 Uhr. Ich könnte Sie jetzt anmelden, wenn Sie wollen."

Ja, er wollte.

Der blonde Engel bat ihn, ihr zu folgen, und sie gingen durch eine Zwischentür in einen Therapieraum, in dem etwa acht Stühle zu einem Sitzkreis angeordnet waren. Garner fühlte sich schlagartig an seine Zeit als Psychotherapeut in der forensischen Klinik in North Battleford erinnert, und plötzlich spürte er eine unendliche Müdigkeit. Was war wohl aus seinen Patienten von damals geworden? Die Psyche der Menschen war ein Abgrund, und er hatte lange genug hineingeblickt, um zu wissen, dass er ein Ort der Finsternis war.

„Wenn Sie einen Moment hier warten würden, Dr. Garner."

Während der Engel entschwand, dachte Garner, dass Derek Barker vielleicht in diesem Stuhlkreis gesessen und versucht hatte, das Unaussprechliche in Worte zu fassen. Wie die Wörter in seinem Hals stecken blieben, wie er an ihnen zu ersticken drohte, wie sie nach schmerzhaftem Würgen wie eine Flut hervorbrachen. Wie er atemlos stammelte, wie ein giftiger Wortfluss seinem Mund entströmte, wie er alles verseuchte, wie er vor Entsetzen wieder verstummte.

Dr. Alliston trug einen weißen Kittel, eine schwarze Brille und hatte das Haar streng nach hinten frisiert. Etwas an ihr kam ihm bekannt vor. Sie blickte ihn durchdringend an und lächelte.

„Ted", sagte sie. „Was für eine Überraschung."

Er lächelte zurück, während er sich das Hirn zermarterte, woher sie ihn kannte. Von der Uni? Von einer Fortbildung? Von einem Psychologen-Kongress?

„Long time, no see", sagte er. „Schön, Sie wiederzusehen, Conny."

Nannte sie sich Conny?

„Sind Sie noch immer in North Battleford?", fragte sie.

„Nein", sagte er. „Ich bin schon seit über acht Jahren nicht mehr dort."

Er versuchte, sie nicht anzustarren, während er krampfhaft überlegte, wo und wann in seiner Zeit als Psychotherapeut sie einander begegnet waren.

„Die Forensik ist ein harter Job", sagte sie. „Aber die Armee ist auch nicht besser."

Sie lachte ein freudloses Lachen. „Manchmal denke ich, ich bin vom Regen in die Traufe gekommen. Vielleicht sollte ich auch meine eigene Praxis eröffnen."

Garner überlegte einen Moment, ob er ihr die Wahrheit sagen sollte, doch dann entschied er sich dagegen. Armeeleute hielten zusammen wie Pech und Schwefel. Niemals würden sie einen Träger des *Star of Military Valour* hintergehen.

Sie schaute kurz auf die Uhr.

„Leider habe ich nicht viel Zeit, Ted", sagte sie. „Die Gruppentherapie beginnt in zehn Minuten, danach Teambesprechung und Einzelsitzungen im Stundentakt bis in den Abend. Esther sagte, es gehe um einen Ihrer Patienten?"

„Derek Barker", sagte Garner. „Posttraumatische Belastungsstörung. Er kämpft noch immer damit. Er war von Januar bis März 2011 hier in Petawawa, und Sie waren seine Psychotherapeutin."

Ein Schatten huschte über Dr. Allistons Gesicht.

„Derek Barker. Ja, ich erinnere mich an ihn. Blutjunger Kerl. Tragisch."

„Könnte ich eine Kopie seiner Akte bekommen?"

Dr. Alliston runzelte die Stirn.

„Die Armee unterliegt strengster Geheimhaltung, Ted", sagte sie.

Garner versuchte, ein Lächeln hervorzuzaubern, von dem er hoffte, dass es charmant wirkte.

„Conny", sagte er. „Es geht hier um einen Menschen."

Seine Stimme klang einigermaßen warm und eindringlich.

„Ich kann Derek nur helfen, wenn ich seine Geschichte und den Therapieverlauf samt aller erfolgten Medikationen gcnau kenne. Sie haben hier hervorragende Arbeit geleistet, und ich glaube, er kann es schaffen, endgültig das Kriegstrauma hinter sich zu lassen und in ein normales Leben zurückzufinden."

Dr. Alliston zögerte noch immer.

„Na gut, Ted", sagte sie schließlich. „Ich gebe Ihnen eine halbe Stunde Zeit, um den Bericht zu lesen. Er wird zufällig auf meinem Schreibtisch liegen, während Sie vergeblich auf mich warten. Sie machen weder ein Foto noch eine Kopie. Sie haben ihn niemals gesehen."

„Danke, Conny", sagte er. Es gab keinen Zufall. Jede Begegnung war eine Verabredung, auch wenn er sich ums Verrecken nicht an diese erinnern konnte.

Sie gingen in ihr Büro und Dr. Alliston schloss einen Schrank auf, aus dem sie einen Ordner nahm. Sie legte eine dünne, graue Kladde auf den Tisch.

„Viel Erfolg", sagte sie. „Und sagen Sie Esther Bescheid, wenn Sie gehen."

Sie gab ihm die Hand und blickte ihn durch die schwarze Brille eindringlich an.

„Ich verlasse mich auf Ihre Verschwiegenheit, Ted", sagte sie. „Ich tue es für Derek. Wenn Sie den Bericht gelesen haben, werden Sie verstehen."

Als sie gegangen war, setzte Garner sich auf den Schreibtischstuhl und nahm die Kladde zur Hand. Er überflog die allgemeinen Angaben zu Derek Barkers Person, militärischem Werdegang und dienstlichen Beurteilungen, bis er auf das Protokoll der ersten Therapiestunde stieß.

17. Januar 2011
Trauma Stress Center Petawawa
Patient: Private Derek Barker, SMV
Dr. Cornelia Alliston

Der Patient wurde mit schweren körperlichen Verletzungen (vgl. S. 5, medizinischer Bericht) und einer komplexen PTBS eingewiesen. Er leidet unter Panikattacken, Schlafstörungen und Depressionen und ist suizidgefährdet. Ich habe den Patienten mittels Hypnosetherapie (nach Milton Erickson) in eine leichte Trance versetzt. Im Folgenden die Aufzeichnungen der Rückführung in den Kampfeinsatz vom 1. November 2010.

Wir sind zu acht, es ist sehr früh, wir brechen vom Observation Point auf, wir haben den Auftrag, das Gelände zu erkunden. Eine Staubwüste, ein paar Büsche, vereinzelte kleinere Baumgruppen, nach ein paar Stunden ein verlassenes Dorf in einem Wadi. Niemand begegnet uns, alles ruhig. Wir sind müde und legen eine Rast ein. Ein Motorrad taucht in der Ferne auf und nähert sich. (Patient beginnt, heftig zu atmen.) *Der Fahrer ist ein junger Afghane. Ich reiße das Gewehr hoch, und wir stoppen ihn. Ich klopfe ihn ab, er lässt es widerstandslos geschehen, mein Herz rast wie verrückt, keine Waffe, nichts Auffälliges, er ist clean, ich gebe den anderen das Zeichen, ihn weiterfahren zu lassen.*

Ich gebe ihm die Hand als Beweis des Respekts, unseres guten Willens. Er schaut mich an, dunkle Augen, ausdruckslos. Er lässt den Motor wieder an, und ich trete ein paar Schritte zurück. Ohrenbetäubender Knall, das Motorrad explodiert, Flammen schießen hoch. Ich werde durch die Luft geschleudert, der Gestank von Benzin und verbranntem Fleisch. Schwarz, alles schwarz. (Patient hyperventiliert). *Ich öffne die Augen. Überall Blut. Rußpartikel und Feuer.*

Stechender Schmerz am Rücken, rechter Arm lahm. Beine

und linker Arm okay. Um mich herum vier meiner Kamera-
den. Einer tot, sein halbes Gesicht ist weggerissen, eine blutige
Fratze, sein Körper zerfetzt, die anderen schwer verletzt. Die
erste Steinhütte ist etwa 50 Meter entfernt, ich schleppe einen
von ihnen hinein. Gewehrsalven, Talibankämpfer, hinter der
Anhöhe links von uns. Drei unserer Gruppe sind bereits in
dem Unterschlupf. Geben Feuerschutz. Ich renne zurück, hole
noch zwei der verletzten Kameraden. Das Knattern der au-
tomatischen Gewehre. Die Luft so staubig, die Sicht schlecht.
Ich erreiche den Letzten. Aus den Augenwinkeln sehe ich eine
Bewegung. Ein kleiner afghanischer Junge rennt aus einem
der Häuser. Höchstens fünf, barfuß, halbnackt. Er weint.
Das Dorf ist nicht verlassen. Eine Frau schreit, spitze, gel-
lende Schreie, der Junge rennt auf mich zu wie ein gehetztes
Kaninchen. „Runter", schreie ich „runter". Er rennt mitten
in eine MG-Salve. Er fällt. Eine Frau in einer Burka stürzt
herbei und wirft sich über ihn. (Pause. Private Barker weint
heftig). Ich werfe den verletzten Kameraden über die Schulter
und ziehe die Frau mit mir. Aus dem Sehschlitz ihres Gesichts-
schleiers schauen dunkle Augen. Plötzlich trifft mich etwas,
zerreißt mich. Ich falle, falle, alles schwarz.

(Pause. Private Barker weint so heftig, dass die Sitzung
abgebrochen werden muss).

Garner legte den Bericht für einen kurzen Moment zur
Seite und schaute aus dem Fenster. Der Himmel war tief-
blau, und die Sonne schien auf eine Föhre, deren schnee-
bedeckte Äste glitzerten.

Er versuchte, sich das Grauen in Afghanistan vorzustellen, das Sterben und das Entsetzen, doch es gelang ihm nur unzureichend.

Er blätterte weiter, bis er auf den medizinischen Bericht stieß. Offenbar war ein über Funk herbeigerufener Militärkonvoi aus gepanzerten Fahrzeugen von dem Stützpunkt an der Route Dusty ausgerückt und hatte die Talibankämpfer ausgeschaltet. Die Schwerverletzten wurden sofort von medizinischen Evakuierungshubschraubern ausgeflogen. Alle hatten überlebt. Einer der Granatsplitter, die Private Barker getroffen hatten, steckte in seinem Unterleib.

Jean-Baptiste LeRoux
6. November

„Ein Träger des *Star of Military Valour*?"

Morels schläfrige Basset-Hound-Augen richteten sich zweifelnd auf Garner.

„Hoffentlich haben Sie sich da nicht in etwas verrannt, Monsieur."

„Das psychologische Profil macht Sinn", sagte Garner. „Schwere Posttraumatische Belastungsstörung, Penektomie, Frustration."

Seine Stimme blieb cool wie immer.

„Außerdem war Derek Barker der Einzige, der von der Zeugenaussage Lorraine Buffalos wusste."

Die Falten auf Morels Stirn vertieften sich.

„Sexuell frustrierte Männer gibt es wie Sand am Meer", sagte er.

Wie recht er doch hatte, dachte LeRoux. Sophie hatte den ehelichen Geschlechtsverkehr – was für ein Ausdruck! – eingestellt, und von Céline hatte er seit drei Wochen nichts mehr gehört. Vielleicht sollte er Chantal öfter frequentieren. Ein guter Blowjob für 50 Dollar. Eine geschäftliche Transaktion ohne Komplikationen.

„Eine Penektomie bei einem 19-Jährigen ist mehr als sexueller Notstand."

Garner hatte sich anscheinend in sein Profil verbissen.

„Eine normale Sexualität ist damit für immer unmöglich. Und das in einem Alter, in dem der Testosteronspiegel am Höchsten ist."

LeRoux versuchte, sich ein Leben ohne Penis vorzustellen, doch das Einzige, was er sah, waren Bilder von dunkelhäutigen Eunuchen in türkischen Harem-Bädern.

„Es gibt weitere Hinweise", fuhr Garner ungerührt fort. „Derek Barker war nach der stationären Behandlung von Januar bis März 2011 noch mehrmals im Trauma-Stress-Center zu Therapiesitzungen. Die Letzte war am Tag des Deep-River-Mordes. Petawawa ist nur 32 Kilometer von Deep River entfernt."

Drei Punkte für Garner, dachte LeRoux. Der Scheißkerl hatte natürlich auf eigene Faust ermittelt, ohne ihm auch nur ein Wort von seinem kleinen Privattrip nach Petawawa zu erzählen. Doch um Barker festzunageln, brauchte er die Sûreté.

Morel verzog den Mund. Ein hochdekorierter Afghanistan-Veteran war so gut wie sakrosankt.

„Was ist mit den anderen beiden Verdächtigen? Diesem Lehrer und dem Indianer?"

Er richtete einen bohrenden Blick auf LeRoux.

„Nach Maskisin läuft eine Fahndung", sagte LeRoux. „Die Stammespolizei ist allerdings nicht kooperativ. Keinerlei Beweise. Angeblich ist er auf der Trapline."

Morel schnaubte durch die Nase. „Und das Alibi dieses McFallon?"

LeRoux merkte, wie er grinsen musste.

„Ist Stammkunde bei einer Prostituierten", sagte er. „Ein Massagesalon in der Rue Guy. Studio Orchidée."

„Und?" Morels gnadenloser Blick.

„Eine gewisse Chantal hat das bestätigt", log LeRoux.

Anstatt sie auszuquetschen, hatte er sich von ihr den Schwanz lutschen lassen, doch das erzählte er Morel besser nicht, wenn er nicht gleich aus dem Dienst fliegen wollte.

„Für Geld macht eine Nutte alles", sagte Morel. Seine Stimme klang verächtlich. „Ist ja ihre Profession." Er grinste schmierig. „Eine Falschaussage ist da das Wenigste. Das Alibi ist keinen Pfifferling wert. Laden Sie den Mann vor."

Es war klar, dass Morel ein Bauernopfer suchte. Doch LeRoux brauchte kein Psychologiestudium, um sicher zu sein, dass der miese kleine Lehrer kein Mörder war. Dafür hatte er weder ein Motiv noch die Eier.

„Legen Sie den Kriegshelden erst mal auf Eis", sagte Morel. „Er läuft uns nicht weg. Schließlich hat er keine Ahnung, dass er unter Mordverdacht steht."

Morel blickte Garner drohend an. „Oder haben Sie Constable Barker gegenüber Andeutungen gemacht?"

„Halten Sie mich für einen Idioten?", fragte Garner. Seine Stimme war eisig, und es war eines der seltenen Male, dass er so etwas wie Gefühle zeigte. Kalter Hass und Verachtung.

„Wenn wir einen hoch dekorierten Kriegsveteranen zu Unrecht beschuldigen, wird uns die Presse schlachten", sagte Morel. Er klang ein wenig versöhnlicher. „Überprüfen wir erst einmal diesen McFallon. Er hatte engen Kontakt zu dem Opfer und hat uns angelogen. Er war nachweislich mehrmals in Montreal und hat kein glaubhaftes Alibi."

Er richtete den Blick auf LeRoux.

„Und machen Sie diesen Leon Maskisin endlich dingfest. Ich muss Ihnen nicht sagen, dass die meisten Morde Beziehungstaten sind.“

Morel winkte sie hinaus.

Garner folgte LeRoux in sein Büro. Es war erst später Vormittag. Noch mindestens sechs Stunden bis Dienstschluss. Sie arbeiteten jetzt seit über drei Wochen an dem Fall. Sie würden McFallon vorladen und dann hoffentlich die Akte schließen.

Garner schloss die Tür.

„Morel ist ein Arschloch“, sagte er.

Wenn Garner nicht selbst ein Arschloch wäre, würde LeRoux ihn jetzt sympathisch finden.

„Wir sollten versuchen, Derek Barker ausfindig zu machen.“

„Wer ist wir?“, fragte LeRoux.

Garner lächelte ungerührt.

„Hier ist eine Liste aller in Ontario ansässigen Logging-Truck-Companies, die den Highway 17 bis Montreal befahren. Ich habe die halbe Nacht im Internet recherchiert. Es sind genau 33.“

Der Mann war wahnsinnig. Wenn Morel erfuhr, dass sie an ihm vorbei ermittelten, würde er sie köpfen.

„Wenn sich unser Verdacht erhärten sollte, statten wir Barker einen kurzen Besuch ab. Privatissimo. Hat er ein Alibi, bleibt es für immer unser Geheimnis.“

„Und wie finden wir ihn?“ LeRoux wunderte sich über seine eigene Frage.

„Hängen Sie sich ans Telefon und sagen Sie, dass die Sûreté Montréal Derek Barker dringend für eine Zeugenaussage braucht. Wenn die Company Zicken macht, soll sie Sie unter Ihrer Dienstnummer zurückrufen. Die Wahrheit ist immer die beste Tarnung."

„Warum sollte ich Ihnen helfen?", fragte LeRoux.

„Wenn Derek Barker der Mörder ist, sind Sie mich endlich los", sagte Garner mit einem Grinsen.

Der Gedanke war göttlich.

„Okay", sagte LeRoux. Garner blickte auf die Uhr.

„Ich muss noch ein paar Souvenirs für meine Frau und die Jungs besorgen. Treffen wir uns gegen fünf? Ich warte auf dem Parkplatz."

LeRoux nickte. Die Aussicht, Garner loszuwerden und den dämlichen Fall endlich abzuschließen, versetzte ihn in Hochstimmung. Es war ihm scheißegal, ob McFallon, Leon Maskisin, Derek Barker oder Mister X der Mörder war. *Go west, young man.* Zurück nach Regina. Er hatte sich seit Langem nicht so motiviert gefühlt.

Er füllte das Formular für eine offizielle Vorladung McFallons aus, ließ sich von Morel eine Unterschrift geben und gab es in die Priority-Post. Er versuchte mehrmals, Voyageur auf seinem Handy zu erreichen, doch das Arschloch drückte ihn jedes Mal weg. Er knöpfte sich Garners Liste mit den Holztransport-Firmen vor und wählte die erste Nummer. Es dauerte eine Ewigkeit mit 1 000 Nachfragen und Rückrufen, aber ein Derek Barker hatte nie bei Will Hampel Trucking and Construction gearbeitet. Fehlanzeige. LeRoux entschuldigte sich mittels vieler virtueller Bücklinge für das Missverständnis und strich Hampel von der Liste.

Nach dem 17. Telefonat ging das Hoch nahtlos in ein Tief über. Er machte Mittagspause und lief in der Kantine prompt der Lamartine ins Messer. Sie balancierte zielstrebig das Tablett in seine Richtung, säuselte etwas und setzte sich zu dicht neben ihn. Er stopfte hastig das Essen in sich hinein, während er versuchte, seinen Oberschenkel dem ihrigen, der sich fordernd an ihn drückte, zu entziehen. Offensichtlich war sein sexueller Notstand noch nicht groß genug.

Es war der 23. Anruf, und LeRoux fühlte sich wie ein dämlicher Papagei. Garner war ein Spinner. Natürlich gab es Zufälle. Seit dem Urknall bestand das ganze Universum aus sinnlosen Zufällen.

Ja, ein Derek Barker arbeitete seit zwei Jahren als Trucker bei Henri Lapin Logging Corporation Ltd. Die Firma war in Kenora ansässig, hatte eine Zweigstelle in Québec City und lieferte regelmäßig Holz an Resolute Forest Products in Montreal. Die Frauenstimme am anderen Ende der Leitung klang jung und sexy. Schade, dass er nicht skypte. Ja, natürlich hatten sie seine Privatadresse und Handynummer. Eine Spur von Skepsis in der Stimme. Ja, natürlich würde sie der Sûreté Montréal Auskunft geben. Könnte sie eventuell zurückrufen? Sicherheitshalber? Über die Zentrale? „Ja, Sergeant Jean-Baptiste LeRoux."

Eine Viertelstunde später hatte er mehr Informationen, als er benötigte. Sie hieß Claudia, war 24, unverheiratet und öfters mal in Montreal – an diesem Punkt unterbrach er sein Schäkern und wurde sachlich. Wenn er nicht auf dem Transcanada-Highway war, wohnte Derek Barker bei seinem Bruder in Sault Ste. Marie. Er war unter einer Nummer, die LeRoux hastig notierte, erreichbar und momentan mit einer Ladung Douglas-Fichten Richtung Montreal unterwegs. Er würde voraussichtlich gegen 20:00 Uhr ankommen und den Truck auf dem Gelände des Sägewerks von Resolute Forest Products parken. Der Truck würde am nächsten Vormittag entladen werden und Barker sofort zurück nach Kenora fahren. Die Fahrer der Company übernachteten in der Regel in einem Motel. Klar kannte sie den Namen des Motels, schließlich machte sie die Spesenabrechnung. *Auberge St. Martin.* Um was es denn eigentlich ginge?

Verkehrsunfall mit Fahrerflucht. Der Holztransporter und Derek Barker waren als Zeuge genannt worden. Barker hätte sich rührend um den Verletzten gekümmert, Erste Hilfe geleistet, blablabla. LeRoux war ein geübter Lügner. Sie glaubte ihm jedes Wort. *Au revoir,* Claudia, *un grand merci.* Küsschen.

Bingo. Es war kurz nach vier, und LeRoux gab *Auberge St. Martin Montréal* in die Suchmaschine ein. Es war ein einfaches doppelstöckiges Motel am südwestlichen Ende der Stadt direkt an der Autobahn. Er speicherte die Adresse ab und schickte eine Nachricht an Garner. *Treffen um 19:00 Uhr auf dem Parkplatz des Motels.* Er hatte keine Lust, auch nur eine Sekunde länger als unbedingt nötig mit Garner zu verbringen. Er zündete eine Zigarette an und stellte sich vor die Bürowand, an die Garner vor über zwei Wochen die Fotos und Fallbeschreibungen der ermordeten Frauen geheftet hatte. Mit Lorraine Buffalo waren es 18.

Vier Morde lagen auf der Strecke, die Derek Barker seit zwei Jahren regelmäßig befuhr. Die beiden Prostituierten aus Sault Ste. Marie, die kurz hintereinander im Februar ermordet worden waren, die nicht identifizierte Frauenleiche, die am dritten Juni am Ufer des Ottawa auf der Höhe von Deep River gefunden wurde, und Jeanette Maskisin. Doch war Derek Barker wirklich ein traumatisierter Psychopath, wie Garner behauptete, oder war es nur ein Zufall? Und was war mit den anderen Frauen? Sie würden Barker unter einem Vorwand befragen und die Fahrtrouten durch Henri Lapin Logging Corporation Ltd. überprüfen lassen. Martha Loon war am zehnten Februar um 22:15 Uhr in Sault Ste. Marie in einen Holzlaster gestiegen, das hatte Lorraine Buffalo zu Protokoll gegeben, kurz bevor sie selbst ermordet wurde. Sollte sich Garners Verdacht erhärten, würden sie eine DNA-Probe nehmen müssen. Wenn Barker sich weigerte, bräuchten sie eine Anordnung der Staatsanwaltschaft. Doch selbst wenn die Probe positiv war, würde es ein Indizienprozess werden, und solange Barkers Schuld nicht einwandfrei bewiesen wäre, hätten sie die Presse gegen sich. Morel hatte recht, ein Träger des *Star of Military Valour* war sakrosankt. Sie sollten die Sache abblasen.

Er rauchte die Zigarette zu Ende und schaute aus dem Fenster. Es wurde bereits dunkel und die Lichter der Stadt begannen nach und nach aufzuleuchten wie Tausende von Glühwürmchen. Es schneite in dicken, weichen Flocken, und er dachte daran, dass Glühwürmchen ihre Lichtsignale aussandten, damit sie einander zur Paarung fanden. Das Weibchen, das am hellsten leuchtete, zog die meisten

Männchen an. Doch bereits kurz nach der Paarung starben die Leuchtkäfermännchen. Er spürte eine seltsame Getriebenheit und obwohl er wusste, dass es ein vorgeschobener Grund war, beschloss er, zum Studio Orchidée zu fahren, um McFallons Alibi noch einmal zu überprüfen.

Draußen herrschte dichtes Schneegestöber und der Parkplatz der Sûreté war bereits zugeschneit. Allmählich setzte der kanadische Winter ein, und bald würden die LKWs tonnenweise den von Schneepflügen zusammengeschobenen Schnee aus der Stadt karren, damit er sich nicht zu meterhohen Wällen am Straßenrand auftürmte. Er fand einen Parkplatz in einer Seitenstraße der Rue Guy und stapfte zum Studio. Er drückte auf die Klingel und hörte sein Herz klopfen. Eine Frau öffnete. Sie war rothaarig und mindestens 40. LeRoux spürte eine vage Enttäuschung.

„Ich suche Chantal", sagte er.

Die Frau machte einen Schmollmund.

„Chantal ist nicht hier", sagte sie.

Sie trug ein eng anliegendes schwarzes Kleid, das so hoch geschlitzt war, dass er ihren weißen, etwas schwabbeligen Oberschenkel sehen konnte.

„Vielleicht kann ich dir ja helfen." Sie warf ihm einen lasziven Blick zu und schlug dann in gespielter Unterwürfigkeit die Augen nieder.

„Ich mache alles, was du willst. Bondage geht extra."

LeRoux spürte einen animalischen Instinkt, sie zu packen und durchzuficken, doch er bezwang sich und sagte sehr höflich: „Sûreté Montréal. Wann ist Chantal zurück?"

„Scheiße", sagte die Rothaarige. „Es ist alles legal hier."

„Klar", sagte LeRoux. „Ich brauche nur eine Zeugenaus-sage."

Die Augen der Rothaarigen blitzten boshaft. Die Unter-würfigkeit war wie weggewischt.

„Ich kenne keine Chantal", sagte sie.

„Kann ich reinkommen?", fragte er.

„Hast du einen Durchsuchungsbeschluss?"

Hatte er nicht. Sie kannte sich aus.

„Dann verpiss dich", sagte sie und warf ihm die Tür vor der Nase zu.

Er hatte es vermasselt. Das Alibi für McFallon würde ausfallen. Morel hatte ihn bei den Eiern. McFallon tat ihm fast ein wenig leid.

Er ging zurück zum Auto und machte sich auf den Weg zur *Auberge St. Martin*. Unterwegs hielt er an einem Fast-food-Restaurant, trank einen Kaffee und aß eine Poutine. Es schneite noch immer. Er hoffte, dass sie nicht allzu lange auf Derek Barker warten müssten. Auf dem Highway waren Schneeräumfahrzeuge. Der Verkehr in der City lief bisher ganz normal. Er bog auf den Parkplatz des Motels ab und schaltete den Motor aus. Garners silberner BMW stand bereits in der Nähe der Einfahrt. LeRoux ging hinü-ber und klopfte an die Scheibe. Garner öffnete die Beifah-rertür und LeRoux stieg ein. Im Wagen lief die Standhei-zung, die Scheibenwischer klickten leise hin und her, und aus dem Radio klang Jazzmusik. Es war beinahe gemütlich.

„Der einzige Zugang zum Motel ist hier", sagte Garner. „Wir können ihn nicht verpassen."

LeRoux gähnte. Plötzlich fühlte er sich unendlich müde.

Er lehnte den Kopf an die Stütze und schloss für einen Moment die Augen. Er musste eingeschlafen sein, denn ein Ellbogenstoß in die Rippen ließ ihn unsanft auffahren. Die Uhr am Armaturenbrett zeigte 21:18 Uhr. Im Halbdunkel des nur von einigen Außenleuchten an der Hausfassade erhellten Parkplatzes war ein Mann zu sehen, der gerade aus einem Taxi stieg. Garner ließ die Scheinwerfer aufleuchten, und der Mann drehte sich kurz zu ihnen um, während er bezahlte. In dem gleißenden Licht war sein Gesicht überdeutlich zu erkennen. Derek Barker. Die Ähnlichkeit mit Constable Miles Barker war frappierend. Das Taxi wendete und rollte langsam vom Parkplatz. Der Mann ging auf den Haupteingang zu, über dem in roter Neonschrift *Rezeption* stand, verschwand kurz und kam mit einem Schlüssel in der Hand zurück.

Garner öffnete die Autotür und stieg aus. LeRoux folgte. Die Luft war kalt und es schneite.

Der Mann warf ihnen einen kurzen Blick zu und stapfte eilig durch den Schnee zu einer der Zimmertüren. Er steckte den Schlüssel ins Schloss und öffnete die Tür. Sie standen nur wenige Meter hinter ihm, zwei schwarze Silhouetten im trüben Licht der Außenlampe.

„Derek Barker?"

Der Schuss kam ohne Vorwarnung.

Garner fiel zu Boden und der Schnee färbte sich rot. LeRoux zog die Dienstpistole und schoss zurück. Barker fasste sich an die Schulter und taumelte rückwärts in das Zimmer. Er feuerte zwei weitere Schüsse ab und schloss dann blitzschnell die Tür.

LeRoux suchte verzweifelt Deckung, während er Garner mit sich schleifte. Scheiße, dachte er, verdammte Scheiße.

Garner stöhnte und hielt die Hände vor den Bauch. Sein Hemd war blutdurchtränkt und sie hinterließen eine dunkelrote Spur. Eine Frau kam aus der Rezeption gerannt.

„Zurück", brüllte LeRoux. „Und rufen Sie einen Krankenwagen, schnell!"

Die Frau blickte erschrocken.

„Nun machen Sie schon", schrie LeRoux und die Frau verschwand im Gebäude. LeRoux hoffte inständig, dass sie seine Anweisungen befolgte. Garner würde verbluten, wenn nicht bald Hilfe kam.

„Halten Sie durch, Ted", flüsterte LeRoux. „Halten Sie durch." Es war wie ein Mantra. Garner hatte die Augen geschlossen. LeRoux zog seinen Pullover aus und drückte ihn fest auf die Wunde in Garners Bauch. Es war, als versuche er eine sprudelnde Quelle zum Stillstand zu bringen, und Stoff und Hände wurden nass und klebrig. Barker hatte das Feuer eingestellt. In einigen Zimmern waren die Lichter angegangen, aber niemand kam heraus. Es schien ihm, als seien Garner und er die einzigen Menschen auf diesem gottverlassenen Parkplatz in dieser gottverlassenen Ecke der Stadt. Er nahm das Diensthandy und forderte Verstärkung an. Die Zeit schien sich aufzulösen, während er neben Garner kniete und sich die herabrieselnden Schneeflocken auf sie legten wie ein Leichentuch. Es dauerte eine Ewigkeit, bis in der Ferne das Heulen von Sirenen erklang. Das Geräusch näherte sich, zwei Polizeiwagen mit Blaulicht bremsten mit quietschenden Reifen. Mehrere Polizisten mit Gewehren und Pistolen im Anschlag sprangen aus den Fahrzeugen.

LeRoux stand auf und winkte. Zwei Polizisten eilten herbei und halfen ihm, Garner aus der Schusslinie zu tragen, während er in kurzen Worten die Lage erklärte. Zu spät, dachte LeRoux, es ist zu spät. Sein Herz klopfte bis zum Hals, und er zitterte am ganzen Körper. Zwei Sanitäter mit einer Trage rannten über den Platz. Ein Notarzt fühlte Garners Puls und legte hastig einen Pressverband an. Garner wurde auf die Trage gehoben und in den Rettungswagen gehievt. Die Sirenen heulten auf und der Wagen raste sofort los.

„Öffnen Sie die Tür und kommen Sie mit erhobenen Händen heraus."

Eine blecherne Megafonstimme. Hinter Barkers Zimmertür blieb es gespenstig still.

„Wenn Sie nicht sofort herauskommen, stürmen wir."

Es war, als hielte der ganze Platz den Atem an. Absolute Stille. Alle Polizisten hatten ihre Gewehre im Anschlag. Auch LeRoux hielt die Dienstwaffe hoch, obwohl seine Hand zitterte.

Drei Polizisten huschten in katzengleichen Sätzen auf Barkers Zimmer zu. Einer rammte die Tür ein und ging sofort in Deckung. Von drinnen war ein Schuss zu hören. Während einer der Polizisten den Eingang sicherte, verschwanden die beiden anderen mit gezogener Waffe im Zimmer. Es dauerte nur wenige Sekunden, dann kam einer heraus und gab ein Zeichen. Die Polizisten nahmen die Gewehre herunter, und LeRoux trat in den Raum.

Derek Barker lag auf dem Boden vor dem Bett. Wände und Bettzeug waren blutbespritzt. Seine Schädeldecke war halb weggerissen. Er hatte sich selbst getötet.

Misiginebiq-Manitu

Die Amsel hatte Jeanette süße Lieder ins Ohr gezwitschert und sie dann irgendwo in der Stadt abgesetzt, so wie manche einen Hund aussetzen, wenn sie seiner überdrüssig geworden sind. Doch wenn es stimmte, was Chogan mir erzählt hatte, konnte er nicht der Vater ihres ungeborenen Kindes sein.

Jeanette war im vierten Monat schwanger, als sie ermordet wurde. Das Kind musste im Juli gezeugt worden sein. Wer war Alice und wen hatte Jeanette dort getroffen? *Ruf mich an. Es ist dringend.* Die Worte, die sie mir im letzten Frühjahr geschrieben hatte, brannten wie Feuer in meinem Herzen. Ich dachte an die darunter gekritzelte Zeichnung, die mich an *Misiginebiq-Manitu* erinnert hatte, und an das Schlangen-Tattoo an Jeanettes Oberarm, von dem Chipewyan mir erzählt hatte. Sie steckte in Schwierigkeiten, und ich hatte sie genauso im Stich gelassen wie alle anderen.

Es war noch früh, doch ich hatte nicht schlafen können und mich im Morgengrauen auf den Weg gemacht. Am Himmel verblasste der Mond und der Vieux Port wurde vom fahlen Licht der Straßenlaternen erhellt. Die Nacht war kalt gewesen und es hatte geschneit. Die Fährte, die ich auf der frischen Schneedecke hinterließ, würde schon bald von unzähligen anderen Fußspuren verwischt werden so wie die eines Wolfes, dem eine Herde Karibus folgt. Ich kaufte ein Sandwich in einem 24-Hour-Shop und fragte nach der Adresse, die Chogan auf den Zettel geschmiert hatte. Während die Kassiererin mir den Weg erklärte, schaute sie mich so ängstlich an, als befürchte sie, ich wolle sie skalpieren.

Nach einer knappen Stunde Fußmarsch durch die allmählich erwachende Großstadt erreichte ich mein Ziel, *Chez Alice*. Es war ein heruntergekommenes Backsteinhaus aus dem letzten Jahrhundert mit einem von Efeu überwucherten Erker und einer in einem schmutzigen Grau gestrichenen, abgeblätterten Holzveranda, eingezwängt zwischen modernen mehrgeschossigen Bürohäusern. Die Tür war verschlossen, die Fenster dunkel. Auf einem mit Tesafilm angeklebten Zettel stand, dass es verboten war, Essen und Getränke mit in den Schlafsaal zu nehmen, und dass die Duschräume ab 14:00 Uhr geschlossen wären. Chogan hatte meine Cousine ohne einen Cent in der Tasche an einem schäbigen Obdachlosenasyl abgeladen. Blinder Hass stieg in mir hoch und ich wünschte, ich hätte ihn getötet. Es war mehr als ein halbes Jahr her, dass Jeanette hier gewesen war. Ich hatte Angst, dass die Spur kalt war und hier enden würde.

Auf den Eingangsstufen hockte eine alte Inuit-Frau. Ihr Gesicht war verwittert, Lippen und Wangen blau verfärbt. Die rissigen Hände umklammerten eine schmutzige Adidas-Sporttasche und sie lallte unentwegt vor sich hin. Die Temperatur war unter null, und ich hoffte, dass sie keine Erfrierungen erlitten hatte. Ich fragte mich, wie sie in dieser steinernen Wüste, in der die Alten und Hilflosen sich selbst überlassen wurden, überlebte und dachte an die Geschichten vom gefrorenen Herz des Bösen.

„*Ai Kinavit*", sagte ich.

Mein Onkel hatte mir ein wenig Inuktitut beigebracht. Sie schaute mich an und lächelte. Sie hatte fast keine Zähne mehr, doch ihr ganzes Gesicht schien plötzlich zu strahlen.

„*Aingai*", sagte sie. „Hast du etwas zu trinken, Sohn?"

Ich verneinte, das Strahlen erlosch, und sie versank wieder in das monotone Lallen. Ich zog meinen Parka aus und legte ihn über ihre Schultern. Wir warteten über eine Stunde, bis eine Frau an der Eingangstür erschien und aufschloss. Es war eine magere Weiße um die 50 mit strähnigem, blond gefärbtem Haar, wässrig-blauen Augen und viel zu dickem Make-up. Ich half der alten Frau hoch und sie stützte sich auf mich, während ich sie hineinführte.

„Hallo Ena", sagte die Weiße und musterte mich misstrauisch. Offensichtlich war die Inuit-Frau öfters hier. „Sind Sie ein Verwandter?"

Ich verneinte.

„Dann muss ich Sie bitten, zu gehen. Unser Heim ist nur für Frauen."

„Ich brauche eine Auskunft", sagte ich. Die wässrigen Augen wurden schmal.

„Wir geben keine Auskünfte", sagte sie. „Bitte gehen Sie. Sofort."

Ihr Ton klang jetzt drohend und ich musste mich beherrschen, ihr nicht das Messer an die Kehle zu setzen.

„Es geht um meine Cousine."

Sie taxierte mich, und ich sah an ihrem kalten Blick, dass sie mir nicht glaubte.

„Aha", sagte sie.

„Sie ist tot. Ermordet."

Ena rülpste laut. Sie hing an meinem Arm wie ein nasser Sack. Ihr Atem roch nach Alkohol und Fäulnis.

„Sie hieß Jeanette", sagte ich. „Jeanette Maskisin. Sie war Cree und kam aus Niskawini oben im Norden. Sie war erst 15, als sie starb. Ich weiß, dass sie im letzten Frühjahr hier war. Ihre Leiche wurde im Oktober am Plage d'Horloge angespült. Vielleicht haben Sie ja davon gehört."

Die Frau seufzte. Ihr Blick wurde ein wenig nachgiebiger und ihr flacher Busen hob und senkte sich.

„Ich bin Wilma", sagte sie. „Ich arbeite seit über 20 Jahren hier. Da hört man so einiges."

Ich zog ein Foto aus meiner Jackentasche und reichte es Wilma. Es war ein Foto von Jeanette, das ich aus dem Schuljahrbuch ausgeschnitten hatte. Es war das einzige, das ich besaß.

Sie nahm das Bild mit spitzen Fingern entgegen und schaute es kurz an, dann schüttelte sie den Kopf.

„Es sind einfach zu viele", sagte sie. „Inuit aus Nunavut, aber auch Dene und Cree aus dem Norden. Suchen einen Job, begleiten Verwandte, die ins Krankenhaus müssen, laufen vor gewalttätigen Ehemännern davon. Doch die meisten landen auf der Straße. Hängen am Cabot Square herum. Wir tun, was wir können. Sorry, aber ich erinnere mich beim besten Willen nicht."

„Cabot Square", lallte Ena. Sie machte einen seltsamen Zischlaut und ihre Augen glitzerten wie schwarze Murmeln. Wilma gab mir das Foto zurück, und ich steckte es ein.

„Sie war erst 15?", fragte sie.

„Ja", sagte ich. „Und sie war schwanger."

„Mein Gott", sagte Wilma und schüttelte missbilligend den Kopf. „Bei Minderjährigen sind wir verpflichtet, eine polizeiliche Meldung zu machen, um zu prüfen, ob eine Vermisstenanzeige vorliegt. Ausreißerinnen werden dann in der Regel sofort zu ihrer Familie zurückgebracht."

Es hatte keine Vermisstenanzeige gegeben, doch das sagte ich ihr nicht.

„Und wenn eine Rückkehr nicht möglich ist?"

„Dann vermitteln wir ein Heim oder eine Pflegefamilie." Ihre Augen wurden jetzt wieder hart. „Für viele verwahrloste Natives ist das sicherlich das Beste."

Ich hasste ihre Überheblichkeit. Mein Großvater hatte eine *Residential School* besucht. Er war dreimal davongerannt, und die Jesuiten hatten ihn halb totgeprügelt. Indianische Kinder und Jugendliche, die in Internaten oder weißen Pflegefamilien aufwuchsen, waren wie Pflanzen, deren Wurzeln verdorrten. Hätten die Weißen nicht unser Land und unsere Kinder gestohlen und unsere Traditionen unterdrückt, wären unsere Familien lebendig und stark.

Ena wackelte mit dem Kopf und zerrte an meinem Arm, doch ich hielt sie fest. Ihr langer Rock färbte sich plötzlich dunkel, und auf dem Fußboden unter ihr bildete sich eine kleine gelbe Pfütze. Sie war sternhagelvoll. Wilma warf ihr einen angewiderten Blick zu und schaute auf die Uhr.

„Ich muss an die Arbeit", sagte sie. „So eine Sauerei. Fragen Sie doch bei der polizeilichen Dienststelle nach. Wenn Ihre Cousine hier war, haben wir sie mit Sicherheit dort gemeldet. Wir halten uns streng an die Vorschriften."

Sie hakte Ena unter, und ich half ihr, sie in den Duschraum zu führen. Wir setzten sie auf einem Plastikstuhl ab und sie sackte in sich zusammen und begann sofort zu schnarchen.

„Danke", sagte Wilma. „Tut mir leid, dass Ihre Cousine tot ist, doch Sie sollten der Polizei ihre Arbeit überlassen."

„Ja", sagte ich, „das sollte ich" und zwang mich zu einem Lächeln. Die Bullen in Montreal suchten mich und ich hatte nicht vor, Wilmas Misstrauen zu erregen. Die Spur war kalt. Wenn Jeanette hier gewesen war, hatte sie höchstwahrscheinlich Lunte gerochen und war rechtzeitig getürmt. Sie hätte sich niemals in ein Heim bringen lassen.

Ich zog meinen Parka über und verabschiedete mich.

Eine fette weiße Frau mit zwei Plastiktüten in der Hand kam die Treppe hochgewatschelt. Sie trug einen alten Trainingsanzug und ausgeleierte Turnschuhe ohne Schnürsenkel. Ihr Gesicht war geschwollen, das linke Auge violett verfärbt. Als ich ihr helfen wollte, spuckte sie mich an und sagte: „*Fuck off*". Ich fragte einen Passanten nach dem Weg zum Cabot Square und er wies mit der Hand in eine Richtung und eilte davon. Der Platz war nur wenige Blocks entfernt und lag eingezwängt zwischen zwei stark befahrenen Hauptstraßen. Es gab nur ein paar kahle Bäume auf einer verschneiten Betonfläche, in deren Mitte eine Statue von Jean Cabot stand. Auf einer Parkbank saßen zwei Männer und eine Frau, alle drei Inuit. Die Frau war um die 40, die Männer etwas jünger. Trotz der Kälte trug die Frau nur eine Jeansjacke und einen kurzen Rock mit Stiefeletten. Sie nuckelte an einer Bierflasche. Obwohl sich in ihrem langen offenen Haar bereits erste graue Strähnen zeigten und ihr blutroter Lippenstift verschmiert war, war sie noch immer schön. Etwas an ihr erinnerte mich an Jeanette. Rund um die Bank lag Unrat verstreut, leere Bierdosen, Glasscherben, Zigarettenkippen, gebrauchte Kondome, Spritzen. Einer der beiden Männer machte eine obszöne Geste und rief etwas auf Inuktitut, das ich nicht verstand. Die drei lachten. Ich ging zu ihnen.

„Hey, Hübscher, wo kommst du her?", fragte die Frau und spreizte die Beine, sodass der Rock hochrutschte und ich ihren Slip sehen konnte.

„Niskawini", sagte ich. Ich merkte, dass ich rot wurde und versuchte krampfhaft, woanders hinzugucken. „Cree-Reservat", fügte ich hinzu.

„Hast du was zu trinken, Bruder?", fragte der ältere der beiden Männer und grinste. Er hatte keine Schneidezähne und die rechte Gesichtshälfte war von einer wulstigen, rötlich verfärbten Narbe entstellt.

Ich verneinte.

„Scheiß Cree", sagte er. „Verpiss dich. Das ist Nunavut hier. Unser Land, kapierst du? Cabot Square. Nur für Inuit."

Die drei lachten wieder.

„Ich bin ein Freund von Ena", sagte ich. Das Lachen erstarb.

„Hast du Ena gesehen?", fragte der Jüngere. Ich sah an seinen Augen, dass er sich Sorgen machte.

„Es geht ihr gut", log ich. „Ich habe sie gerade ins *Chez Alice* gebracht. Sie schläft ihren Rausch aus."

„Ena ist seine Tante", sagte der Ältere. „Sie hat Diabetes,

und Anouk hat sie vor einem Jahr nach Montreal begleitet, damit sie hier behandelt wird."

Er zeigte mit dem Kinn auf den jüngeren Inuit.

„Wenn es ihr besser geht, fliegen wir heim", sagte Anouk. Sein Blick war starr, und seine Zunge so schwer, dass ich Mühe hatte, ihn zu verstehen. „Heim nach Nunavik."

„Du solltest besser auf deine Tante aufpassen", sagte ich. Seine schwarzen Augen funkelten mich böse an.

„Was willst du hier?", nuschelte er. „Cabot Square ist unser Platz."

Sein Gesicht war stumpf, doch seine Stimme klang angriffslustig.

Ich zögerte einen Moment, dann zog ich das Foto aus der Tasche und zeigte es ihnen.

„Ich suche meine Cousine", sagte ich. Sie stierten auf das Foto.

„Nie gesehen", sagte der Vernarbte.

Anouk schüttelte den Kopf. Die Frau trank den Rest Bier aus und warf die Flasche ins Gebüsch.

Ich fühlte gleichzeitig Erleichterung und Enttäuschung.

„Hast du wenigstens was zu rauchen?", fragte der Vernarbte. „Scheißkalt heute."

Ich drehte einen Joint und sie grinsten dankbar. Während ich die Taschen meines Parkas nach dem Feuerzeug durchsuchte, reichte mir die Frau wortlos ein Streichholzbriefchen. Ich zündete den Joint an, nahm einen tiefen Zug und gab ihn weiter. Als ich ihr die Streichhölzer zurückgeben wollte, sah sie mir in die Augen und sagte: „Behalte sie". Ein Auto hupte. Die Frau stand auf. Auf der gegenüberliegenden Straßenseite stand ein schwarzer Citroen. Die Scheiben waren dunkel getönt und der Fahrer nicht zu sehen. Sie ging zu dem Wagen und stieg ein. Das Auto fuhr sofort los. Auf der Vorderseite des Streichholzbriefchens war eine Schlange mit lüstern glitzernden Augen abgebildet. Sie hatte den Kopf aufgerichtet und züngelte eine nackte Frau an, die sich ein Feigenblatt vor die Scham hielt.

LeSerpent. Night Club. 115 Avenue du Mont Royal.

Ted Garner
9. November

Garner öffnete die Augen. Er fühlte sich wie in einem Alb-traum. Er war das einzige atmende Wesen in einem Zimmer voller Maschinen, die ein Eigenleben zu besitzen schienen. Schräg über seinem Kopf piepste ein Monitor, auf dem unaufhörlich gezackte rote Linien tanzten, die irgendetwas mit seinem Herzen zu tun hatten. An seinen bandagier-ten Handgelenken baumelten Kabel und Schläuche, die zu einem an einer Metallstange befestigten Infusionstropf führten, aus dem es leise blubberte. Ein Plastikbeutel, halb gefüllt mit einer rötlichgelben Flüssigkeit, die anscheinend seinem Körper entströmte, hing an der Bettseite. Er war so schwach, dass selbst die kleinste Bewegung zu viel war, und seine Gedanken waren seltsam flauschig. Immerhin spürte er bis auf ein dumpfes Pochen in der Bauchgegend keine Schmerzen. Er lag seit drei Tagen in einem Bett auf der Intensivstation des Montreal General Hospital. Der Arzt hatte ihm bereits gesagt, dass sie die Kugel, die im Mus-kelgewebe unter der Bauchdecke steckte, herausoperiert hatten.

Er hatte nur knapp überlebt. Die Kugel hatte eine Ader durchtrennt und schwere Blutungen verursacht, doch Leber und Milz waren wie durch ein Wunder unverletzt geblieben. Er hatte sehr viel Blut verloren und würde weitere Trans-fusionen benötigen. Wenn keine Komplikationen auftra-ten, könnte er in zwei bis drei Wochen zur Reha. Bis dahin bräuchte er vor allem Ruhe. Garner schloss die Augen.

Jemand kam ins Zimmer, und er hörte die Schwester sagen: „Ihre Frau, Monsieur Garner." Natürlich war Pat benachrichtigt worden. Pat war so schnell wie möglich nach Montreal geflogen. Waren die Jungs auch hier? Vielleicht war es besser, wenn sie ihn nicht so sahen. Er spürte eine Hand an seinem Gesicht und atmete ein blumiges Parfum ein, das sich über den Geruch nach Desinfektionsmitteln und Karbol legte. Sophie LeRoux. Er hielt die Augen geschlossen und lächelte.

„Ted", sagte sie.

Nein, er träumte nicht. Sie sahen einander an, und in diesem Moment wusste er, dass sie auf magische Weise für immer miteinander verbunden waren.

„Wie geht es Ihnen?", fragte sie.

„Hervorragend", sagte er.

Sie lachte. Er liebte Sophies Lachen.

„Mein Mann macht sich große Vorwürfe", sagte sie. „Er meint, er hätte diesen Alleingang niemals zulassen dürfen."

„Quatsch", sagte Garner.

Sie schwiegen eine Weile und Garner fühlte sich auf seltsame Weise glücklich.

„Hatten Sie wenigstens ein Nahtoderlebnis?", fragte Sophie. „Raus aus dem Körper, rein in den Tunnel, weißes Licht, Ihr Leben als Film, Begegnung mit Verstorbenen und was sonst noch so dazu gehört?"

Garner grinste. Er liebte ihren Zynismus.

„Ich muss Sie enttäuschen", sagte er.

„Schade", sagte Sophie. „Dafür haben Sie jetzt Ihren Mörder gefunden."

„Habe ich das?", fragte er.

„Er ist tot", sagte sie. „Hat sich selbst erschossen. Und Sie sind der Held des Tages."

„Ein Held? Ein verdammter Idiot, meinen Sie wohl. Nur lebensmüde Menschen ermitteln auf eigene Faust."

Sophie lächelte und zog eine Zeitung aus der Tasche.

„Soll ich Ihnen den Artikel aus der Montréal Gazette vorlesen?"

Garner nickte und schloss die Augen. Der Fall war ihm völlig gleichgültig geworden, doch es war schön, im Bett zu liegen und ihrer Stimme zu lauschen.

Sûreté Montréal stellt Highway-Mörder

Gestern Abend gegen 22:00 Uhr erschoss sich ein 26-jähriger Mann im Zimmer eines Montrealer Motels, nachdem er von der Polizei gestellt worden war. Der Mann wird verdächtigt, mehrere Morde an indigenen Frauen entlang des Transcanada-Highway begangen zu haben. Der hochdekorierte Afghanistan-Veteran arbeitete seit zwei Jahren als Trucker bei einer Firma in Ontario. Nach dem Mord an einer jungen Cree-Indianerin, deren Leiche am 15. Oktober am Plage d'Horloge angespült wurde, ging die Sûreté von einem Serienmörder aus und schaltete den renommierten Profiler Ted Garner aus Saskatchewan ein. Garner, der bei einem Schusswechsel mit dem Mann schwer verletzt wurde, befindet sich inzwischen außer Lebensgefahr.

„Wir verdanken diesen Erfolg zu einem ganz erheblichen Teil der Ermittlungsarbeit Garners", betonte der Leiter der Mordkommission Montreal, Directeur Morel.

Die Zusammenarbeit zwischen Sûreté und Ted Garner be-
zeichnete er als hervorragend.

So ein Arschloch, dachte Garner. Wenn Morel ihn unterstützt hätte, hätten LeRoux und er niemals alleine gehan-
delt. Dann wäre Barker vielleicht noch am Leben und er
läge nicht hier.

Der vermutliche Täter war bei seinem Einsatz in Afghanistan
schwer verletzt und traumatisiert worden. „Natürlich ist es
noch zu früh, um eindeutige Beweise zu präsentieren", sagte
Morel gegenüber der Gazette. Dafür müssen noch die Auswer-
tung der Fahrtenschreiber und die Ergebnisse der DNA-Pro-
ben abgewartet werden. Doch alle Spuren weisen darauf hin,
dass der Mann zumindest für die Morde an den beiden Pro-
stituierten in Sault Ste. Marie und die Fälle in Deep River
und Montreal verantwortlich ist. Auch der CNG äußerte sich
positiv über den großen Einsatz der Sûreté und bezeichnete
Morel und sein Team als Vorbild für andere Provinzen. Direc-
teur Morel warnte jedoch davor …

Er musste eingeschlafen sein, denn als er die Augen wieder öffnete, war das Zimmer leer. Nur das Glucksen und
Summen der Apparate war zu hören und Garner spürte
eine Verlassenheit, die er sonst nicht von sich kannte. Die
Wunde in seinem Bauch schmerzte und seine Lippen waren trocken und rissig. War Sophie LeRoux wirklich hier
gewesen? Es schien, als sei der Fall endgültig abgeschlossen.
Er hatte gute Arbeit geleistet, doch er hatte seinen Einsatz

fast mit dem Leben bezahlt. Es war Zeit, nach Hause zu fahren.

Auf dem Nachttisch lag ein Buch. Es war eine antiquarische Ausgabe von Schopenhauers Hauptwerk in englischer Sprache von 1904. *The World As Will And Representation.* Garner nahm es vorsichtig in die Hand. Er musste aufpassen, sich nicht in Kabel und Schläuche zu verwickeln und die Kanülen an den Handgelenken herauszureißen. Auf der ersten Seite stand eine Widmung. *Für meinen Freund Ted. Nicht jede Begegnung ist eine Verabredung, aber diese ist es. Sophie*

Le Serpent

Es war eine Stadt der bösen Geister. Eine rote Leuchtreklame mit dem Schriftzug *LeSerpent Night Club* flackerte über dem Eingang eines dunklen Hauses, aus dessen Fenstern kein Licht nach außen drang. Am Straßenrand parkte der schwarze Citroen. Es schneite noch immer und am Himmel zeigte sich kein einziger Stern.

Ich hatte den Tag im McCord Museum verbracht und mir die Exponate der indianischen Abteilung angesehen. Ich hatte 13 Dollar Eintritt bezahlt, um Dinge betrachten zu dürfen, die uns gestohlen worden waren und jetzt in verschlossenen Glaskästen lagen und neugierig von Weißen begafft wurden.

Eine Schulklasse zog lärmend durch die Halle, und ein älteres Paar kommentierte lautstark eine Häuptlings-Haube aus Weißkopfadlerfedern. Ich stand lange vor einem ledernen Hemd mit kunstvoller Stickerei aus Stachelschweinborsten und stellte mir vor, wer dieses Hemd getragen hatte und welchen Weg es gegangen war, um hier zu landen. Die Ärmel waren weit aufgespannt wie bei einer Vogelscheuche oder ihrem gekreuzigten Jesus, damit man die herabhängenden Fransen sehen konnte. Es schien mir, als rede das Hemd mit mir, und ich sah einen Mann mit geflochtenen Zöpfen auf einem Pferd, der von der Jagd zu seiner Familie heimkehrte. Er hatte ein Reh erlegt und seine Frau spannte die Haut in einen Rahmen, schabte sie sauber und gerbte sie. Den ganzen Winter arbeitete sie im Schein des Feuers an dem Hemd. Sie bestickte es mit uralten geometrischen Mustern, die eine geheime Kraft in sich bargen und seinen Träger beschützen würden. Dann kam die Zeit der Reservate, der Pockenepidemien, des Hungers und der gestohlenen Kinder, und das Hemd wurde unter einer Bank in einer armseligen Holzhütte verwahrt, bis die Not seine Besitzer zwang, es für eine Ration Pökelfleisch an einen Händler zu verkaufen.

Jetzt war es für immer eingesperrt in diesem Gefängnis aus Glas und Stein, angeglotzt von fremden Augen, die seine Geschichte und seine Geheimnisse niemals begreifen würden. Ich wanderte von Glaskasten zu Glaskasten und lauschte auf die Geschichten der gefangenen Gegenstände, bis mir der Kopf schwirrte und das Museum schloss.

Draußen atmete ich die kalte Luft in tiefen Zügen ein wie ein Ertrinkender, dann machte ich mich auf den Weg zur Avenue du Mont Royal. Ich war sehr hungrig und schlang zwei Burger in einem Fast-Food-Restaurant in mich hinein. Ich besaß noch neun Dollar und ein paar Cent. Die rote Leuchtreklame mit dem blinkenden Schriftzug *LeSerpent Night Club* war schon von Weitem zu sehen. Ich stellte mich in den dunklen Eingang einer Videothek auf der gegenüberliegenden Straßenseite. Zwei muskelbepackte Typen in einer schwarzen Uniform hatten sich vor dem Club postiert. Ein Taxi hielt und ein einzelner Mann stieg aus. Die Uniformierten schauten ihm ins Gesicht, grinsten und winkten ihn durch, dann verschluckte ihn das Haus. Nach und nach erschienen weitere Männer, die meisten allein, ab und an zu zweit oder in kleinen Gruppen. Niemand kam heraus. Während ich das Geisterhaus beobachtete, sagte mir eine innere Stimme, dass Jeanette hier gewesen war. Sie war in die Fänge *Misiginebiq-Manitus* geraten. Um herauszufinden, was mit ihr geschehen war, würde ich hinein müssen, doch mein Herz klopfte bis zum Hals und trotz der Kälte brach mir der Schweiß aus. Es dauerte über eine Stunde, bis ich all meinen Mut zusammennahm, das Jagdmesser in den Stiefelschaft steckte und aus dem Schatten des Eingangs trat. Die beiden Gorillas auf der anderen Straßenseite hatten mich bereits erspäht. Ich überquerte die Straße und ging auf sie zu.

„Hey, *Indian Boy*", sagte der eine und stierte mich an. Er hatte eine Glatze und Augenbrauenpiercings über rot geäderten, bösen Augen. „Brauchst du 'ne Squaw?"

Ich hätte ihm gerne mein Messer in die Brust gerammt, doch ich beherrschte mich.

„Vielleicht", sagte ich. „Ich brauche erstmal 'nen Drink."

Sie lachten dreckig.

„Verpiss dich, *Indian Boy*", sagte der andere. „*LeSerpent* ist ein Gentleman's-Club. Stinkende Rothäute kommen hier nicht rein."

Ich zog das Messer, drehte seine Arme nach hinten und hielt es ihm an die Kehle.

„Wenn du mich nicht reinlässt, ist dein Freund tot", zischte ich der Glatze zu.

Ich drückte gegen die Messerschneide und Blut rieselte aus einem dünnen Riss am Hals des Gorillas. Er hing in meinem Würgegriff wie ein nasser Sack und atmete schwer.

„Okay, okay", sagte die Glatze. „Beruhige dich, *Indian Boy*." Er blieb ganz cool.

„Lass ihn los, dann kriegst du gleich dein Feuerwasser."
Er hielt einen 20-Dollarschein hoch. „Sogar on the House",
grinste er. „Sorry. War nur Spaß. Amüsier dich gut."

Er steckte den Geldschein in die Brusttasche meiner Jacke. Ich nahm das Messer von der Kehle des anderen und
senkte ein wenig den Arm. Der Tritt traf mich am Ellbogen
und das Messer wurde durch die Luft geschleudert und
landete irgendwo weit hinter mir. Der andere befreite sich
sofort aus meinem Griff und rammte sein Knie in meinen
Unterleib, sodass ich mich vor Schmerzen krümmte. Ein
Faustschlag ins Gesicht ließ meinen Kopf nach hinten fliegen. Blut tropfte aus meiner Nase und ich taumelte. Ein
Boxhieb landete in meiner Magengrube, ein warmer, brö-
ckeliger Schwall schoss aus meinem Mund, und ich ging zu
Boden. Sie traten wie von Sinnen auf meinen geschunde-
nen Körper ein und gegen meinen blutigen Kopf, bis mir
schwarz vor Augen wurde und ich das Bewusstsein verlor.

Als ich wieder zu mir kam, lag ich neben einem Müll-
container auf dem verharschten Pflaster eines dunklen
Hinterhofs.

Meine Jacke stank nach Kotze und Blut, meine Gliedmaßen waren steif und ich zitterte wie Espenlaub. Anscheinend hatten sie mich vom Haupteingang weggeschleift
und hier abgelegt wie eine überfahrene Katze. Mein ganzer
Körper schmerzte und mir war speiübel. Ich versuchte auf-
zustehen, doch ich spuckte Blut und brach sofort wieder
zusammen. Es hatte aufgehört zu schneien. Die Wolkendecke war ein wenig aufgerissen und über mir leuchteten ferne, blasse Sterne. Es war sehr kalt. Eine lähmende

Müdigkeit überfiel mich und ich wusste, dass ich in dieser Nacht erfrieren würde. Einmal meinte ich, Schritte zu hören und versuchte, um Hilfe zu rufen, doch ich bekam nur ein Nuscheln heraus, die Schritte hasteten vorbei und ich hörte jemanden sagen, es sei nur ein betrunkener Indianer. Ich schloss die Augen und dachte, dass es ein sanfter Tod war und dass es gut wäre zu sterben. Ich verfiel in einen qualvollen Dämmerschlaf, in dem ich jegliches Zeitgefühl verlor. Als ich die Augen wieder öffnete, glaubte ich zu träumen. Eine dunkle Silhouette in einem erhellten Türrahmen. Eine Frau. Sie zündete eine Zigarette an und rauchte in hastigen Zügen. Die Tür stand halb offen und leise Barmusik wehte zu mir herüber. Ich vermutete, dass es der Hinterausgang des Clubs sein musste. Ich gab ein heiseres Krächzen von mir und die Frau kam vorsichtig näher. Sie hatte lange schwarze Haare und trug Highheels und ein hautenges Minikleid. Sie war sehr schön. Es war die Inuit-Frau vom Square Cabot. Sie beugte sich über mich und ich sah das Erschrecken in ihren dunklen Augen.

Sie strich sanft über mein Haar und flüsterte auf Inuktitut. Eine Männerstimme rief etwas auf Französisch und sie zuckte zusammen.

„Sie war hier", raunte sie mir zu, „deine Cousine war hier."

Ihre Stimme zitterte. Die Männerstimme rief lauter, diesmal ungeduldig und zornig.

„Ich muss zurück", flüsterte sie. Ich wollte sie festhalten und ihre Hand an meinem Gesicht spüren, während das Leben aus mir herausströmte, doch ich wusste, dass sie uns beide umbringen würden, wenn sie mich hier mit ihr finden würden.

„Geh", stieß ich hervor, und sie stöckelte hastig zurück und verschwand in der Tür. Ich dachte, dass ich hier in diesem gottverlassenen Hinterhof verrecken und niemand auch nur einen Finger rühren würde, um den Tod eines Indianers, der in der Gosse erfroren war, aufzuklären. Ich dachte an meine Mutter und meinen Großvater zu Hause in Niskawini, und dass sie niemals erfahren würden, was mit mir passiert war. Und ich dachte an den Mord an Jeanette und dem Ungeborenen, der für immer ungesühnt bleiben würde. Ich krümmte mich auf dem gefrorenen Boden zusammen wie ein Embryo. Nur die fernen Sterne würden mein langsames Sterben beobachten. Meine Hand stieß an einen harten Gegenstand. Er fühlte sich kalt und kantig an. Sie hatte mir ihr Handy dagelassen. Ich stützte mich mit letzter Kraft auf und nestelte in meiner Jackentasche. Die Visitenkarte war noch immer da.

Sergeant Jean-Baptiste LeRoux. Sûreté Montréal.

Es dauerte eine Ewigkeit, bis meine steifen Finger die Nummer in die Tastatur eingegeben hatten. Und es dauerte noch länger, bis eine Männerstimme „Hallo" sagte.

„Night Club LeSerpent", stieß ich hervor. Ich wusste nicht, ob er mich verstanden hatte. Das Handy entglitt meinen blau gefrorenen Händen und ich versank in eine Welt dunkler Schatten.

Jean-Baptiste LeRoux
9. November

Es dauerte lange, bis er begriff, dass sein Handy klingelte. Das Display zeigte 3:28 Uhr. Sein Nacken war verspannt und sein Rücken schmerzte. Seit seiner Rückkehr aus Niskawini schlief LeRoux auf dem Sofa im Wohnzimmer. Sophie hatte eine Paartherapie vorgeschlagen, doch LeRoux dachte, dass er sich eher umbringen würde, als einem Fremden von seinem mangelnden sexuellen Verlangen nach seiner Ehefrau und seinen Eskapaden zu erzählen. Die Stimme klang wie die eines Betrunkenen. *Night Club LeSerpent.* Ein Genuschel, dann war die Verbindung unterbrochen. Der Name sagte ihm nichts.

Vielleicht gab es eine Schlägerei oder sonstigen Ärger. Sollte er die Streife benachrichtigen? Dieses Sofa würde ihn noch zum Krüppel machen. Während er sich rastlos hin und her wälzte, fragte er sich, woher der Anrufer seine Handynummer hatte. Je länger er darüber nachdachte, desto unruhiger wurde er. Er konnte nicht einschlafen und versuchte zurückzurufen, doch niemand meldete sich. Um 4:13 Uhr rief er die Streife an. Um 4:58 Uhr kam die Meldung, dass nichts Auffälliges passiert sei. LeRoux verfluchte sich selbst. Er sollte sein Handy nachts in den Flugmodus setzen.

Der Morgen war grau und verhangen. In der Nacht hatte es geschneit und der Wetterbericht im Radio sagte weitere Schneefälle voraus. Die Heizung in seinem Wagen funktionierte immer noch nicht und er quälte sich frie-

236

rend durch den morgendlichen Berufsverkehr zur Sûreté. Er war hundemüde. Wenn er Pech hatte, wartete bereits der nächste Fall auf ihn. Garner hatte überlebt. Vielleicht sollte er ihn noch einmal im Krankenhaus besuchen, bevor er in die Reha und dann zurück nach Regina fuhr. Vielleicht.

Er nahm den Aufzug zur fünften Etage. Das erste, was er tat, nachdem er sein Büro betrat, war, die Bilder der ermordeten Frauen von den Wänden zu entfernen. Während er die Fotos Stück für Stück abnahm und in eine Mappe einsortierte, hatte er das seltsame Gefühl, einen Verrat zu begehen. Trotz ihres Erfolges blieben die meisten Morde entlang des Transcanada-Highways unaufgeklärt und würden es wahrscheinlich für immer bleiben. Zufällige Begegnungen, die tödlich ausgegangen waren. Auch wenn er sich sagte, dass diese Fälle nicht in ihren Zuständigkeitsbereich fielen, schienen ihn die Augen der Opfer anzuklagen. Er legte die Mappe in den Aktenschrank und bat Marie, ihm einen Kaffee zu bringen. Als sie die Tasse auf seinen Schreibtisch stellte, ertappte er sich dabei, in ihren Ausschnitt zu schielen. Sie lächelte, und er fühlte sich durchschaut. Kein Sex mit Kolleginnen, dachte er. Oberste Grundregel. Wie so oft in letzter Zeit, hatte er das Gefühl, dass sein Leben ihm entglitt, und er mehr und mehr die Kontrolle über sich selbst verlor.

Die Tür ging auf und Morel kam herein. Die schläfrigen Bassett-Hound-Augen blickten ihn ausnahmsweise freundlich an.

„Hervorragende Arbeit, LeRoux", sagte er. Er klopfte

LeRoux auf die Schulter. „Haben Sie schon die Presseberichte gelesen?"

LeRoux nickte. Die Gazette war voll des Lobes, doch es war vor allem ein Lobgesang auf Morel. Natürlich hatte es der Alte mal wieder verstanden, sich selbst ins rechte Licht zu rücken. Dabei hatte er LeRoux und Garner weiß Gott genug Knüppel zwischen die Beine geworfen. Und während Garner ebenfalls von der Presse in den Himmel gehoben wurde, war LeRouxs Name nicht einmal erwähnt worden. Doch er konnte froh sein, dass Morel ihn wegen seines Alleingangs nicht zur Sau gemacht hatte. Was genau betrachtet ein mittleres Weltwunder war. Stattdessen wedelte Morel geradezu mit dem Schwanz vor Freude.

„Die Auswertung des Fahrtenschreibers hat eindeutig belegt, dass Derek Barker zur fraglichen Zeit an der Esso-Tankstelle in Sault Ste. Marie war. Es gibt sogar eine Benzinquittung mit Datum und Uhrzeit. Es ist so gut wie sicher, dass er Martha Loon dort aufgegabelt, gefoltert und später ermordet hat."

Morel grinste wie ein Honigkuchenpferd.

„Als er drei Tage später auf der Rückfahrt bei seinem Bruder übernachten und mit ihm etwas trinken gehen wollte, hat er in dessen Büro zufällig Lorraine Buffalo getroffen, die gerade ihre Zeugenaussage machte und ein Riesenspektakel veranstaltete. Während sein Bruder noch einmal nach Hause fuhr, um seine vollgekotzte Uniform zu säubern und sich umzuziehen, ist Barker ihr nach und hat sie beseitigt. Der Dreckskerl hat auch ihr die Augen ausgestochen."

Morel grinste noch breiter. LeRoux hatte ihn noch nie derart zufrieden erlebt.

„Die Therapeutin des Trauma-Stress-Centers in Petawawa hat ausgesagt, dass Barker am Tag des Deep-River-Mordes bei ihr zur Behandlung war. Er hatte einen schweren depressiven Schub und wirkte instabil. Seine sexuelle Frustration führte zu starken Aggressionen gegenüber Frauen. Er muss die nicht identifizierte Frau, die ebenfalls indianischer Abstammung war, dann zufällig auf dem Rückweg nach Sault Ste. Marie getroffen haben. Vielleicht war sie ja getrampt. Das Kaliber von Barkers Pistole stimmt im Übrigen mit dem aller Morde überein."

Außer dem an Jeanette Maskisin, dachte LeRoux. Es schien, als könne Morel seine Gedanken lesen.

„Auch wenn das Kaliber bei unserem Montreal-Fall nicht feststellbar war, so war Barker doch zwei Wochen vor dem Fund der Leiche in Montreal. Das hat die Firma ebenfalls bestätigt. Wenn Sie kurz mitkommen in mein Büro, wird Docteur Lamartine uns die Ergebnisse der DNA-Analyse erläutern."

Die Leiche hatte etwa zehn Tage im Wasser gelegen, bevor sie angespült worden war. Blieb eine Differenz von vier Tagen.

Doch vielleicht war die forensische Untersuchung nicht ganz genau. LeRoux atmete auf. Der Fall schien so gut wie abgeschlossen. Er müsste nur noch die Lamartine über sich ergehen lassen.

„Herzlichen Glückwunsch, mein lieber Jean-Baptiste", flötete sie ihm entgegen. Sie hatte sich ordentlich aufgebrezelt und roch nach Formaldehyd und Parfum. Sie setzte eine Lesebrille und eine wichtige Miene auf.

„Die Untersuchung der Hautpartikel unter den Fingernägeln der Opfer ergab in drei Fällen eine Übereinstimmung mit der DNA Derek Barkers. Im Fall Jeanette Maskisin sind wir leider bisher zu keinem eindeutigen Ergebnis gekommen, doch ich denke, wir können davon ausgehen, dass es derselbe Täter war."

Sie lächelte und zeigte ihre blendend weißen Jacketkronen.

„Hervorragende Arbeit, Docteur Lamartine", sagte Morel. Das Wort *hervorragend* schien Morels neues Lieblingswort zu sein.

„Diesen Erfolg müssen wir feiern", säuselte die Lamartine. „Haben Sie heute Abend schon etwas vor?"

„Leider ja", sagte LeRoux. Er zuckte bedauernd mit den Schultern. „Vielleicht ein anderes Mal."

Die Lamartine zog einen Schmollmund.

„Ich nehme Sie beim Wort, Jean-Baptiste", lächelte sie süßsauer. *„A la prochaine."*

Sie rauschte hinaus. Zurück blieben eine Aktenmappe und eine Parfumwolke.

„Schreiben Sie noch einen Abschlussbericht, LeRoux", sagte Morel. „Und machen Sie ruhig etwas früher Feierabend. Hervorragende Arbeit, ganz hervorragend."

LeRoux ging zurück in sein Büro. Die Wände wirkten seltsam nackt und schienen seine innere Leere zu spiegeln. Die Zusammenarbeit mit Garner war endgültig vorbei. Es war unwahrscheinlich, dass sie einander noch einmal wiedersehen würden. Garner war ein Spinner und ein arroganter Scheißkerl, und dennoch vermisste er ihn plötzlich. Garner wäre fast in seinen Armen gestorben, und es hätte genauso gut ihn selbst erwischen können. Er dachte an die endlose Kette sinnloser Morde, die bis zu seiner Pensionierung noch auf ihn wartete, und das Gefühl der Trostlosigkeit überschwemmte ihn wie ein Tsunami. Während er sich durch den Bericht quälte, sah er wieder die weggerissene Schädeldecke und das Blut auf Bett und Wänden. Auch wenn Derek Barker ein brutaler Mörder war, so war er auch ein Opfer gewesen, das Opfer eines anderen sinnlosen Mordens irgendwo in Afghanistan. Als der Bericht fertig war, druckte er ihn aus und legte ihn auf Morels Schreibtisch. Er fühlte sich ausgebrannt und zu Tode erschöpft. Es war 15:20 Uhr. Er schloss die Bürotür ab und nahm den Aufzug nach unten. Draußen war es kalt und es dämmerte bereits. Schnee fiel in dicken, weichen Flocken. Vielleicht sollte er Urlaub nehmen. Mit Sophie nach Florida fliegen. In der Sonne liegen und Cocktails trinken. Ihr endlich ein Kind machen. Die Wohnung war leer. Sophie war noch in der Buchhandlung. Zum Abendessen wäre sie zu Hause. Er würde einkaufen und für sie kochen. Eine Flasche teuren Wein besorgen.

Auf dem Küchentisch lag ein Zettel. *Bin heute Abend unterwegs. Warte nicht auf mich. Sophie.* Es war sinnlos. Die Einsamkeit, die er empfand, schnürte ihm die Kehle zu. Obwohl es erst später Nachmittag war, goss er sich ein Glas Whiskey ein und trank ihn in einem Schluck. Er legte sich aufs Sofa und schaltete den Fernseher an. Er zappte lustlos durch verschiedene Programme, während er überlegte, mit wem Sophie sich wohl traf. Er trank einen zweiten Whiskey, um die blinde Eifersucht, die in ihm kochte, zu betäuben. Er musste eingenickt sein, denn als er die Augen öffnete, liefen gerade die Abendnachrichten. Katastrophenmeldungen aus aller Welt prasselten im Sekundentakt auf ihn ein, unterbrochen von dämlichen Kommentaren. Gab es keine Möglichkeit, diesem ganzen Irrsinn zu entfliehen? Er drückte auf die Off-Taste. Die Stille in der Wohnung war unerträglich. Er hatte keine Lust, hier den ganzen Abend zu hocken und auf Sophie zu warten. *Night Club LeSerpent.* Er wusste selbst nicht, warum ihm der Name, den der nächtliche Anrufer genannt hatte, plötzlich einfiel. Er googelte die Adresse. 115 Avenue du Mont Royal. Es war nicht allzu weit. Scheiß auf Sophie. Er würde den Erfolg ihrer Ermittlungen alleine feiern. Er würde den Stripperinnen auf die Ärsche und Titten glotzen und sich sinnlos betrinken. Morgen würde er sich krankmelden wegen Erschöpfung.

Es schneite noch immer und auf den Hauptstraßen waren Räumfahrzeuge unterwegs. Während LeRoux den Wagen durch das dichte Schneegestöber lenkte, dachte er daran, dass ihn Desillusion, Pessimismus und Melancholie anzogen wie dunkle Sterne. Die Wirklichkeit war hässlich und morbide, die Großstadt abstoßend und düster, der Mensch hin- und hergerissen zwischen den Mächten des Hellen und Guten und denen des Dunklen und Bösen.

Die rote Leuchtreklame mit dem blinkenden Schriftzug *Night Club LeSerpent* hatte etwas Satanisches. Eine innere Stimme warnte ihn, umzukehren und zurück nach Hause zu fahren, doch das flackernde Schild schien ihn auf magische Weise anzuziehen wie ein Geheimnis oder eine dunkle Verheißung. Er parkte den Wagen und stieg aus. Zwei finstere Gestalten musterten ihn und winkten ihn durch. Er gelangte in ein plüschiges Entree, in dem ihn ein Schwarzer in Livrée und Reitstiefeln in Empfang nahm und höflich nach seinen Wünschen fragte. Er nahm ihm den Mantel ab und geleitete ihn in eine verspiegelte Bar, in der leise Jazzmusik lief.

Lederne Clubsessel mit kleinen Tischen waren rund um eine Bühne angeordnet, auf der sich zwei barbusige blonde Stripperinnen lasziv an Stangen räkelten. Beide trugen Stringtangas, an denen ein Feigenblatt aus einem grünen Glitzerstoff notdürftig die Scham bedeckte. Sowohl an der Theke als auch im Bühnenbereich gab es kaum noch freie Plätze. Die Gäste waren ausschließlich Männer unterschiedlichen Alters, die meisten in Business-Anzug oder teurer Freizeitkleidung. LeRoux quetschte sich auf einen Barhocker und bestellte einen Gin Tonic. Er leerte das Glas in einem Zug und orderte sofort einen neuen. Der Barkeeper verzog keine Miene. Eine schwarzhaarige Frau in Highheels und einem paillettenbesetzten, hautengen Minikleid betrat jetzt die Bühne. Sie hatte schräg stehende, dramatisch geschminkte Augen und hohe Wangenknochen. Asiatisches, vielleicht auch indianisches Blut. Obwohl sie nicht mehr ganz jung war, verströmte sie eine starke, beinahe animalische Sexualität, und die Augen der Männer klebten an ihrem Körper. Sie trug eine giftgrüne

Pythonschlange auf den Armen. Der Kopf der Schlange war aufgerichtet, die Augen blickten starr und böse. Eine der Stripperinnen löste sich von der Stange, und die Dunkelhaarige küsste sie auf den Mund. Ein paar Männer pfiffen. Die Blonde war grazil gebaut mit festen runden Brüsten und zartrosa Warzenhöfen. Die Schlangenfrau legte die Python beinahe zärtlich um den Hals der Blonden, sodass der Kopf der Schlange auf der Höhe der rechten Brustwarze war. Die Schlange wand sich, hob den Kopf und züngelte. Ihr Giftgrün bildete einen gefährlichen Kontrast zu der bleichen Haut der Frau, die jetzt die Beine spreizte und den Oberkörper nach hinten bog, während die Python langsam an ihrem nackten Körper entlangglitt. Die Blonde schloss die Augen und stöhnte. Ein Zittern wie bei einem Orgasmus durchlief ihren Körper. Die Männer johlten. Die Schlange hatte sich fest um die Taille der Frau gewickelt. LeRoux fühlte eine Mischung aus Ekel und Erregtheit. Das Gegröle in der Bar nahm zu und ein Mann sprang auf die Bühne und steckte einen 100-Dollarschein hinter das Feigenblatt. Die Schlange züngelte und die Männer applaudierten. LeRoux bestellte einen neuen Drink, den er hastig hinunterkippte. Die Konturen der Bühne wurden unscharf. Die Blonde richtete sich wieder auf, öffnete die Augen und lächelte lüstern. Sie bewegte rhythmisch die Hüften und drehte und wand sich genau wie die grüne Schlange, die um ihren Körper hing. Immer mehr Geldscheine wurden zwischen ihre nackten Pobacken und in das Gummi des Strings gesteckt, und die Stimmung war schwül und aufgeheizt. Beinahe unmerklich hatten sich weitere barbusige Evas unter die Männer gemischt, setzten sich auf teuer bekleidete Schöße und schlangen Arme um faltige Hälse. Einige Paare und Dreiergruppen verschwanden nach und nach in Separees. LeRoux beschloss, einen Absacker zu trinken und dann ein Taxi zu bestellen.

„Lädst du mich ein?"

Die Stimme klang rauchig und sexy. Dicht neben ihm stand die schwarzhaarige Schlangenfrau. Aus der Nähe sah sie plötzlich alt und verlebt aus. Wahrscheinlich Cree oder Inuit.

„Was trinkst du?"

„Champagner", sagte sie.

Er bestellte zwei Gläser und der Barkeeper zwinkerte ihm verschwörerisch zu. Sie drückte ihren nackten Oberschenkel dicht an seinen und beugte sich ein wenig vor, sodass er ihre Brüste sehen konnte. Es war ein abgekartetes Spiel, doch LeRoux verspürte eine perverse Lust, das krude Spiel der Verführung mitzuspielen.

„Cincin", sagte sie und sah ihm tief in die Augen. Ihre Hand streifte fast unmerklich seinen Schritt und sie lächelte.

Eine erfahrene alte Hexe, dachte LeRoux. Dennoch war er erregt.

Der Champagner perlte auf der Zunge und ließ seine Gedanken flauschig werden.

„Ich heiße Cheyenne", sagte die Schlangenfrau.

LeRoux musste grinsen.

„George Custer", sagte er. Falls sie den Witz verstanden hatte, zeigte sie keine Reaktion.

Sie hielt ihm eine Zigarettenpackung hin. Es war eine

arabische Marke, die er noch nie gesehen hatte. Er zückte das Feuerzeug und bemerkte ihren Blick, der einen kurzen Moment auf der silbernen Hülle mit den eingelegten Türkisen haften blieb. Eine dunkle Erinnerung an Niskawini stieg in ihm auf, doch ihr süßlicher Geruch und die Nähe ihres halbnackten Körpers nahmen ihm den Atem. Die Zigarette war stark und aromatisch. Cheyennes Augen tauchten noch immer in seine. Der Barkeeper füllte ihre Gläser auf, und während er die Zigarette zu Ende rauchte, fühlte er sich so leicht und frei wie seit Ewigkeiten nicht mehr.

„Du hast schöne Augen", sagte er. Es klang abgedroschen, doch es stimmte. Ihre Augen waren dunkel und von einer melancholischen Tiefe, mit riesigen schwarzen Pupillen, die ihn aufsaugten und zu verschlucken schienen wie ein schwarzes Loch.

„Du bist ein Träumer", sagte sie. Ihre Stimme war so einschmeichelnd wie Samt. Sie strich spielerisch über seinen Oberschenkel.

„Ein Träumer, der seine Träume verloren hat."

LeRoux fühlte einen Stich. Das Erschrecken darüber, erkannt zu werden. Wieder stieg eine vage Erinnerung in ihm hoch, doch irgendetwas vernebelte sein Bewusstsein und ihm schwindelte.

„Möchtest du wieder träumen?"

Cheyennes Gesicht stand dicht vor seinem, und er fühlte sich wie unter einem mächtigen Zauberbann. Le-Roux nickte.

„Wir verkaufen Träume", sagte sie. „Du siehst aus, als ob du das Abenteuer liebst. Komm."

Sie nahm seine Hand und zog ihn mit sich. Er folgte ihr willenlos. Sie führte ihn aus der Bar hinaus in einen schummrig beleuchteten Flur, von dem einzelne Zimmer abgingen. LeRouxs Kopf schwirrte, und alles wirkte so unwirklich und verworren wie in einem Albtraum. Cheyenne blieb vor einer Tür am Ende des Ganges stehen.

„Du bist ganz frei", sagte sie. „Du darfst alle deine Fantasien ausleben."

Wieder sah sie tief in seine Augen. „Alle", sagte sie. „Hinter dieser Tür gibt es keine Grenzen."

LeRoux spürte sein Herz bis zum Hals klopfen.

„Ich lasse dich jetzt allein", sagte Cheyenne. „Bezahlen kannst du später an der Bar."

Er drückte die Türklinke hinunter und trat ein. Das Zimmer war in demselben Dunkelrot wie die Wände auf dem Flur gestrichen und rundum verspiegelt. Es schien, als vervielfache er sich wie in einem Spiegelkabinett, und ihm schwindelte. In der Mitte stand ein Bett aus Messing. Darauf lag eine nackte Frau, deren Arme und weit gespreizte Beine mit Hand- und Fußschellen an die Pfosten gefesselt waren.

Sie trug eine schwarze Augenbinde und lag so regungslos da wie eine Puppe. *Alice hinter den Spiegeln.* Wieder spürte er eine Mischung aus Erregung und Ekel. Er näherte sich vorsichtig dem Bett und setzte sich auf die Kante. Ihr Körper war jung und makellos. Er streichelte zaghaft ihre Beine, doch sie zeigte keine Reaktion. Seine Hand glitt höher bis zur Scham, die glatt und haarlos war wie bei einem Kind. Er öffnete den Gürtel und zog den Reißverschluss seiner Hose auf. Ihre Brüste sahen aus wie kleine Knospen und sie atmete sehr flach. Er kniete sich über sie und holte sein Glied hervor. Sie lag noch immer da wie eine Tote. Die Arme waren nach oben gestreckt und gefesselt, doch das Tattoo auf ihrer rechten Schulter war deutlich zu erkennen. Eine blaugrüne Schlange. LeRoux erschrak.

Er löste mit zitternden Fingern die Augenbinde. Sie hatte ein schönes, unschuldig wirkendes Puppengesicht. Sie war bewusstlos und hielt die Augen geschlossen. Vollgepumpt mit Drogen. Sie war höchstens 14. Die Erinnerung an die Beerdigung von Jeanette Maskisin oben in Niskawini stieg wie ein Film in ihm hoch. Seine Gedanken überschlugen sich. Damals hatte er Leon Maskisin seine Handynummer gegeben. War er der nächtliche Anrufer? Er verspürte eine plötzliche Übelkeit und sein Schädel schien zu platzen. Er war betrunken. Etwas war in der Zigarette gewesen. Es war ihm unmöglich, einen klaren Gedanken zu fassen. Sex mit einer Minderjährigen. Ohne Tabus. *Hinter dieser Tür gibt es keine Grenzen.* Er hörte wieder die Stimme der Schlangenfrau. Sie würden ihn ordentlich abkassieren. Vielleicht filmten sie heimlich und würden ihn erpressen. Es war nichts passiert. Dennoch raste sein Herz und ihm brach der Schweiß aus allen Poren. Er musste hier raus. Er musste … Es wollte ihm partout nicht einfallen, was er sonst noch musste, doch er sprang auf und stürzte aus dem Zimmer. Fluchtartig hastete er den dunklen Flur entlang, während etwas in ihm würgte und er sich erbrach. Er wischte sich notdürftig mit einem Taschentuch ab und stolperte zurück in die Bar. Hinter der Theke stand eine

Frau. Sie trug ein trägerloses schwarzes Kleid und hielt zwei Whiskey-Gläser in der Hand. Sie war sehr schön. Obwohl sein Blick verschwommen war, erkannte er sie sofort. Céline. Kopflos rannte er auf sie zu. Er war sich nicht sicher, ob er etwas gerufen hatte, doch sie wandte sich ihm zu und lächelte.

„LeRoux", sagte sie. „Was für eine Überraschung."

„Céline", sagte er. Es schien ihm, als sei sie der rettende Engel in einem schrecklichen Albtraum, und er fühlte Tränen der Erleichterung in sich hochsteigen. Er griff mechanisch nach dem Whiskey-Glas, doch ein Mann trat neben Céline und legte den Arm besitzergreifend um ihre Taille. Er war etwa Mitte 40 und auf eine gefährliche Art gut aussehend. Céline reichte ihm den Whiskey. LeRoux spürte einen Stich in der Brust. Es war der Mann in dem schwarzen Citroen DS, der Mann, der Céline zu ihrem letzten Treffen im Hotel de Paris gefahren hatte. Ein Freund, hatte sie gesagt.

„Ich bin der Besitzer des Clubs", sagte er. „Man nennt mich Serpent." Sein Lächeln erinnerte LeRoux an ein Raubtier. „Ich hoffe, Sie amüsieren sich, Monsieur."

Er trank einen Schluck und küsste Céline auf die Mulde zwischen Hals und Schlüsselbein. Die Intimität der Geste brachte LeRoux zum Wahnsinn.

„Ein Freund von dir, *Chérie*?" Der Blick des Mannes war stechend.

„Ein Bekannter", sagte Céline. „Er wollte gerade zahlen." LeRouxs Kopf explodierte. Alles verschwamm in einem flammenden Rot rasender Eifersucht.

„Ich bin von der Sûreté", stieß er hervor. „Ich werde dich und deinen dreckigen Club hochgehen lassen."

Serpents Augen wurden schmal.

„So?", sagte er. Er machte einen leichten Wink mit der Hand. „Und weshalb, wenn ich fragen darf?"

„Weshalb? Drogen, Prostitution mit Minderjährigen, Mord. Reicht das?" Er schrie jetzt. „Sagt dir der Name Jeanette Maskisin etwas?"

Jemand packte ihn von hinten und verdrehte schmerzhaft seinen Arm. Er versuchte sich loszureißen, aber der andere zog ihn brutal Richtung Ausgang.

„Sie haben zu viel getrunken, Monsieur", zischte Serpent. Er war blitzschnell hinter der Theke hervorgekommen und stand dicht neben ihm. LeRoux spürte etwas Hartes und Kaltes an seinem Rippenbogen.

„Kommen Sie einfach mit, Monsieur", sagte er.

„Céline", stöhnte LeRoux, doch sie war plötzlich von der Bildfläche verschwunden. Ihm war speiübel und er musste sich wieder übergeben. Einige Männer blickten zu ihm hin und grinsten, während Serpent und der andere ihn in das Entree bugsierten.

„Bringt ihn in den Keller", sagte Serpent. Sie schoben LeRoux vor sich her, während sie eine Treppe hinabstiegen, und LeRoux Serpents Pistole im Rücken spürte.

Der Schwarze schloss eine Tür auf und drückte auf den Lichtschalter. Der fahle Schein einer nackten Glühbirne, die von der Decke hing, fiel auf monströse eiserne Käfige, Ketten, Ledermasken und spitzzackige Geräte, die aussahen wie in einem mittelalterlichen Folterkeller. LeRoux dachte an die Hämatome und Verbrennungsspuren an Jeanette Maskisins Körper, und er zitterte unkontrolliert. Sie hatten sie unter Drogen gesetzt und als Sexsklavin missbraucht. Als sie schwanger wurde, hatten sie sie abgeknallt wie eine Ratte und in den Fluss geworfen.

An der Wand hing ein Andreaskreuz.

„Fesselt ihn", sagte Serpent.

Die beiden Männer spreizten seine Beine und Arme und zwangen seine Gelenke in metallene Hand- und Fußschellen. Die Schlösser schnappten zu, er war gefangen wie ein Wildtier auf der Trapline. LeRoux schrie wie am Spieß, doch sie stülpten eine enge Ledermaske mit einem Mundknebel über sein Gesicht, sodass er würgen musste und zu ersticken glaubte.

„Monsieur steht auf Sadomaso." Serpents Stimme triefte vor Hohn. „Gönnen wir ihm seinen Spaß."

LeRoux hörte, wie Schritte sich entfernten und die Tür abgeschlossen wurde. Er war alleine. Er hatte Mühe zu atmen und seine Arme schmerzten jetzt schon. Céline hatte ihn verraten. Hatte sie sich nur an ihn herangemacht, um ihn auszuspionieren? Sie würden ihn hier sterben lassen. Niemand wusste, wo er war.

Ted Garner

11. November

Als er die Augen öffnete, meinte er zu träumen. Auf seiner Bettkante saß ein Indianer. Er hatte langes, zu Zöpfen geflochtenes Haar. Sein Gesicht war geschwollen und blutunterlaufen und er hatte einen raubtierhaften Blick. Ein Irrer. Er war noch jung und Garner verspürte eine irrationale Angst, dass der Indsman ihm etwas antun würde.

„Ted Garner?", fragte der Indianer.

Er träumte nicht. Der Indianer war aus Fleisch und Blut. Garner richtete sich mühsam auf. Obwohl er seit gestern nicht mehr auf der Intensivstation lag, war er noch immer sehr schwach. Etwas an dem Mann kam ihm bekannt vor, doch die Erinnerung blieb vage und unscharf.

„Wer sind Sie?", fragte er.

Der Indsman zögerte. Sein linkes Handgelenk war bandagiert.

„Ich bin aus Niskawini", sagte er.

Leon Maskisin. Die Erkenntnis traf Garner wie ein Blitz. Nach Maskisin lief eine Fahndung. Doch der Fall war abgeschlossen. Sie hatten den Mörder gestellt. Was wollte Maskisin hier?

Sich an ihm rächen? Damals auf der Beerdigung war er nicht besonders freundlich zu ihm gewesen. Die Fahndung hatte Morel veranlasst. Die schwarzen Augen schienen ihn zu durchbohren.

„Der Mörder Ihrer Cousine ist tot", sagte Garner. „Es stand in allen Zeitungen."

Es hatte auch in allen Zeitungen gestanden, dass er schwer verletzt worden war. Es war wahrscheinlich nicht schwierig gewesen, ihn im General Hospital ausfindig zu machen. Hätte er Polizeischutz gebraucht?

Der Indianer schwieg und starrte ihn weiter an. Es war wirklich ein verstocktes Volk.

„Ich suche Jean-Baptiste LeRoux", sagte er schließlich. „Haben Sie eine Ahnung, wo er sein könnte?"

Garner schüttelte den Kopf.

„Hier jedenfalls nicht", sagte er.

Er wünschte, der Indsman würde sich verziehen, doch der saß wie ein Ölgötze auf der Bettkante und rührte sich nicht.

Vielleicht sollte er den Notrufknopf drücken. Die zierliche vietnamesische Krankenschwester wäre allerdings kaum eine Hilfe.

„Er hat sein Handy ausgestellt", sagte der Indianer.

Typisch LeRoux, dachte Garner. Hatte wahrscheinlich keinen Bock auf Kontrollanrufe Morels oder seiner Frau. Es war viel passiert. Vielleicht brauchte er einfach seine Ruhe.

„Was wollen Sie von ihm?"

„Das würde ich ihm gerne selber sagen", sagte er.

Es war offensichtlich, dass der Indianer ihm genauso wenig traute wie andersrum.

„Warum gehen Sie nicht zur Sûreté?", fragte Garner. „Wahrscheinlich ist er in seinem Büro."

In Maskisins zugeschwollenen Augen blitzte etwas auf. Hass? Misstrauen? Irgendjemand hatte ihn ziemlich übel zugerichtet. Bestimmt hatte er etwas ausgefressen und scheute die Polizei wie der Teufel das Weihwasser. Der Mann war ihm unheimlich. Er taxierte Garner wie eine Schlange das Kaninchen.

„Der Mörder meiner Cousine ist nicht tot", sagte er. „Er läuft immer noch frei herum."

Ein Irrer. Garner hatte recht gehabt. Er hoffte, der Indsman hatte kein Messer bei sich.

„Sie wollten mich auch umbringen." Plötzlich brach es aus ihm hervor. „LeRoux hat mich im Stich gelassen."

„Wer wollte Sie denn umbringen?"

Es war gut, Irre nicht zu provozieren. Anscheinend wollte er LeRoux an den Kragen.

„Kennen Sie *LeSerpent*?"

Garner schüttelte den Kopf. Wenn ihn sein Schulfranzösisch nicht täuschte, hieß das Schlange. Der Indsman war wahrscheinlich schizoid.

„*LeSerpent* ist ein Nachtclub in der Avenue du Mont Royal. Ich weiß, dass Jeanette dort war. Als ich versucht habe, hineinzukommen, wurde ich von zwei Türstehern brutal zusammengeschlagen. Ich wäre erfroren, wenn mich die Street Patrol nicht zufällig aufgegabelt hätte. Im *Reunion Center* haben sie einen Sanitäter, der mich verarztet hat."

Die Stimme des Indsman klang jetzt ganz normal.

„Ich habe LeRoux in der Nacht angerufen. Ich war sehr schwach und konnte ihm nur den Namen des Clubs sagen, doch er hat nichts unternommen."

Wahrscheinlich hatte er sich wieder betrunken oder rumgehurt, dachte Garner. Er hatte sein Handy ausgestellt und seinen Rausch ausgeschlafen.

„Woher wissen Sie, dass Ihre Cousine in dem Club war?",
fragte er.

Der Indianer zögerte. Dann zog er einen Brief aus der
Hosentasche und reichte ihn Garner.

„Sie hat mich noch einmal kontaktiert", sagte er und
senkte den Blick.

Der Brief war in Montreal abgestempelt worden. Der
Umschlag war schmutzig und der Zettel zerknüllt.

Ruf mich an. Es ist dringend. Jeanette. Eine Handynummer. Darunter eine hingekritzelte Zeichnung, die wie eine
Schlange aussah. Keine Adresse.

„Wann haben Sie den Brief bekommen?"

„Im Frühjahr", sagte der Indianer. „Ein halbes Jahr nach
ihrem Verschwinden. Als ich versucht habe, Jeanette anzurufen, habe ich sie nicht erreicht."

Die Stimme des Indianers klang schuldbewusst.

Scheiße, dachte Garner. Das Mädchen war offensichtlich in Schwierigkeiten geraten. Vielleicht war der hinge-
schmierte Zettel der letzte Hilferuf gewesen, den sie hatte
losschicken können, doch niemand hatte ihr geholfen.

„Das hätten Sie uns sagen müssen", sagte Garner. „Vielleicht hätten wir herausgefunden, wem das Handy gehörte."

Der Indianer senkte den Kopf und schwieg.

„Es gibt noch etwas", sagte er schließlich. „Eine Inuit-
Frau. Sie arbeitet in dem Club. Sie schläft mit Männern
gegen Geld. Sie hat mir gesagt, dass Jeanette da war."

Garner dachte an die Misshandlungsspuren, die Hallu-
zinogene im Blut und das Schlangen-Tattoo an der Schulter
des Mädchens. Als sie verschwand, war sie erst 14 gewesen.

255

Hatte sie im *LeSerpent* als Prostituierte gearbeitet? Wenn ja, dann bestimmt nicht freiwillig. Eine indianische Streunerin, die niemand vermisste.

„Meinen Sie, die Frau würde eine polizeiliche Aussage machen?"

„Nein", sagte der Indianer. „Niemals. Sie hat Angst vor *Misiginebiq-Manitu*."

„Missi-was-Manitu?", fragte Garner.

„Der Geist der Großen Schlange", sagte der Indianer. „Ein alter Cree-Mythos."

Er lächelte traurig.

„Die Geschichte geht nicht gut aus. Wesakechak kommt zu spät, um seine Cousine zu retten. Als er sie endlich findet, hat *Misiginebiq-Manitu* sie bereits getötet."

„Und Wesakechak?", fragte Garner.

Das Lächeln des Indianers wurde schmal.

„Wesakechak ist unser Held", sagte er. „Er tötet die Große Schlange."

Die Gedanken in Garners Kopf überschlugen sich. Die Geschichte, die der Indianer erzählt hatte, schien genauso wild wie seine Augen, doch je länger er darüber nachdachte, desto mehr Sinn machte sie. Bisher gab es keinen einzigen handfesten Beweis für eine Täterschaft Derek Barkers im Fall von Jeanette Maskisin. Das Mädchen war sehr viel jünger als die anderen Opfer, fast noch ein Kind, und sie war schwanger gewesen. Doch die Sûreté war ein träger Haufen, LeRoux ein Versager und Morel heilfroh, überhaupt einen Täter gefunden zu haben und den Fall ad acta legen zu können. Selbst wenn Garner ihm neue Hinweise präsentieren würde, wäre er mit Sicherheit nicht bereit, den Fall noch einmal aufzurollen.

„Es tut mir leid, doch ich kann Ihnen nicht helfen", sagte Garner.

Die schwarzen Augen bohrten sich in seine. Es war schwer, ihnen standzuhalten.

„Vielleicht war Jeanette nicht die Einzige", sagte der Indianer. „Vielleicht gibt es noch mehr Mädchen, die in die Fänge *Misiginebiq-Manitus* geraten sind."

Die Augen schienen ihn zu hypnotisieren. Maskisin hatte recht. Montreal war berüchtigt für seine freizügige Nachtclub-Szene. Seine Tabulosigkeit. Sex mit Minderjährigen war eine Straftat. Was niemanden davon abhielt, es mit Minderjährigen zu treiben. Pädophile gab es wie Sand am Meer. Sie hatten nicht viel in der Hand. Ein Zettel mit einer Handynummer und die Aussage einer namenlosen Inuit-Prostituierten, die sie niemals vor der Polizei wiederholen würde. Es würde nicht ausreichen, um eine Razzia zu veranlassen. Garner sank zurück in das Kissen und schloss die Augen. Bilder missbrauchter Kinder stiegen in ihm auf und überschwemmten sein Hirn. Zerstörte Leben. Er hatte bereits einen Mörder gestellt. Sein Alleingang hatte ihn fast das Leben gekostet. Reichte das nicht? Sehr viel später würde er denken, dass es die Medikamente gewesen sein mussten, die ihm diese wahnwitzige Idee eingegeben hatten, die Medikamente oder die schwarzen Falkenaugen des Indianers, die sich in seine gebohrt hatten wie Pfeile.

Wanahiikan

Das gefährlichste Tier im Busch ist nicht der Grizzly. Das gefährlichste Tier ist *Mahiikan. Mahiikan* ist gerissen und tückisch, und er jagt niemals allein. Ich war ein Jäger, doch ich hatte keine Ahnung, wie man eine Schlange fängt. Eines aber wusste ich: Serpent war gefährlich, gefährlicher noch als *Mahiikan*, und auch er jagte nicht alleine. Es gab nur einen einzigen schmalen Pfad, der zu dem Bootshaus auf der Ile Charron führte. Zwei Dohlen keckerten im Wipfel einer schneebedeckten Föhre, und das Licht wurde fahl und grau.

Nebelschwaden hingen über dem dunklen Wasser des Flusses, und über die Binsen am Ufer strich der Wind. Ein Seetaucher rief. Während ich die Tellereisenfalle überprüfte und sorgfältig mit Zweigen bedeckte, lauschte ich in die Dämmerung hinein. Ich hatte nur noch wenig Zeit. In der Ferne klang das Tuckern eines Motors. Ich entsicherte das Jagdgewehr und legte meine restliche Munition bereit.

Alleine. Ohne Waffen. 100 000 kanadische Dollar in bar.

Das waren die Bedingungen, die Garner der Schlange geschickt hatte. Dazu das Foto von Jeanette aus dem Schuljahrbuch und eine Kopie ihres letzten Briefes. *14. November, Hafen Ile Charron, 20:00 Uhr.* Die Wasserschutzpolizei war alarmiert.

Der Zugriff würde sofort erfolgen. Es war gefährlich, doch Garner war zuversichtlich, dass es funktionieren würde. Das Tuckern des Bootes wurde lauter, und der klagende Ruf des Seetauchers verstummte. Ich versteckte das Gewehr hinter dem Bootshaus und pirschte mich durch den Busch zurück zum Hafen. Eine kleine Motorjacht ohne Licht lief ein und steuerte auf die Kaimauer zu. Das Knattern des Motors erstarb, und nur das leise Plätschern der Wellen war zu hören. Eine Taschenlampe blitzte auf, und ein einzelner Mann sprang an Land und vertäute das Boot. Das musste die Schlange sein. Er war etwa Mitte 40 und trug einen wattierten Parka mit einer pelzbesetzten Kapuze. Sein Gesicht hatte etwas Raubtierhaftes und seine Bewegungen waren gewandt und präzise. Ich lugte durch die Zweige, doch niemand sonst schien an Bord zu sein. Der Mann blickte sich um und leuchtete die Umgebung ab. Ich duckte mich tief in das Gebüsch und hielt den Atem an. Er trug kein Gewehr und er schien tatsächlich allein zu sein, doch ich war sicher, dass er eine Pistole hatte. Serpent hatte meine Nachricht erhalten und war ihr gefolgt. *Kleine Änderung. Treffen am Bootshaus. 18:00 Uhr.* Ich hatte einen Lageplan dazu gelegt. Niemand wusste davon und auch ich war allein. *Fuck* Ted Garner. *Fuck* die Polizei. *Fuck* die weiße Justiz. Die Schlange war gekommen. Ich würde bald erfahren, was sie mit Jeanette gemacht hatte. Der Mann setzte sich in Bewegung und ging mit schnellen Schritten die geteerte Straße, die zu dem Golfplatz führte, entlang. Ich folgte lautlos durch das Gebüsch. Einmal meinte ich, das Knacken eines Zweiges zu hören. Ich verharrte einen Moment, aber alles blieb ruhig. Nur das Klopfen meines Herzens und das Huuu-uu-uuuu einer Eule irgendwo in der Ferne. Der Mann bog jetzt auf den Pfad Richtung Bootshaus ein. Der Himmel war von einer dunklen Schwärze, durch die kein einziger Stern schimmerte. Er blieb einen kurzen Moment stehen und nestelte an seiner Jacke. Ich hatte recht gehabt. Die Schlange war tückisch und gefährlich. Er hielt eine Waffe in der Hand. Es war eines dieser leichten automatischen Schnellfeuergewehre, und ich spürte, wie mir der Schweiß ausbrach. Wenn mein Plan fehlschlug, war ich geliefert. Bei einem direkten Schusswechsel hätte ich mit meinem Jagdgewehr keine Chance. Der See glitzerte und das Bootshaus stand wie ein viereckiger Schatten am Ende des Pfades. Der Mann schaltete die Taschenlampe aus und ging vorsichtig weiter. Er bewegte sich so geschmeidig und lautlos wie eine Katze. Auch ich huschte in großen Sätzen voran. Falls etwas schiefging, wollte ich wenigstens meine Waffe zur Hand haben. Die schemenhafte Gestalt näherte sich jetzt den Cranberry-Sträuchern, die den Pfad an der schmalsten Stelle beinahe überwucherten. An der schmalsten Stelle. An der schmalsten Stelle. Es war wie ein Mantra in meinem Kopf. Ich dachte an die alten Geschichten, in denen ein Jäger den Geist des Tieres, das er töten wollte, mit geheimen Liedern beschwor.

Ein gellender Schrei durchriss die Stille. Ich starrte in die Dunkelheit. Die senkrechte Silhouette des Mannes war nicht mehr zu sehen. Ein Schatten auf dem Boden, der sich wand und krümmte. Wo war seine Waffe? Aus dem Gebüsch waren lautes Stöhnen und französische Flüche zu hören. Der Schuppen war jetzt ganz nah. Ich machte noch ein paar Sätze und schnappte das Jagdgewehr. Mein Herz schlug bis zum Hals. Ich hatte die Schlange gefangen. Gleich würde sie singen. Ich würde den Geist der Schlange brechen, so wie sie Jeanettes Leben zerbrochen hatte. Ich trat aus dem Schatten des Bootshauses. Ein Ruf ließ mich erstarren. Der Ruf kam aus der Nähe der Straße. Schnell duckte ich mich hinter die Wand. „*Vite, viens ici!*" Die Schlange. Jemand antwortete.

Eine Männerstimme, hastige Schritte, die durch das Unterholz brachen und sich näherten. Serpent jagte nicht alleine. Hatte der andere mich entdeckt? Ich legte das Jagdgewehr an und wartete. Eine Taschenlampe leuchtete auf. Der Mann war nur für den Bruchteil einer Sekunde zu sehen, doch ich erkannte ihn sofort. Es war der Türsteher mit den Augenbrauen-Piercings, der Mann, der mich überlistet und beinahe getötet hatte. Kalter Hass stieg in mir auf. Er beugte sich über Serpent und zerrte an dem Fußeisen. Ich hörte leises Flüstern und das Entsichern einer Waffe. Auf der Jagd entscheidet der richtige Augenblick über Leben und Tod. Der Mann richtete sich auf und sein Gesicht erschien im Fadenkreuz meines Gewehrs. Ich schoss ohne Vorwarnung. Er stürzte und Serpent schrie auf. Ich wartete, doch alles blieb ruhig. Die Taschenlampe war erloschen. In der vollkommenen Stille und Dunkelheit heftiges Atmen und das Klacken von Metall. Es gibt Wölfe, die ihr Bein durchnagen, um der Falle zu entkommen. Die Tellereisenfalle war ohne Spezialwerkzeug nicht zu öffnen. Ich pirschte mich lautlos näher. Am Himmel noch immer kein einziger Stern. Es schien mir, als atme die ganze Insel – Bäume, Wasser, Tiere, Steine – und als gäbe es weder Grenzen noch Tod. Ich hatte getroffen. Der schwere Körper des Türstehers hatte Serpent halb unter sich begraben. Die Schädeldecke war aufgeplatzt, und eine gräulich-weiße Masse quoll aus einer klaffenden Öffnung an der Stelle, wo das linke Auge gewesen war. Die Cranberry-Büsche leuchteten rot.

„Du hättest dich an die Absprache halten sollen", sagte ich und trat aus dem Gebüsch. „Alleine. Ohne Waffen."

„Du bist so gut wie tot", zischte die Schlange.

Ich sammelte die beiden Schusswaffen auf und warf sie außer Reichweite Serpents. Dann legte ich das Jagdgewehr ab und zog den leblosen Körper des Mannes zur Seite. Ich wollte der Schlange ins Gesicht sehen.

„Ach ja?", sagte ich. Ich kostete den Moment aus wie eine Liebkosung. Ich suhlte mich in meiner Rache. Die Schlange lag am Boden und wand sich. Sie gehörte ganz und gar mir. Der Schuss kam von hinten. Er streifte meine linke Wange und schlug in den Stamm einer Föhre ein. Warmes Blut rieselte in meinen Kragen und ich warf mich zu Boden. Die rotgelben Blitze einer Gewehrsalve. Wahrscheinlich ein Sturmgewehr.

Ich robbte durch das Dickicht, während links und rechts neben mir Schüsse einschlugen. Ich hatte einen tödlichen Fehler begangen. Ich hatte mich von meinem Hass hinreißen lassen und alle Vorsicht in den Wind geschlagen. Sie waren zu dritt gekommen, und die Jagd hatte gerade erst begonnen. Ich war der Gejagte, sie die Jäger. Ich hatte nur noch mein Jagdmesser, der andere eine Automatikwaffe. Mit viel Glück erreichte ich das schilfbestandene Ufer des Teiches unverletzt. Die hohen Halme bogen sich im Wind, und das Wasser glänzte wie schwarzes Pech. An einigen Stellen hatte sich eine hauchdünne Eisschicht gebildet.

Ich zögerte, doch ich hatte keine andere Wahl. Während ich vorsichtig durch die Binsen watete, füllten sich meine Stiefel mit dem eisigen Wasser, und meine Hose wurde bis zum Oberschenkel nass. Es war so kalt, dass mir der Atem stockte. Ich stakste durch das Röhricht, bis ich sicher war, dass ich im Dickicht des Schilfgürtels vom Ufer aus nicht mehr zu sehen war. Bei der Entenjagd benutzt du einen Lockvogel. Du setzt ihn auf dem Wasser auf, damit er die Enten anzieht und in Sicherheit wiegt. Wenn du willst, kannst du einen Lockruf ausstoßen.

Ich schnitt zwei Schilfrohre ab, steckte das Messer in die Gürtelscheide und band sie mit Binsengras kreuzförmig aneinander. Dann zog ich meine Jacke aus und spannte sie auf die Stöcke. Ich riss ein paar von den fleischigen Blättern einer Wasserhyazinthe aus dem sumpfigen Grund und stülpte sie über das obere Ende. In der Dunkelheit würde es aussehen, als triebe ein Körper im Wasser. Die Schüsse hatten aufgehört, und außer dem leisen Plätschern der Wellen und dem Säuseln der Halme war es sehr still, doch ich fühlte die Präsenz des Bösen wie eine Geisterhand, die mich streifte. Meine Füße und Beine wurden taub und ich hatte Angst zu erfrieren. Ich schob das Stockgeflecht an den Rand der Schilfböschung und stieß einen lauten Schrei aus. Jemand schlich durch das Ufergehölz. Das Geräusch war jetzt sehr nah und ich zitterte am ganzen Körper. Ich hörte ein leises Klacken, dann prasselte eine Gewehrsalve auf die Attrappe, sodass sie auf- und niedertauchte wie in einem grotesken Totentanz. Ich hielt den Atem an und hockte reglos im Ried, bis es wieder ruhig wurde. Während ich durch die Binsen lugte, tauchten zwei lederne Reitstiefel direkt vor mir auf. Sie gehörten zu einem Schwarzen, der eine grotesk aussehende Uniform trug. Ich packte seine Beine und zog den Mann mit aller Kraft zu mir ins Wasser. Das Sturmgewehr entfiel seinen Händen und in der Dunkelheit und Nässe spürte ich einen Körper, der wütend um sich schlug und trat. Ich zog das Jagdmesser und stieß zu. Er schrie auf, packte meinen Arm und drehte ihn nach hinten. Er war stark wie ein Bär und es gelang mir nur mit Mühe, mich loszureißen. Das Messer entfiel mir und ein Faustschlag traf mich ins Gesicht. Ich taumelte nach hinten. Meine Beine schienen nicht mehr zu mir zu gehören, und jede Bewegung fiel mir schwer. Er sprang mit seinem ganzen Gewicht auf mich und drückte mich in die Tiefe. Kalte Hände legten sich um meinen Hals. Mein Gesicht tauchte unter und ich schluckte brackiges Wasser. Über mir schwebte der schwarze Körper des Mannes wie der Schatten des Todes. Meine Lungen schmerzten und ich wusste, ich würde sterben. Plötzlich sah ich ein Glitzern auf dem algigen Grund. Ich packte den Griff des Messers und rammte es in seinen Bauch. Das Wasser färbte sich rot, und der Klammergriff um meine Kehle ließ nach. Ich tauchte auf und rang japsend nach Luft. Der Mann wand und drehte sich wie ein schlüpfriger Aal, und bei dem Gedanken an *Misiginibeq-Manitu* wurde mir übel. Ich fasste in den dichten Haarschopf und drückte seinen Kopf unter Wasser. Es schien, als löse die Welt sich auf und als gäbe es nur noch das Büschel Haare in meiner krampfenden Hand und die aufsteigenden Wasserblasen auf der dunklen Fläche des Teiches. Ich verlor jedes Zeitgefühl, bis das Strampeln der Gliedmaßen zu einem schwachen Zittern wurde und schließlich erstarb. Dann stakste ich steifbeinig an Land. Es dauerte eine Ewigkeit, bis ich die Stiefel abgestreift und das Wasser ausgeschüttet hatte. Ich hätte gerne ein Feuer gemacht und meine Kleidung getrocknet, doch ich wusste, dass mir nur noch wenig Zeit blieb. Ich zog die Stiefel wieder an, bewegte vorsichtig Hände und Zehen und sprang ein paar Minuten auf und ab, bis ich ein schmerzhaftes Kribbeln spürte. Ich eilte zurück Richtung Bootshaus. Es gab noch eine letzte Sache zu tun, bevor ich die Stadt der Geister für immer verlassen würde.

„Hast du ihn erledigt?" Die Stimme der Schlange.

„Ja", sagte ich, und trat vor ihn hin. Er versuchte, sich aufzurichten, und sein Gesicht verzerrte sich zu einer hasserfüllten Grimasse.

„Dreckiger Indianer", zischte er.

Ich schlug zu und sein Kopf fiel nach hinten. Er stöhnte und aus seiner Nase floss Blut. Ich begann, seine Kleider auszuziehen. Sein linker Fuß hing fest in der Tellereisenfalle und er war zu schwach, sich zu wehren. Ich knöpfte mein nasses Hemd auf, warf es ins Gebüsch und streifte seinen Wollpullover und Parka über. Dicht neben der Schlange lag die Leiche des anderen, doch ich brachte es nicht über mich, sie anzufassen. Es schien mir, als wabere ein unversöhnter Geist über dem entstellten Gesicht, und ich wusste, dass es schlechte Medizin war, die Kleidung eines Toten zu stehlen. Ich zog mein Messer und schlitzte die Hose der Schlange auf der linken Seite auf. Es war unmöglich, den

265

Stiefel abzustreifen, ohne die Falle zu öffnen, doch wenn der Rest meines Körpers warm blieb, würde ich vielleicht keine Erfrierungen erleiden. Die Schlange sah aus wie ein gehäuteter Biber. Sie war starr vor Schreck und Kälte, doch ihre Augen funkelten böse.

„Wenn du mir sagst, was mit meiner Cousine passiert ist, lasse ich dich frei", log ich.

Er sah mich lauernd an.

„Wenn du mich laufen lässt, bekommst du dein Geld. 100 000 Dollar. Du könntest ein neues Leben anfangen."

Ich schwieg.

„Sie war nur eine Nutte", sagte er. „Eine dreckige Squaw, die es liebte, verprügelt zu werden." Er lachte ein hämisches Lachen. „Eure Weiber kennen es doch nicht anders, oder?"

Das Messer in meiner Hand zuckte, als besäße es ein Eigenleben.

„Du hättest sie nicht retten können. Sie kam von der Straße. Ein Junkie, der am Square Cabot mit besoffenen Inuit abhing. Wenn wir sie nicht in den Club geholt hätten, wäre sie erfroren. Du solltest das Geld nehmen und verschwinden."

Obwohl er vor Kälte zitterte und sein Gesicht blutverschmiert war, spürte ich sein gefährliches Gift.

„Wir sollten das Ganze hier vergessen. Glaub mir, die Kleine ist es nicht wert, dass du dir dein Leben versaust. Die ließ alles mit sich machen. Wirklich alles. Für eine Spritze süßer Träume."

Wieder der lauernde Blick. Trotz der warmen Kleider fror ich, und mein Kopf schien zu bersten. Ich trat noch dichter an ihn heran und setzte die Spitze des Messers an seine Brust.

„Was ist mit ihr passiert?", fragte ich.

„Bist du sicher, dass du es wirklich wissen willst?"

„Ja", sagte ich. Meine Hand zitterte und mir war übel.

„Na gut", sagte er. Er machte eine theatralische Pause. „Es gab da jemanden, der ganz verrückt nach ihr war. Ein perverser alter Sack. Kam fast jede Nacht. Nahm sie mit in den Keller."

„In den Keller?", fragte ich.

Er grinste.

„Sadomaso. Spezialwerkzeug. Kostet extra. Hat die Kleine ziemlich hart rangenommen. Am Ende hat er sie zuschanden geritten."

Er schnalzte bedauernd mit der Zunge.

„Keine Sorge, der Sack hat dafür bezahlt." Er lachte hämisch. „Hat sich sogar als ziemlich nützlich erwiesen."

Die Bilder überschwemmten mein Gehirn wie eine giftige Flut. Ich versuchte verzweifelt, gegen sie anzukämpfen, doch es gelang mir nicht.

„Weiter", sagte ich.

„Sie wurde krank. Sah aus wie 'ne Leiche. Überall Schrammen und blaue Flecke. Klagte über Schmerzen. Kotzte jeden Morgen. War nicht mehr zu gebrauchen."

„Sie war schwanger", sagte ich.

Sein Blick war kalt, und seine Stimme klang geschäftsmäßig.

„Ja", sagte er. „Unser Fehler. Wir sollten die Mädchen sterilisieren."

Ich drückte die Messerspitze in sein Fleisch und Blut rann aus dem winzigen Riss.

„Erzähl weiter", sagte ich.

Seine Zähne klapperten und ich sah, dass er Angst hatte.

„Wir brachten sie zu einer Engelmacherin, doch sie machte ein Riesentheater, weinte, sagte, sie wolle nach Hause. Heim zu ihren Leuten. Ich versuchte ihr klarzumachen, dass wir Geschäftspartner waren, und dass man im *LeSerpent* nicht einfach kündigen kann. Dass uns ihre Spritzen und ihr Essen eine Stange Geld kosteten, und dass sie in unserer Schuld stand."

Sein Blick war verschlagen, und seine Stimme bekam einen vorwurfsvollen Ton.

„Sie war undankbar und sie hielt sich für ziemlich schlau. Plötzlich fing sie an, uns zu drohen. Wollte den Laden auffliegen lassen, sagte böse Dinge. Prostitution mit Minderjährigen, Drogenhandel, blablabla. Sagte, sie hätte ihre Leute bereits informiert, und wenn wir sie nicht gehen ließen, kämen sie sie holen."

Ich dachte an den Brief, und mein Herz war so schwer wie Blei.

„Hat sie dich kontaktiert?"

„Nein", sagte ich.

Er schwieg, und ich sah, dass er wusste, dass ich log.

„Du solltest mich freilassen", sagte er. „Ich habe mächtige Freunde. Wenn sie dich finden, bist du tot. Doch vorher machen sie Hackfleisch aus dir."

Er verzog die Lippen wie ein Wolf die Lefzen und ich sah das Gefährliche an ihm.

„Deine Geschichte ist noch nicht zu Ende", sagte ich. Sein Blick war jetzt voller Hass.

„Mieser Erpresser", zischte er. „Du bist genau wie sie. Und du wirst genauso enden."

„Erzähl weiter", sagte ich und drückte ein wenig fester zu. Ein dünnes Rinnsal Blut floss seine Brust hinab.

„Einer meiner Männer fühlte der Kleinen dann auf den Zahn. Sie schrie wie am Spieß. Dauerte nicht allzu lange und sie hat alles ausgespuckt. Viel Schaden hatte sie noch nicht angerichtet." Er grinste böse. „Wenn du mich fragst, war sie ihren Leuten sowieso scheißegal."

Wieder stiegen die Bilder in mir auf und ich hatte Angst, mich übergeben zu müssen.

„Hast du sie getötet?", fragte ich. Ich setzte das Messer an seine Kehle.

„Nein", brüllte er. „Er war's." Er zeigte mit dem Finger auf die Leiche neben ihm.

„Ich habe ihm nur gesagt, er solle sich um die Kleine kümmern." Wieder der verschlagene Blick. „Ich bin unschuldig."

Die Klinge war scharf und der Schnitt glatt. Die Schlange stieß einen gurgelnden Laut aus, und ihre Augen wurden weit und starr. Blut strömte über den nackten Körper und färbte ihn in ein schillerndes Rot. Das Leben strömte aus *Misiginibeq Manitu* wie ein glitzernder Fluss.

Ich wischte das Messer im Gras ab und holte das Jagdgewehr aus dem Gebüsch. Es war nicht besonders schwer, der Spur der beiden Handlanger Serpents zu folgen. Fußabdrücke von schweren Reitstiefeln, abgeknickte Zweige, niedergetretenes Gras. Sie hatten sich keine Mühe gegeben, ihre Fährte zu verbergen, denn sie wussten, dass niemand sie auf dieser Seite der Insel suchen würde. Die Schlange war tückisch und gerissen. Am Ufer lag ein Kajak. Ich zog es ins Wasser, sprang hinein und nahm die Ruder auf. Ganz in der Ferne hörte ich ein Motorboot. Die Wasserschutzpolizei. Ich ließ mich mit der Strömung flussabwärts treiben und paddelte ans andere Ufer des Flusses. *Kaniatarowanenneh* nahm mich auf wie einen Bruder, und jeder Ruderschlag, der mich von der Stadt entfernte, wärmte meinen Körper und ließ mein Herz leicht und frei werden. Ich hatte noch nie einen Menschen getötet, doch ich war nicht sicher, ob es Menschen waren oder nicht vielmehr Geister, die ich auf der Ile Charron zurückgelassen hatte.

Ted Garner
14. November

Im grellen Lichtkegel des Patrouillenbootes lag die Ile Charron wie ein hingeducktes dunkles Tier. Obwohl er Skiunterwäsche, Daunenjacke, Wollmütze und Handschuhe trug, fror Ted Garner so erbärmlich, dass seine Zähne klapperten. Der Verband um seinen Bauch drückte und er war zu schwach, um aufrecht zu stehen. Er kauerte zusammengekrümmt auf der eiskalten Holzbank und kämpfte gegen die Übelkeit, die der hohe Wellengang verursachte. Das offene Schlauchboot der Polizei-Patrouille durchpflügte das Wasser des St. Lawrence und die Gischt spritzte ihm ins Gesicht. Während sie auf die Hafeneinfahrt zusteuerten, dachte Garner, dass man denselben Fehler nicht zweimal begehen sollte, doch genau das hatte er getan. Tödliche Alleingänge.

19:55 Uhr. Wenn sie sich nicht beeilten, wäre Leon Maskisin geliefert. Er verfluchte sich selbst. Er hätte sich niemals auf die Sache einlassen dürfen. Er hätte in seinem warmen Bett im General Hospital bleiben sollen, anstatt sein Leben erneut aufs Spiel zu setzen. Stattdessen hatte er einen Erpresserbrief geschrieben und einen jungen Indianer, der noch grün hinter den Ohren war, als Lockvogel eingesetzt. Noch dazu ohne Absprache mit LeRoux, Morel und der Sûreté. War es sein Ehrgeiz, der ihn dazu trieb, alles auf eine Karte zu setzen und den Mörder alleine zu stellen? Oder war er ein kaltblütiger Spieler, der sich einen Dreck um sein eigenes und das Leben anderer scherte?

Er hatte seine ganze Überzeugungskraft aufbieten müssen, um die Wasserschutzpolizei überhaupt zu dieser Aktion zu bewegen.

Ein angeblicher Tipp über Drogengeschäfte im Club-Milieu. Heimliche Deals auf der Ile Charron. Sie waren nur zu dritt. Zwei Polizisten und ein Schwerverletzter, der sich für ein paar Stunden aus dem Hospital geschlichen hatte. Wenn Serpent sich nicht an die Absprache hielt, wären sie geliefert.

Das Patrouillenboot bog in die Hafeneinfahrt der Insel ein. Sie waren sieben Minuten zu spät. Zwei verlassene kleine Motorjachten schaukelten im Wind. Gehörte eins davon Serpent? Niemand war zu sehen. Wo war Maskisin? Sie legten an, und der jüngere der beiden Polizisten sprang aus dem Boot und vertäute es. Sie stiegen an Land. Garners Beine zitterten, und er hatte Angst, sich übergeben zu müssen. Die beiden Polizisten entsicherten ihre Waffen und leuchteten das Hafenbecken ab. Der Kai war leer. Es war gespenstisch still. Nur die Büsche raschelten im Wind.

„Falscher Alarm, Monsieur Garner." Die Stimme des jungen Polizisten klang gelangweilt. Garner dachte, dass es für die Wasserschutzpolizei eine Routinetour war, und dass sie ihn nur aufgrund seiner Berühmtheit und Beharrlichkeit mitgenommen hatten.

„Und die beiden Boote?", fragte Garner. Der Polizist zuckte mit den Schultern.

„Wir sollten uns ein wenig umgucken", sagte Garner.

Missmutig machten sie sich auf den Weg. Sie hielten ihn für übereifrig, nahmen ihn nicht wirklich ernst.

Sie folgten einer schmalen Straße, die zu einem Golfplatz führte. Garner war so schwach, dass er nur mit Mühe Schritt halten konnte, doch er riss sich zusammen. Die Polizisten hielten ihre Waffen im Anschlag, aber alles blieb ruhig.

Keine Spur von Maskisin.

„Niemand hier. Wir sollten umkehren", sagte einer der Polizisten. Er nahm die Taschenlampe und leuchtete in das Gebüsch. Ein Wanderpfad ging von der Straße ab. Auf einem Holzschild stand *Bootsverleih*. In dem matschigen Grund waren frische Stiefelabdrücke zu sehen.

„Kommen Sie. Schnell", sagte Garner und bog in den Pfad ein. Wenn Maskisin tot war, wäre es seine Schuld.

Die Polizisten drängten an ihm vorbei. Obwohl ihm schwindelte, hastete Garner dicht hinter ihnen den dunklen Waldweg entlang. Der Pfad wurde schmaler und war an einigen Stellen von kniehohen Cranberry-Büschen überwuchert.

Plötzlich blieben die beiden stehen, sodass er fast in sie hineingestolpert wäre. Im Licht der Taschenlampe sah Garner einen Mann am Boden liegen. Seine Kehle war aufgeschlitzt und sein nackter Körper blutverkrustet. Sein linker Fuß steckte in einer Tellereisenfalle. Dicht neben ihm lag eine zweite Leiche. Gehirnmasse war aus der durchschossenen Augenhöhle ausgetreten, und sein Gesicht war bis zur Unkenntlichkeit entstellt. Die Gedanken in Garners Hirn überschlugen sich. Er hätte schwören können, dass die beiden Morde auf das Konto von Leon Maskisin gingen. Wer sonst würde hier auf der Insel eine Wolfsfalle aufstellen? Einer der beiden Toten musste Serpent sein. Die Tat war gut vorbereitet gewesen. Schlagartig wurde ihm klar, dass nicht er es war, der Maskisin als Lockvogel benutzt hatte, sondern Maskisin hatte ihn benutzt, um grausame Rache für den Tod seiner Cousine zu nehmen. Er fühlte gleichzeitig Abscheu und Bewunderung. Wo steckte der Scheißkerl? Wenn herauskam, dass Garner mit in die Sache verwickelt war, wäre er geliefert. Seine berufliche Karriere wäre ruiniert und vielleicht würde man ihm sogar den Prozess machen. Erpressung, Verschleierung einer Straftat, Mittäterschaft.

„Sie hatten recht, Monsieur Garner." Die Stimme des jungen Polizisten zitterte. „Wahrscheinlich ein Streit unter rivalisierenden Drogenbanden. Eine brutale Hinrichtung. Sieht ganz nach Mafia aus."

„Ja", sagte Garner. Seine Gedanken arbeiteten fieberhaft. Im Hafen lagen zwei Boote. Maskisin musste also noch auf der Insel sein. Vielleicht war er tot, vielleicht war er verletzt, vielleicht hatte er sie kommen hören und hielt sich versteckt. Wenn sie ihn festnähmen, würde alles herauskommen. Wenn Garner ihm die Gelegenheit verschaffte, könnte er vielleicht das Boot nehmen und entkommen. Falls er noch am Leben war.

„Wir brauchen Verstärkung", sagte er. „Vielleicht ist der Mörder noch in der Nähe. Wer weiß, wer sich sonst noch hier herumtreibt. Wir sollten sofort umkehren."

Garner sah die Angst in den Augen der beiden Polizisten. Der Wald stand wie eine schwarze Wand, außer dem flackernden Lichtkegel der Taschenlampen war es stock-

274

finster. Während sie den schmalen Pfad zurück zur Straße entlangliefen, lauschte Garner angestrengt in die Dunkelheit. Büsche raschelten und Zweige knackten. War da jemand oder war es nur der Wind in den Ästen der Föhren? Ein Nachtvogel flatterte vorbei und er zuckte zusammen. Als sie endlich das Hafenbecken erreichten, klopfte sein Herz bis zum Hals und er war nass geschwitzt. Hastig kletterten sie in das Patrouillenboot. Einer der Polizisten warf sofort den Motor an, und Garner ließ sich mit letzter Kraft auf die Holzbank fallen.

„Haben Sie ein Handy?", fragte der ältere der beiden. Garner nickte.

„Rufen Sie die Sûreté an. Sie sollen ein Sondereinsatzkommando schicken. Wir kommen zum Industriehafen und nehmen die Männer dort an Bord."

„Okay", sagte Garner. Er atmete auf. Sie würden jeden Moment ablegen.

Der Polizist holte einen Hammer aus einer Werkzeugkiste und sprang zurück an Land. Im grellen Scheinwerferlicht des Bootes sah Garner, wie er zu einer der beiden Motorjachten ging und ein Leck in den Benzintank schlug. Keine Frage, der Mann verstand sein Handwerk. Ohnmächtig schaute Garner zu, wie er auch das zweite Boot untauglich machte. Die Wassertemperatur des St. Lawrence betrug nicht mehr als fünf Grad Celsius. Es war unmöglich, von der Ile Charron ans Ufer zu schwimmen. Wer auch immer noch auf der Insel war, er war jetzt gefangen. Wenn Maskisin noch lebte, würden sie ihn fassen. Er würde für lange Zeit ins Gefängnis gehen, und Garner wollte sich lieber nicht darauf verlassen, dass er den Mund halten würde. Schließlich war es Garners Idee gewesen, den Erpresserbrief zu schreiben. Scheiße, dachte Garner. Verdammte Scheiße. Während sie endlich ablegten, zermarterte er sich das Gehirn, wie er halbwegs ungeschoren aus der Sache herauskommen könnte. Sein Kopf dröhnte, und es schien unmöglich, einen klaren Gedanken zu fassen. Die Einzigen, die er bei der Sûreté kannte, waren Morel und LeRoux. Morel war ein Arschloch. LeRoux war unzuverlässig und trank zu viel. Doch LeRoux hatte ihn bei seinem Alleingang unterstützt und ihm sogar das Leben gerettet.

Wenn LeRoux den Einsatz leiten würde, könnten sie vielleicht einen Deal mit Maskisin aushandeln. Es war einen Versuch wert. Das Boot schaukelte, und er zitterte am ganzen Körper.

21:17 Uhr. Er drückte die Taste mit LeRouxs Privatnummer.

„Hallo. Sophie LeRoux."

„Ted Garner hier", sagte er. Er bemühte sich, seiner Stimme einen sachlichen Ton zu geben, doch er merkte selbst das nervöse Beben. „Ist Ihr Mann da?"

Pause. Sie war enttäuscht. Er hatte sich noch nicht einmal für das Schopenhauer-Buch bedankt.

„Nein", sagte sie.

„Wissen Sie, wo er ist?"

Noch längere Pause. Plötzlich fing sie an zu weinen. Garner erschrak. Er hasste Gefühlsausbrüche.

„Er ist verschwunden", stieß sie hervor.

„Verschwunden? Seit wann?"

„Seit Freitagabend." Das Weinen wurde stärker. „Ich war mit einer Freundin etwas trinken, und als ich nach Hause kam, war er nicht da. Kein Zettel, nichts."

Sie hatte Mühe zu sprechen.

Er schwieg und wartete, bis sie sich etwas gefasst hatte.

„Ich habe x-mal versucht ihn anzurufen, aber das Handy war ausgeschaltet. Das ganze Wochenende habe ich gewartet. Ich dachte, dass er vielleicht …"

Sie beendete den Satz nicht, doch er konnte sich denken, was sie dachte. Vielleicht war er bei einer anderen.

„Am Montag habe ich im Büro angerufen. Morel sagte, er sei nicht da."

Sie begann wieder zu weinen. „Er war auch Dienstag und heute nicht da. Morel meinte, er würde schon auftauchen, und ich solle noch ein paar Tage abwarten, bevor ich eine Vermisstenanzeige aufgäbe."

Garners Gedanken rasten. LeRoux war seit der Nacht vom 9. auf den 10. November verschwunden. Es war die Nacht, nachdem Maskisin LeRoux in den frühen Morgenstunden angerufen hatte. Er hatte ihm den Namen des Clubs genannt, doch LeRoux war nicht gekommen. Und wenn er doch gekommen war? Die Verbindung war unterbrochen. Hatte er aufgelegt? Er hatte sich noch nicht einmal von Sophie verabschiedet. Die Nacht entwickelte sich mehr und mehr zu einem Albtraum. Er wählte die Notrufnummer der Sûreté. Er schilderte in knappen Worten, dass die Wasserschutzpolizei zwei Leichen auf der Ile Charron gefunden hätte. Dass der oder die Mörder wahrscheinlich noch auf der Insel waren. Ein Sondereinsatzkommando würde so schnell wie möglich zum Hafen kommen. Hundestaffel, Spurensicherung. Er sagte, dass sein Kollege seit fünf Tagen vermisst würde, und er zu wissen glaube, wo er sei. *Night Club LeSerpent.* Avenue du Mont Royal. Ein Streifenwagen würde Garner am Hafen abholen und den Club unter die Lupe nehmen.

Die Lichter der Stadt am Ufer des St. Lawrence leuchteten wie eine Verheißung, doch Garner erschienen sie wie Irrlichter. Der Nebel hatte sich aufgelöst und ein paar blasse Sterne zeigten sich am Himmel. Das Patrouillenboot näherte sich allmählich dem Hafengelände. Zwei Mannschaftswagen mit Blaulicht rasten die Uferstraße entlang. Das durchdringende Heulen des Martinshorns wehte bis zu ihnen hinüber.

Wenn Garner später an diese Nacht zurückdachte, erschien sie ihm so unwirklich wie ein Traum. LeRoux war genau wie er. Ein Verrückter. Wenn er alleine in den Club gegangen war, war er wahrscheinlich tot. Sie legten an. Flackernde blaue Lichter, schwer bewaffnete Spezialeinheiten, Deutsche Schäferhunde, die an der Leine zerrten, schnarrende Stimmen, knappe Anweisungen. Die dröhnenden Motoren der Polizeiboote, die ablegten und Kurs auf die Ile Charron nahmen. Am Straßenrand parkte ein Streifenwagen. Ein Sergeant begrüßte ihn, und er stieg ein.

Die plötzliche Wärme ließ ihn schwindeln. Auf dem Rücksitz saßen zwei weitere Polizisten.

„Was machen Sie hier, Monsieur Garner?"

Die Stimme des Sergeants klang misstrauisch. „Sollten Sie nicht im Krankenhaus sein?"

„Es geht mir schon besser", log Garner. Er zwang sich zu einem Lächeln. „Brauchte ein wenig frische Luft."

Die Blicke, die ihn streiften, waren nicht freundlich. Wahrscheinlich hielten sie ihn für einen krankhaften Ehrgeizling, der den Ruhm allein einheimsen wollte.

„Wir sollten uns beeilen", sagte Garner. „Vielleicht steckt der Kollege in Schwierigkeiten."

Die Polizisten schwiegen.

Garner war so erschöpft, dass er Mühe hatte, die Augen offen zu halten, doch sein Puls raste. Es schien eine Ewigkeit zu dauern, bis sie endlich die Avenue du Mont Royal erreichten. Das Polizeiauto hielt vor einem Nachtclub mit einer roten Leuchtreklame. *LeSerpent.*

Sie sprangen aus dem Wagen. Ein Türsteher in schwarzer Uniform grüßte sie überraschend höflich und geleitete sie durch ein verspiegeltes Entree in eine geschmackvoll eingerichtete Bar. Gut gekleidete Männer unterschiedlichen Alters saßen in schwarzen Clubsesseln, tranken Whiskey und schauten auf eine Bühne mit zwei blonden Stripperinnen, die sich an einer Stange räkelten. Einer der Männer war LeRoux. Garner stürzte zu ihm hin.

„J. B.!" Garner hätte ihn fast umarmt.

LeRoux saß da wie eine Puppe. Sein Blick war leer, die Pupillen riesig. Er war leichenblass und hatte dunkle Ringe unter den Augen. Garner fühlte Ärger in sich aufsteigen.

Offensichtlich waren seine und Sophies Sorgen überflüssig gewesen. LeRoux war im *LeSerpent* versackt, und zwar gründlich. Er war vollkommen zugedröhnt. Sie würden einen Krankenwagen rufen müssen. Er ging hinüber zu den beiden Polizisten, die mit einer Frau am Tresen sprachen. Sie war um die 40, hatte lange schwarze Haare und sah asiatisch aus. Vielleicht auch indianisch oder Inuit.

„Der Besitzer des Clubs heißt Alain LaRoque", sagte sie. „Leider ist er verreist. Kann ich behilflich sein?"

„Wir würden uns gerne ein bisschen umsehen", sagte der Sergeant.

„Kein Problem", sagte sie und lächelte. Sie fragte weder nach dem Grund noch nach einem Durchsuchungsbeschluss. Sie trug ein hautenges Minikleid und hatte eine sexy Figur.

„Kommen Sie. Es wird Ihnen gefallen." Sie warf einen Blick auf LeRoux. „Ihr Kollege hat sich jedenfalls prächtig amüsiert." Die Frau führte sie quer durch die Bar und einen Flur entlang, von dem einzelne Zimmer abgingen. Sie klopften, leicht bekleidete Frauen öffneten, lächelten, zeigten ihren Ausweis und wünschten angenehmen Aufenthalt. Es gab keine Proteste, keine Beschimpfungen, keine falschen Papiere, keine Illegalen, keine Minderjährigen, keine Drogen, nichts. Der Club war so sauber wie eine frisch geputzte Toilette.

Garner hätte schwören können, dass jemand sie rechtzeitig gewarnt hatte.

„Vielen Dank", sagte der Sergeant. Sie gingen zurück in die Bar, und die beiden Polizisten hakten LeRoux unter. „Schuldet er Ihnen noch etwas?"

Die Frau lächelte süffisant.

„Das geht aufs Haus", sagte sie. *„Au revoir."*

Die beiden Polizisten schleppten LeRoux zum Ausgang.

Der Sergeant folgte. Ein paar Männer drehten den Kopf und wandten sich dann wieder der Bühne zu.

Garner blieb einen Moment zurück.

„Woher hat mein Kollege die Drogen?", fragte er die Frau. Ihr Blick wurde hart.

„Das müssen Sie ihn schon selber fragen", sagte sie. „Wir verkaufen nur Sex."

„Kennen Sie eine Jeanette Maskisin?"

Ein beinahe unmerkliches Zucken um den Mund, dann wurden ihre Lippen schmal.

„Nie gehört", sagte sie. Ihre Augen waren dunkel und unergründlich. „Ich glaube, Sie sollten jetzt besser gehen."

Vor der Tür stand ein Krankenwagen. LeRoux wurde auf eine Liege gebettet und hineingeschoben. Er schien bewusstlos. Der Notarzt hob sein Lid an und fühlte den Puls.

„Er ist vollkommen dehydriert", sagte er. „Vielleicht eine Überdosis."

Er setzte eine Infusion.

Garner bedankte sich bei den Polizisten und stieg zu LeRoux in den Wagen.

„Es wäre schön, wenn das unter uns bleiben könnte", sagte er. Die Polizisten grinsten.

„Klar", sagte der Jüngere. „Jeder stürzt mal ab."

Das Martinshorn gellte und der Krankenwagen fuhr los.

Es war kurz vor Mitternacht. Es war erst fünf Stunden her, dass Garner sich aus dem General Hospital geschlichen und ein Taxi zum Hafen genommen hatte, doch es kam ihm vor wie eine Ewigkeit. Er war so schwach, dass er sich kaum aufrecht auf dem Sitz neben LeRouxs Liege halten konnte. Die Wunde in seinem Bauch schmerzte, und als er die Jacke öffnete, sah er, dass der Verband an einer Stelle blutig war. Während sie durch die Nacht rasten, dachte Garner, dass diese Stadt ihn verrückt machte. Die Sache war aus dem Ruder gelaufen. Es wurde Zeit heimzukehren nach Regina. Sein Handy vibrierte, und er zuckte zusammen. Morel. Sein Herz schlug bis zum Hals. Hatten sie Maskisin gefasst? Garners Gedanken überschlugen sich. Er würde jegliche Beteiligung an der Sache abstreiten. Es gab keinerlei Beweise. Niemand würde einem durchgeknallten indianischen Mörder glauben.

„Herzlichen Glückwunsch, Monsieur Garner.“

Morels Stimme klang überschwänglich. „Es scheint, dass Sie stets den richtigen Riecher haben. Sie haben LeRoux gefunden?“

Es war keine Frage. Morel war bereits informiert worden.

„Anscheinend steckte der Arme schon länger in einer Krise.“ Dieser joviale Ton.

„Sollte eine Auszeit nehmen. Wir sollten das nicht an die große Glocke hängen.“

Garner schwieg.

„Es ist übrigens noch eine Leiche auf der Insel gefunden worden.“

Also war Maskisin auch tot. Garner hatte Mühe, sich seine Erregung nicht anmerken zu lassen.

„Ein Schwarzer. Mehrere Messerstiche. Trieb im Schilfufer eines Teiches. Eine Identifizierung der Leichen war bisher noch nicht möglich. Doch Sie hatten recht, die Insel scheint ein Umschlagsplatz der Drogenmafia zu sein. Woher hatten Sie den Tipp?"

Da war es wieder, dieses Lauernde an Morel, das er so hasste.

„Anonymer Anruf", sagte Garner.

„Hmm", machte Morel. „Und LeRoux?"

„Bauchgefühl."

„Wie dem auch sei, ein glücklicher Ausgang. Vielen Dank. Leben Sie wohl, Monsieur Garner."

Seltsam, dachte Garner. Keine Rüge, keine Vorwürfe, keine Vorladung, nichts. Auch keine Spur von Maskisin. Der Fall war endgültig abgeschlossen.

Ein Stöhnen neben ihm ließ ihn auffahren. LeRoux hatte die Augen geöffnet und blickte ihn an.

„Ted", sagte er. Seine Stimme war so schwach, dass Garner sich zu ihm hinunterbeugen musste, um ihn zu verstehen.

„Sie war da", flüsterte er. „Jeanette Maskisin. Sie war da."

Seine Pupillen waren riesig und schienen ihn zu verschlucken wie ein schwarzes Loch.

Es klang wie eine Beschwörung, doch Garner zeigte keine Regung.

„Sie glauben mir nicht", sagte LeRoux. Seine Stimme klang enttäuscht, und die Intensität seines Blickes war nur schwer erträglich.

Garner schwieg. Le Roux schloss wieder die Augen.

Garner betrachtete sein Gesicht, das sich in der dunklen Scheibe des Krankenwagens spiegelte, während die Lichter der Häuser und Straßen wie bunte Glitzerpunkte vorbeirasten.

Quellenangaben

Arthur Schopenhauer, *Parerga und Paralipomena,* 1851 (Zwei Bände). Zweiter Band. Kapitel 27. Über die Weiber. Arthur Schopenhauer, *Die Welt als Wille und Vorstellung,* 1819 (mehrfach ergänzt, seit 1844 in zwei Bänden). Zweiter Band. Ergänzungen zum vierten Buch. Kapitel 44. Metaphysik der Geschlechtsliebe.

Der Mythos von Wesakechak wurde adaptiert von der Internetseite *www.native-languages.org* Native Languages of the Americas: Cree Legends, Myths and Stories.

Glossar

Chingachgook: Große Schlange in der Sprache der Delawaren, indianischer Protagonist aus James Fennimore Coopers *Lederstrumpf.*

Chogan: Amsel, Schwarzdrossel in der Algonquin-Sprache.

CNG: Cree Nation Government, Regierung der Cree mit Headquarter in Nemaska.

First Nations: Alle indigenen Völker Kanadas, mit Ausnahme der Métis und der Inuit.

„Highway of Tears": Analog zum „Trail of Tears", mit dem die Vertreibung der Creek, Cherokee, Chickasaw, Choctaw und Seminolen aus ihren Stammesgebieten im Südosten der USA nach Oklahoma bezeichnet wird. Bei dieser Zwangsumsiedlung starb ca. ein Viertel der Bevölkerung an Hunger, Krankheiten und Erschöpfung.

Inuktitut: So wird die ostkanadische Dialektgruppe der Inuitsprachen genannt, die hauptsächlich im Territorium Nunavut gesprochen wird, aber auch SprecherInnen in Québec, Neufundland und Labrador sowie den Nordwest-Territorien hat.

Kaniatarowanenneh: Mohawk: großer Wasserweg.

Kaskatinopizum: Cree für den Monat, in dem die Flüsse zufrieren (November).

Mahiikan: Cree für Wolf.

Métis: Damit werden die Nachfahren von europäischen Pelzhändlern und Trappern mit indianischen Frauen bezeichnet. Es gibt jedoch kulturelle Unterschiede zwischen den unterschiedlichen Gruppen (englisch, schottisch, französisch) und den indianischen Stämmen wie den Cree. Seit 1982 sind die Métis als indigene Volksgruppe in Kanada anerkannt, seit 1983 vertritt sie der Métis National Council.

Misiginebiq-Manitu: Mythologische Unterwasserschlange, die in Gewässern lauert und Menschen frisst.

Poutine: Eine in Québec beliebte Fast-Food-Spezialität. Sie besteht aus Pommes frites, Käsebruch und darüber gegossener Bratensoße.

RCMP: Royal Canadian Mounted Police, Bundespolizei Kanadas.

Residential Schools: Internatsschulen, die von der zweiten Hälfte des 19. Jahrhunderts bis 1996 ausschließlich von Kindern der kanadischen First Nations meist zwangsweise besucht wurden, um sie von den Eltern und ihrem kulturellen Einfluss fernzuhalten. Der Gebrauch ihrer Muttersprache wurde ihnen strikt verboten, stattdessen sollten sie Englisch bzw. Französisch lernen und „zivilisiert" werden. Es kam zu zahlreichen psychischen und physischen Übergriffen, für die sich sowohl die beteiligten Kirchen inoffiziell als auch der kanadische Staat (2008) entschuldigt haben. Doch der mehrere Generationen umfassende Versuch, ganze Kulturen auszulöschen, wird bis heute nicht als Verbrechen verurteilt, und die Opfer leiden noch immer unter massiven psychischen Problemen.

Séction des homicides: Morddezernat.

Sûreté du Québec: Provinzpolizei von Québec.

Silbenschrift der Cree: Es ist eine Silbenschrift (Abugida), die für mehrere Algonkin-Sprachen Kanadas verwendet wird. Die Schrift wurde zwischen 1840 und 1846 in Zusammenarbeit des Methodisten-Missionars James Evans mit Indigenen der Cree und Ojebwe in Norway House an der Hudson Bay für die Cree-Sprache, Ojibwe-Sprache und andere Algonkin-Sprachen Kanadas entwickelt.

Star of Military Valour (SMV): Dieser wird als Namenszusatz geführt.

Tatawaw: Begrüßung in der Cree-Sprache.

Version der Geistertänzer: In den 1870er Jahren erlebte der als Seher und Prophet geltende Wodziwob (Wovoka) – ein Mitglied des im heutigen Bundesstaat Nevada beheimateten Stammes der Paviotso – bei einer Trance eine Vision, bei der ihm die Geister der Ahnen versprachen, dass die alten Zeiten und mit ihnen die traditionelle Lebensweise zurückkehren würden, wenn die indianischen Völker den Geistertanz tanzen würden. Dann würde sich die Erde in ein Paradies verwandeln und die weißen Eroberer würden durch eine große Flut oder ein Feuer eliminiert werden.

Wannabees: Weiße, die sich als Indianer stilisieren („want to be-Indians"), werden als solche bezeichnet.

Wanahiikan: Cree für Falle.

Wesakechak: Meist wohlwollender Kulturheld vieler Cree-Mythen, eine Tricksterfigur, die mithilfe von Gaunereien das Überleben der Menschen sichert und dabei oft die kosmische Ordnung durcheinanderbringt.

Wendigo: Name eines fiktiven Wesens der Anishinabe-Kultur, speziell der Ojibwa und der Cree. Es soll sich um einen bösartigen und rachsüchtigen Geist handeln, der von Menschen Besitz ergreift, sie in den Wahnsinn treibt und zu Kannibalen macht.

Handlung und Charaktere des Romans sind frei erfunden. Jede Ähnlichkeit mit lebenden oder toten Personen ist rein zufällig.

Pendragon Verlag
gegründet 1981
www.pendragon.de

4. Auflage

Originalausgabe
Veröffentlicht im Pendragon Verlag
Günther Butkus, Bielefeld 2021
© by Pendragon Verlag Bielefeld 2021
Alle Rechte vorbehalten
Lektorat: Günther Butkus, Jessica Tiekötter
Umschlag und Herstellung: Uta Zeißler, Bielefeld
Umschlagfoto: Jacob Argyle
Satz: Pendragon Verlag auf Macintosh
Gesetzt aus der Adobe Garamond
ISBN 978-3-86532-723-9
Gedruckt in Polen

FSC